Una Vida no es Suficiente

REX NELSON GREENWALD

Una Vida No Es Suficiente.

ISBN: 979-8-8691-9255-4
eISBN : 979-8-8692-6998-0

Tabla de Contenidos

Capítulo 1
Una Vida

Qué sucede cuando un joven inquisitivo se cruza con una persona interesante y valiosa? Perseguirán, examinarán, seguirán y anhelarán encontrar a ese alguien con conocimiento. A menudo, y lo que es más importante, se descubre a una persona sabia. La historia está llena de personas sabias y anónimas y es un profundo deleite cuando esa persona es lanzada a la vida con presencia.

Coy, un joven vigilante, se puso cuidadosamente de puntillas como muchas veces anteriores a través del área de la cocina de la Cabaña Little Mora. Era un niño de doce años prototípico, enérgico, brillante, con una autoconciencia distinguible más allá de su tiempo y experiencia juvenil. Sin embargo, también convivía con el carácter inquieto e impulsivo que todos los niños y niñas de su edad poseían en la búsqueda de respuestas. Respuestas tan profundas como cómo nos convertimos en buenas personas y cómo descubrimos el sentido de la vida.

Coy vivió con propósito y enfoque, con una misión abrumadora de completar cualquier cosa que lo empujara más allá de sus zonas de confort. Había entrado discretamente en la cabaña de Little Mora y ahora estaba en silencio en el centro de la pequeña área de la cocina, sabiendo instintivamente por experiencia pasada el camino a su destino incluso en la sombra de la oscuridad. Sin embargo, incluso con la familiaridad en la mano, todavía estaba lleno de consternación y contemplación. Su aguda autoconciencia confirmó que no tenía idea de lo que estaba haciendo o por qué lo estaba haciendo. Su mente inquisitiva y su exuberancia juvenil no podían y no serían detenidas.

Coy se sintió irreverente, como uno de esos monaguillos que acaban de fumarse un porro en el retrete. Sin embargo, continuó moviéndose a través de la cocina hacia el área del dormitorio, dirigiéndose directamente a donde el libro de memorias del anciano estaba escondido no tan cuidadosamente. Su presunción innata le dijo que debe haber sido dejado allí y escondido lo suficientemente bien como para encontrarlo. Tiró de la cadena de la lámpara y encendió la escasa luz mientras se agachaba y recogía el libro con cuidado, sabiendo que merecía ser tratado como una posesión preciada que seguramente resistiría el paso del tiempo.

Coy desenvolvió con cuidado el lazo del libro, que evitaba que se derramaran las páginas gastadas y las notas sueltas, y se sentó en el borde de la cama, cerca de la mesita de noche. Abrió el libro y lo puso sobre su regazo y decidió dejar que Dios escogiera dónde y qué se iba a leer ese día. Después de un breve momento, comenzó a examinar rápidamente las páginas y las notas del preciado libro de misterio, en busca de pistas y tal vez perlas imprevistas. Dejó que sus dedos, ojos y mente fueran a las páginas preestablecidas que Dios quería que leyera. Hojeó las primeras páginas familiares y llegó a aproximadamente un tercio del libro. Su dedo índice principal se detuvo y se detuvo para susurrar una oración necesaria. Sentía una punzada de culpa, como si Jesús le hubiera dado un puñetazo. La oración calmó su mente. Continuó examinando reflexivamente las palabras escritas por un señor mayor y reflexionó; deseaba apasionadamente saber dónde, cuándo y cómo momentos de la vida en que se habrían escrito las bien transitadas palabras eternas.

Coy dejaba de leer de vez en cuando para mirar hacia arriba y alrededor mientras se esforzaba por escuchar algo escondido en el silencio. Escuchó atentamente y miró a su alrededor en busca de cualquier ruido o cualquier cosa, como si alguien o algo más quisiera estar en su espacio.

"¡Dios Mío!" susurró en voz alta, mientras sus reflejos explotaban con demasiados pensamientos. Las palabras y el lenguaje registrados en el libro eran difíciles de leer, entender y comprender, y luchó mucho. Se sentó en silencio pensando, esperando que el sentimiento de vulnerabilidad fuera externo, ocultando intencionalmente sus deliberaciones internas.

La historia y el misterio se volvieron más vastos y confusos cada vez que Coy leía el libro de misterio. Su simpatía se hizo más profunda por este señor mayor cada vez que leía su libro. Estaba enredado en una devoción rayana en la obsesión por las respuestas que alimentaba su sed insaciable de comprender a ese señor mayor, que cayó como una bomba atómica en su vida. Su mente joven reconoció cognitivamente cada destello con el deseo de saciar la sed de su corazón por conocer la verdad y el propósito.

Coy se detuvo de nuevo y miró alrededor de la habitación. Miró la mesita de noche e irónicamente pensó cómo el libro estaba escondido pulcramente ya la vista en el estante más bajo. El dormitorio era pequeño, con tres camas gemelas y una ventana que apenas daba luz natural en la habitación para permitirle navegar a través del libro. Había una pequeña lámpara en la mesita de noche solitaria. El esfuerzo adicional que tomó leer las expresiones de bienvenida en la tenue iluminación invariablemente mejoró su concentración para leer con más atención y claridad en busca de respuestas y significado.

A Coy siempre le complacía descubrir que la escritura era notablemente legible, aunque tenue, pero nunca aburrida. La redacción era difícil para un niño de doce años y obviamente provenía de un hombre muy inteligente y tal vez educado. Coy volvió a orar en silencio pidiendo dirección y respuestas, y Dios lo dirigió a un encabezado que captó su atención.

Empezó a leer en voz alta en voz baja. El encabezamiento estaba fechado el 12 de abril de 1961. Tenía la sensación de que una luz se encendía dentro de su cabeza, como una revelación con un fuerte sentimiento y creencia de que ese era el lugar perfecto para leer. La fecha era la de su nacimiento y su ambición aspirante fue recompensada con la iluminación.

12 de abril de 1961

La amenaza existencial puede ser la vida misma. ¿Qué puede dar sentido a la vida? Espero que mi historia no comience por el final. No obstante, los finales son comienzos que necesitamos tiempo para reconocer. Mi experiencia me ha dicho que tanto para los jóvenes como para los mayores, como yo, ¡hay momentos en los que nos damos cuenta de que una vida no es suficiente! La mejor forma de premiar una vida es reconocer y disfrutar los momentos agradables. ¿Hasta dónde llegamos al lugar donde se hace justicia? Oh, cómo oro y espero que mi momento sea disfrutado y le dé sentido a la vida.

La acusación más grave contra este mundo no recae sobre las cosas que he hecho, sino sobre las que no he hecho. Espero los momentos que definen la vida. Sin embargo, incontables años han desaparecido de mí como si estuviera siendo derramado como una solitaria gota de agua en un océano. Mi tiempo pasa con persistencia mortal. Esta lucha continua de la vida por las limitaciones del tiempo se ha convertido verdaderamente en un asunto de por vida. Lucho con la idea de que si dejo mi lugar en la fila, otro lo ocupará fácilmente. Me asusta hasta el agujero más profundo de mi alma, hasta el punto en que no salgo de mi línea de vida y dejo de vivir la vida con un propósito. Miro a mí alrededor y observo, y parece que algunos aceptan sus bendiciones aprendidas divinamente con el tiempo. Nadie está destinado a estar en este lugar exacto en la fila para ellos o para mí. Todavía me quedo en mi propia línea con miedo. Quita el miedo o mantenlo. Hágase tu voluntad.

Coy hizo una pausa, miró a su alrededor y aquietó su mente en el silencio. No le quedó más remedio que seguir leyendo.

Un momento significativo especial puede no parecer sobresaliente cuando entran en cualquiera de nuestros caminos de vida. Bien pueden pasar sin previo aviso si uno no está lo suficientemente iluminado como para prestar atención en ese momento. La lucha subyacente me excita y me deprime al mismo tiempo. Deseo desesperadamente tener la capacidad de abrir los ojos o tener la capacidad de ayudar a otros a abrir los ojos a los momentos que resuenan. Mi conclusión en este punto es que, para algunos, este esfuerzo dedicado se convertirá en la vida que da forma y los lleva a donde deben estar. Para otros, la negativa o la incapacidad de reconocer el momento insensibilizará una vida sincera, como la negativa a escuchar algo que no produce ningún sonido, sin importar cuán cercano o aterrador y estimulante sea. La entrada de un momento decisivo tan a menudo, si no viene con un gran estallido, endurece los corazones, creando difícil acceso. Ayúdame a suavizar y abrir mi corazón al momento.

La vida, para algunos, se convierte en una búsqueda de vivir con la esperanza de un ansiado momento de libertad. La libertad se convierte en una de las mayores mentiras de la vida. Se confunde con el orgullo, los hábitos, el deber, la dedicación y la presencia todopoderosa del proceso de envejecimiento. El peso de la libertad se vuelve agobiante y debilitante. El objetivo se vuelve tedioso y demasiado abrumador para superarlo solo. Como sabes, rezo para estar solo y con gente al mismo tiempo.

Unos pocos devotos intentan vivir divinamente duro por la oportunidad de cualquier momento. Sin embargo, parece que muchos viven atrapados en el pasado o viven solo para un futuro brillante y maravilloso con la comprensión de que incluso si hay un futuro, puede que no sea maravilloso o brillante. Sin embargo, solo se nos garantiza el presente con un futuro por la fe que solo Tú puedes dar. Las personas se vuelven ciegas respecto a sus recuerdos que se exasperan por la visión borrosa y habitual. Es tan desafortunado que la mayoría no sea elegida para ser lo suficientemente bendecida para comprender y reconocer los momentos de la vida que cambian de curso. Esperamos un gran evento en la vida, con una esperanza desesperada, el momento en el tiempo hará la diferencia. O, aún más severamente, definimos muchos momentos como mucho más grandes o más pequeños de lo que realmente son sin un reconocimiento cuidadoso. Sin embargo, la vida se compone de pequeños destellos de propósitos especiales dentro de los preciosos momentos de cada día. Los momentos pasan, a menudo sin la debida notificación o el debido recuerdo. Ayúdame a no pasar por momentos. Si me has elegido, déjame aceptar la elección.

La contundencia de la infelicidad se cuela en mi existencia y me da ojos de madera. Esos ojos transforman la más resplandeciente de las visiones en lúgubre, lamentable e insoportable. En algún momento de mi vida, quiero ser ese tipo 'Hi Ho Silver' que acaba con el mal y tiene finales felices. Mi visión se ha vuelto ciega. Dame la visión que ve. "Entra por la puerta estrecha. Porque ancha es la puerta y espacioso el camino que lleva a la perdición, y muchos entran por él. Pero estrecha es la puerta y angosto el camino que lleva a la vida, y pocos son los que la hallan" (Mateo 7:13-14).

El buen libro nos dice... oh... querido Señor, te mueves de maneras misteriosas. El destino parece correr su propia carrera.

El camino angosto se ha disfrazado ostensiblemente de mí como oportunidades angostas. Nadie acepta voluntariamente la afirmación de que la mayoría parece no querer que la vida los golpee demasiado. Vivimos insoportable y latentemente para no ser golpeados. Sin embargo, nadie quiere ser golpeado demasiado poco con la vida tampoco. Vivimos con la esperanza de que la puerta de entrada debe ser ancha y no puede cerrarse sin permitir la entrada. Ancho simplemente tiene una mejor sensación que estrecho. Algunos viven con una providencia ciega en algún lugar profundo del alma donde hay un poste inactivo para evitar que nos golpeen demasiado. Comer, vivir, sobrevivir y avanzar se convierten en vida. Tratamos de crecer hacia la puerta más ancha y no queremos aceptar una puerta estrecha porque tenemos miedo de no poder pasar por ella. La vida nos desgasta. El suave empujón de la realización nos dice que no es la puerta estrecha lo que nos molesta. La verdadera molestia es que tal vez no podamos pasar por ella sin importar cuánto lo intentemos o cuánto lo deseemos. Ayúdame a entrar y pasar por la puerta.

Algunos lo viven y se dan cuenta de que todos somos soldados de este lado del cielo, luchando contra el mundo que continuamente pretende aplastarnos para estrechar el camino de la iluminación. La ansiedad se exaspera con la lucha atemporal contra el proceso de envejecimiento, que nos dice cada día: "Me estoy haciendo mayor". Todos luchamos contra el "síndrome de dónde, cuándo y cómo vivir". En algún momento, la gente se da cuenta de que setenta, ochenta o incluso más de noventa años de existencia en la tierra se vuelven como una pequeña gota de agua en un océano en comparación con todo el tiempo. Algunos invitaron a buscar y entrar por la puerta estrecha. Algunos se dan por vencidos y se dicen a sí mismos que simplemente no tienen suficiente tiempo para encontrarlo. Algunos se dan cuenta de que no es una elección, aunque los momentos se dan libremente para ser aceptados y recibidos. Ayúdame a aceptar la entrada.

Afortunadamente, hay algo en lo profundo de mi alma que me dice cómo se supone que es la vida y me dice que lo que estoy haciendo ahora mismo en el presente puede no ser el camino correcto. ¿O es eso? Gracias por darme una voz interior y el deseo de aspirar a ser estrecho y vivir con la voluntad de tener Tu voluntad. Aunque sé que esto es cierto, mi batalla mental es abrumadora.

Me han enseñado y entrenado a no imaginar que soy un soldado que va a la batalla con el objetivo de que no me golpeen mucho. La sugerencia misma es ridícula. ¡El objetivo es no ser golpeado en absoluto, obviamente! Sin embargo, me golpeó con la vida. Dejé que sucediera. Vivo mientras pasa el tiempo y finjo endurecerme y quedarme con el remanente de conocimiento interior y deseo disfrazado y encubierto con pura humanidad. Ayúdame a enfocar Tu objetivo para mí.

Sigo viviendo cada día como un soldado que va a la batalla con el objetivo de no recibir muchos golpes. Lucho por hacer el compromiso de vivir cada día con el excepcionalismo incorporado que solo Tú puedes dar. Ahora estoy empezando a darme cuenta de mi objetivo; la vida todavía me golpea. La vida golpea con balas y flechas de hábitos y tentaciones y deseos incorporados familiares, genealógicos, sociales y naturales arraigados de encajar y ser normal. Se ha convertido en un lento proceso de muerte mientras se respira una vida. Nos has dado un rasgo difícil de superar. De alguna manera sé que cada vez que digo que sí a las tentaciones y los hábitos, naturalmente será más difícil decirte que sí a Ti la próxima vez, sin dejar de lado el excepcionalismo deseado. Ayúdame a ser fuerte a tu manera.

¿En serio? ¿Cuál es la diferencia con ser golpeado con una bala o una docena de balas? Todas matan. ¡Solo se necesita una! Sin embargo, si solo se necesita una para ser malo, la lógica me dice que también se necesita solo una para ser

Coy se sintió atragantado y su cabeza no le dejaba leer más. Su cerebro estaba explotando en un fuego de pensamientos y estaba completamente sin energía. Sin saber cómo ni cuándo sucedió, se encontró arrodillado junto a la cama junto a la mesita de noche. Se dio cuenta de que la posición ayudaba con la mínima luz de la lámpara. Con el libro en la mano, se dio cuenta de que estaba en posición de oración. Se encontró a sí mismo, últimamente, que estaba orando más y más; cuando en el pasado, solo oraba cuando se le pedía en la iglesia o en la iglesia, y rara vez oraba solo. Coy oró en silencio y con cuidado volvió a poner la banda de envoltura en el libro gastado, y volvió a colocar el preciado libro lo más cerca posible de su posición original en el estante más bajo de la mesa de noche. Se puso de pie y caminó silenciosamente de puntillas fuera de la cabaña de Little Mora.

Esta historia comienza alrededor del año de nuestro Señor 1973 dC, en el norte de Minnesota, Estados Unidos y termina con la eternidad.

Capítulo 2
Justo a Tiempo, Vidas Se Cruzan

Los hombres jóvenes pueden ser puestos en situaciones en las que pueden pasar al siguiente nivel de madurez en un período de tiempo muy corto. Coy, un joven atípicamente ocupado e inquisitivo, tenía todas las cualidades para dar el siguiente paso a la edad adulta-joven. Mucho estaba pasando en 1973 en los Estados Unidos de América y en la vida de Coy. Coy tenía padres amorosos y maravillosos y una hermana. Sin embargo, su familia estaba en desorden. La madre de su madre acaba de fallecer, y sus padres decidieron que podría ser un buen alivio para ellos y para Coy si pasara unas semanas en el resort Lake Esquagamah en el norte de Minnesota con el padre de su padre durante el verano de 1973. Aquí fue donde esto comenzó la aventurera historia de verano. Además de su abuelo, Coy desarrolló muchas relaciones en el resort mientras estuvo allí. Sin embargo, construyó una relación eterna y de por vida con un hombre conocido como Growler. Ni Coy ni Growler tenían idea del impacto y la eterna implicación que su inimaginable relación tendría entre ellos. De ninguna manera anticiparon el impacto duradero o el final. La cúspide de su relación ocurrió solo un par de semanas después de que dejaran a Coy en el resort del lago. Coy sabía que algún día tendría el coraje de escribir su experiencia porque, después de todo, una vida no es suficiente.

Capítulo 3
Un Par de Semanas Después

No hubo un murmullo o movimiento dentro de la mano experimentada que sostenía el revólver .357 magnum con perfecta autoridad. Growler abrió el cilindro y misteriosamente cargó el arma con una bala, giró el cilindro y lo cerró en posición con precisión experta, mientras miraba directamente al joven que conocía como Coy. Levantó el revólver y presionó el extremo del cañón cerca de la frente del joven al que cuidaba y amaba. Su mano andrajosa y bien practicada no tembló en absoluto mientras sostenía el arma a una pulgada de la frente del joven. Growler estaba en tal condición que ya no podía ser identificado con pronombres. Él era sólo un objeto. Su mirada podría volver el sol helado, como si fuera un descendiente directo del primer asesino, Caín.

A lo largo de su vida, Growler había aprendido que la única manera de librarse de la muerte era acercarse continuamente a una pulgada de ella. La vida era para tomarla, no para darla. El joven, por supuesto, no tenía la experiencia de toda una vida que se estaba haciendo añicos esta mañana y se sentó allí sin hablar e inmóvil, pero con serenidad. Miró directamente a los ojos musgosos, profundos, sin fondo, inyectados en sangre del anciano. El momento fue como una secuencia de un sueño salvaje en el que el peligro estaba por todas partes, y el héroe o el villano estaban congelados y no podían moverse ni tener la capacidad de mover un músculo para retirarse del peligro. El momento inmóvil y escalofriante congeló el tiempo.

Growler tenía ojos descoloridos, ojos del color de la espuma del pantano, ojos cubiertos de musgo que nadie más en el mundo entero querría mirar. El momento silenció todo a su alrededor. La vida era tan tranquila que incluso se habría escuchado una gota de agua cayendo en un océano de agua. Coy podía sentir y escuchar cómo le crecían las uñas. La repentina sensación del viento fresco que soplaba a través del lago fue todo lo que se necesitó para sentir que le ardían los dientes. Sentidos y sentimientos irreconocibles estaban aflorando.

Si los ojos de Growler tuvieran la capacidad de hablar, cada ojo podría mantener una conversación en todo un estadio deportivo de fanáticos rabiosos que gritan sin otra razón que la desesperada esperanza de atención. La ironía del estoicismo atemporal estaba profundamente incrustada en esos ojos y, junto con las profundas ojeras directamente debajo de sus ojos, se veía tan afectado que era como si Jesús le hubiera dado un golpe. El peso de la vida estaba sobre él, tan abrumador al darse cuenta de que su fatigosa lucha por una vida leal y estoica podría estar llegando a su fin y sobrevivir. Había sobrevivido a su propósito.

Se rompió el silencio.

"¿Tú crees? ¿Por qué? ¿Quién eres tú?"

Growler rompió el silencio y le preguntó al joven como interrogando. El timbre del reflejo de su voz era claro cuando escupió siete palabras con su balbuceo inusual, bien viajado, practicado e inquietante. Growler tenía una forma de hablar suave y fuerte al mismo tiempo.

Coy sabía que su encantadora sonrisa no acabaría con la tensión del momento, y se mantuvo adusto. Hubo una vida eterna de ira acumulada y encubierta que no podía y no sería sofocada con todas las intenciones dentro de Growler. A pesar de que su rostro desgastado y sus gestos parecían más agotados que ganados por una proximidad cercana, había una intención efervescente. Coy miró directamente a los ojos del hombre, ojos con la sensación y el color que los hombres y mujeres toman la espada para seguir, los ojos que nadie más ve. Coy permaneció sereno, aunque asustado más allá de la comprensión hasta el punto de perder el control de sus sentimientos. Aun así, Coy percibió una sensación de compasión. Los botones, que ni siquiera sabía que estaban presentes en el proceso de pensamiento de su joven corazón, estaban siendo presionados. Coy tenía una sensación de calor, inquietud e impotencia, como si estuviera dentro del vientre de una polilla enorme cerca de un fuego caliente, acercándose a él. Su aprendizaje y deseo de comprender le dieron pensamientos sobrevivientes y esclarecedores, dados desde un hueco desconocido.

Coy, en este momento exacto, tuvo la compasión que un joven no podría obtener hasta que la bondad lo hubiera llenado después de toda una vida de búsqueda de la compasión. Tenía paz de alguna manera y de alguna manera, justo en este momento de la verdad con la providencia divina. Coy no tuvo tiempo para pensar, y si lo tuviera, seguramente no sería capaz de identificar la profundidad del dolor que estaba ocurriendo. Era como si tuviera una ampolla en el empeine y un mosquito en el ojo al mismo tiempo. Estaba empezando a sentir su pérdida total de poder respirar. Este fue uno de esos momentos surrealistas en el tiempo;

Era como contemplar la vista de una montaña majestuosa, sin palabras debido al mero sentimiento de no poder describir el flujo abrumador de sensaciones y emociones.

Demasiados pensamientos pasaron por su mente a la vez, como comerse una caja entera de chocolates solo por despecho sin probar la bondad. No tenía tiempo para razonar y pensar. Lo que pasaría, pasaría como una mala o buena costumbre, según el punto de vista de cada uno. La boca de Coy estaba tan seca que ni siquiera una esponja de vinagre lo satisfaría. Todo lo que podía hacer o decir era de la persona real que tenía dentro y, de ninguna manera, podía haber sido ensayado o diseñado. La vacilación se sintió como una eternidad, pero suficiente. Se le dio la fuerza para responder. Tuvo una respuesta simple y conmovedora de una profundidad tan profunda que estaba más allá del funcionamiento interno de su propio corazón.

Coy comenzó a cantar claramente y sin tropiezos: "¡Jesús me ama! Esto lo sé, porque la Biblia me lo dice. Los pequeños a Él pertenecen; ellos son débiles, pero Él es fuerte. ¡Sí, Jesús me ama! ¡Sí, Jesús me ama! ¡Sí, Jesús me ama! La Biblia me dice asiiii". La cantó con un tono juvenil y con lágrimas de alegría y miedo, tal como se suponía que debía ser cantada.

El momento llegó a su clímax como un pequeño guijarro que cae en el centro de un cuerpo de agua perfectamente sereno, y las ondas se convirtieron en el único propósito definitorio. El corazón del anciano, en sentido figurado y con espíritu, abandonó su pecho y aterrizó a sus pies con un rebote, simultáneamente con la pérdida de propósito. Su fuerte control sobre el revólver .357 magnum comenzó a temblar; su agarre se derrumbó y el arma cayó al fondo del bote. Sus ojos brotaron de una fuente seca de para siempre.

Una maravilla dentro del milagro de la realización estaba ocurriendo entre estas dos almas.

Growler no lloró. Ni siquiera tenía una gota de sudor. Empezó a hablar con dicción pura y clara al segundo del colapso. La vida escondida por el dolor se había levantado y se había apoderado de su corazón. Su alma fue emboscada con emociones, y sus labios comenzaron a temblar. Fue arrastrado por la corriente de toda la pérdida potencial de tiempo. Se había combatido al diablo, sin restricciones, pateando las botas y arrancando ojos permitidos. El anciano fue debidamente marcado y cicatrizado, pero sobrevivió.

"Jesús me ama, eso lo sé, porque la Biblia me dice asiii…" el anciano comenzó a cantar. "La mejor respuesta jamás dada, hijo. ¡La vida no es lo que simplemente sucede!" Growler dijo claramente mientras miraba fijamente a los ojos del joven, con toda la intención de llegar al alma. El anciano se volvió joven como si hubiera renacido ante la vista de Coy. Sus oídos zumbaban por el pasado cuando pudo escuchar a su primer sargento de instrucción entrar en su alma cuando estaban cara a cara unos cuarenta años antes. "Todos los hombres mueren, pocos hombres realmente viven. Después de todo, no puedes cambiar a Jesús, ¡Por el amor de Dios!" Growler dudó un momento y luego continuó: "Joven, Winston Churchill dijo una vez que los momentos y las cosas más difíciles de la vida a menudo se pueden describir con una palabra". Hizo una pausa para reflexionar y miró a través del agua, luego dijo: "Jesús".

Growler entendió. ¡Una vida no es suficiente!

Capítulo 4
Algunas Semanas Antes

El primer día

El aire matutino de principios de verano en el norte de Minnesota ya estaba caliente y lleno de vapor cuando los padres de Coy lo dejaron en el resort Lake Esquagamah. Estaban bajo la sombra de los grandes robles distinguibles en la entrada. Era el escenario habitual de un centro turístico del norte de Minnesota. Sin embargo, este complejo era viejo y destartalado, pero con mucha personalidad. El cuidador y anfitrión de Martha, la propietaria de la tierra y del resort, era el abuelo de Coy, el padre de su padre.

Coy conocía a su abuelo como Grandpa. Todos se pararon bajo la sombra del gran roble en la entrada del complejo. La madre y el padre de Coy se quedaron para una breve conversación de sutilezas, y poco después regresaron a casa después de una buena serie de abrazos. Por supuesto, cuando eras joven, anidabas en los planes de tus padres, no en los tuyos. Cuando sus padres regresaron al auto y se dirigieron a la entrada, Coy ya sabía que posiblemente lo habían sacado del nido.

La ligera lluvia de la mañana fue el único respiro de la sauna del próximo día de verano. Abundaba la frescura en el aire. La humedad y la temperatura del aire podrían haber sido francamente miserables si el corazón de un niño siquiera hubiera querido notar. El complejo se estaba llenando de viajeros de verano y veraneantes de la ciudad, como muchos de los complejos que rodean las decenas de miles de lagos de Minnesota. Coy ya había asumido que, muy probablemente, serían las mismas personas que siempre estaban allí. El complejo del lago Esquagamah estaba a unas 120 millas al norte de Minneapolis y tenía la capacidad única de reunir a la gente de la ciudad y del campo de Minnesota, Wisconsin, Illinois y otros estados circundantes con el singular propósito de pescar y pasar tiempo en familia en la naturaleza salvaje del norte de Minnesota. .

Coy había estado en el resort muchas veces antes, principalmente en el primer fin de semana de pesca con papá y los muchachos, pero también los fines de semana con la familia y algunas temporadas de una semana en el pasado. Sin embargo, esta sería la primera vez que se quedaría solo por un tiempo prolongado sin su papá y mamá y su hermana mayor. La perspectiva de una larga aventura de verano con el abuelo habría sido demasiado emocionante de soportar, es decir, si no fuera por las circunstancias que causaron este viaje.

La abuela Elma acababa de fallecer inesperadamente dos semanas antes. La abuela Elma era la madre de su madre. Había sido repentino sin previo aviso. Un ataque al corazón era lo que todos decían. Coy no entendió. Se decía a sí mismo: "¿Cómo y por qué alguien atacaría el corazón de la abuela? Tenía un gran y buen corazón".

Después de que se difundió la noticia de la muerte de la abuela y pasó el funeral, todo parecía estar en un estado de confusión y caos. Los planes, los testamentos y los familiares lejanos abrumaban la casa, y su madre, con la bendición de su padre, decidió y estuvo de acuerdo en que sería bueno que Coy se fuera y pasara parte del verano con el abuelo en el lago. El indulto de una madre y un padre, después de todo, estaba lejos de sus hijos a veces. Por supuesto, todo esto fue hecho con amor.

Coy se encontró en este complejo lacustre del norte de Minnesota con vista al lago Esquagamah. Mientras se encontraban con el abuelo en la entrada del resort, sus emociones, pensamientos y aprensiones estaban en alerta máxima. Además, de pie junto al abuelo había otro hombre desconocido a quien Coy consideró de inmediato que probablemente era un familiar lejano. Los tres vieron cómo el vehículo de sus padres volvía a subir la colina y se perdía de vista.

"Tímido", dijo el abuelo mientras agarraba a su nieto en un fuerte abrazo, tan fuerte como podía ser con un solo brazo completo. "Te ves bien, Pojken, te ves bien". El abuelo se inclinó y se frotó la sien derecha con el muñón de un brazo, que había sido cortado en la articulación del codo y continuaba. "Vamos a Little Mora y acomodémonos. Entonces tal vez salgamos al lago a pescar un poco más tarde hoy. Veo que te diste cuenta de este tipo a mi lado. Lo llamamos Growler, y es uno de nosotros y no es un mal jugador de cartas para empezar".

Coy era un introvertido natural y un poco tímido en situaciones nuevas. Él dijo: "Sí", en respuesta y simplemente asintió. El extraño no dijo nada, y su expresión de comunicación estaba entre una sonrisa y un gruñido. Coy se sorprendió mirando al extraño hombre con asombro. Coy no pudo evitar prejuzgar, y prejuzgó. Recordó al Sr. Huberty, su profesor de ciencias que era de algún lugar del este, diciéndole que a veces sentía que su vida había sido arrojada a un páramo llamado Minnesota como penitencia o algo así, y este lugar parecía estar lleno de imbéciles comedores de papilla que se comunicaban con monosilábico gruñidos. Le dijo eso a Coy con disgusto después de darle un trabajo de crédito adicional, y todo lo que Coy pudo gruñir fue: "Sí". Tal vez Growler encajaba a la perfección. Coy odiaba cuando juzgaba, especialmente solo por la apariencia externa.

Little Mora era el apodo de la cabaña del abuelo en el balneario. Era más que un apodo, ya que estaba en una tabla de madera pintada montada sobre la puerta de entrada. El abuelo era el encargado del complejo. El hombre era el responsable y mantenía las cosas en orden y se las arreglaba para Martha, la dueña del resort.

El complejo fue construido en la tierra de la familia de Martha, y ella vivía en la casa de campo original situada en el lado oeste del complejo, detrás de una pequeña área boscosa a mitad de camino hacia la colina.

Coy tuvo la impresión de que su abuelo era capitán o ingeniero de la nave, como Kirk o incluso Scotty de Star Trek. Él era la persona que se aseguraba de que el barco mantuviera su rumbo durante el aire ocasionalmente turbulento de un verano en Minnesota. Growler podría haber estado en la Federación, pero del otro lado del universo o en algún lugar, muy probablemente un extraterrestre no humano, imaginó Coy y sonrió para sí mismo por dentro.

Se terminaron los abrazos, los besos y las despedidas. Los padres de Coy se habían ido para regresar a la gran ciudad y a sus otras responsabilidades en la vida. El trío comenzó a caminar el breve trayecto hasta la Cabaña Little Mora, que estaba escondida cómodamente al noreste desde la entrada del camino principal de grava entre el bosque y el lago en el extremo sureste del complejo. No era el lugar más selecto del resort, pero el lugar tenía un propósito, por lo que cuando nuevos visitantes salían del camino de grava, instintivamente sabían que tendrían que registrarse allí. Le dio al abuelo fácil acceso a la pesca y cazando mientras lo mantiene disponible para los problemas inherentes a correr y ser el guardián del complejo del lago. Little Mora fue la primera cabaña construida y fue la cabaña donde se alojaron los trabajadores durante la construcción de las otras seis cabañas en algún momento después de la Segunda Guerra Mundial. El complejo en general y las cabañas ahora estaban decrépitos y francamente golpeados. Sin embargo, la pesca en el lago Esquagamah fue celestial, y eso superó las molestias de la gente de la ciudad quejándose de las condiciones. Little Mora podría haber sido la primera cabaña construida, pero seguro que tenía carácter. Tenía personalidad propia, con un sentimiento del pasado y matices, incluyendo su olor y ambiente familiar.

Coy caminó detrás de los dos hombres. Ahora fue presentado formalmente al otro hombre con un apretón de manos mientras caminaban juntos. Cuando se acercaron a la Little mora, el perro del abuelo, Pretzel, vino corriendo hacia Coy, saltó y lo lamió en la cara. Coy ama a los perros, y los perros amaban a Coy. Incluso con esa distracción, no podía apartar los ojos de Growler mientras trataba de seguir el paso del abuelo. Sin embargo, llevar su bolsa de lona, su mochila y su caña de pescar le dificultaba mantener el ritmo, especialmente cuando no estaba mirando por dónde iba. Coy tropezó un par de veces con las raíces expuestas y el subsuelo pantanoso, que era una firma del complejo junto con un pequeño arroyo de un metro de ancho llamado Chelsea Brook. El arroyo serpenteaba entre la Cabaña Little Mora y el resto de las cabañas y cruzaba en una alcantarilla debajo del camino de entrada y alrededor en frente de la casa de pescado y hacia el bosque en el lado oeste del complejo cerca de la costa. Coy estaba demasiado ocupado con la fascinación por la presencia de este Growler para prestar atención a la simple tarea de caminar.

Coy sabía que había algo diferente en Growler, lo que provocaba que su mente inquisitiva entrara en acción. El extraño cautivó instantáneamente a Coy y lo llenó de curiosidad. No era su ropa. Llevaba el mismo atuendo de los años cincuenta que el abuelo. No fue su discurso. No había dicho una palabra. No, era algo más, algo más profundo, lo que puso la atención de Coy en alerta máxima. Llegaron a Little Mora. Coy se prometió a sí mismo que dedicaría tiempo a averiguar de qué se trataba este hombre, Growler. Coy se sintió interesado con pensamientos irritantes.

El abuelo dijo cuando llegaron a Little Mora: "Ahora ve adentro y siéntate en el dormitorio en la cama más cercana a la puerta. Entonces ven aquí y daremos un paseo por todo el complejo. Te mostraremos los alrededores y discutiremos en qué ayudarás este verano".

Coy respondió obedientemente con un simple: "Sí, señor".

Coy abrió la puerta mosquitera y entró en la cabaña. Coy miró hacia atrás y vio que Growler emitía un gruñido que, a juzgar por lo que sucedió a continuación, Coy supuso que significaba: "Te veré más tarde". Growler pasó junto al abuelo hacia el lado norte de la cabaña y en dirección a los bosques que bordeaban el lado este del complejo. El misterio de Growler se había ido por ahora.

Capítulo 5
Little Mora

La mente inquisitiva de Coy se hizo cargo cuando entró en la penumbra dentro de la Cabaña Little Mora. Pensó que era como mirar al sol cuando se arrojaba en el El horizonte y el resto del mundo quedaron en blanco. Entró en Little Mora con familiaridad y echó un vistazo alrededor de la pequeña cabaña. En el pasado, la familia de Coy dormía en una tienda de campaña o, si había una cabaña disponible, se quedaba en una de las otras cabañas. En realidad, nunca se quedó ni durmió en la cabaña de Little Mora. Aunque toda la actividad familiar giraba en torno a esta cabaña, la cocina se hacía en la estufa interior o en la parrilla junto a la hoguera, y las comidas se servían en la pequeña mesa de picnic de madera cerca de la hoguera a cinco metros de la puerta. Los juegos de cartas y de mesa se jugaban en la cabaña o en la mesa de picnic con regularidad. El Camino de 1969 del abuelo con un topper de caravana estaba estacionado cuidadosamente en el lado sur de la cabaña. Coy había dormido en la casa rodante varias veces en el pasado cuando las cabañas disponibles con camas y tiendas de campaña estaban llenas de miembros de la familia y otros invitados. Coy prefería y disfrutaba el arreglo para dormir a solas de la caravana, pero no era tan divertido cuando compartía la caravana con un primo o su hermana.

Troncos de árboles cortados y viejas sillas de jardín rodeaban la hoguera en el frente y en el lado oeste de Little Mora. Little Mora era un pequeño edificio rectangular de unos doce por veinte pies, dispuesto en dos habitaciones cuadradas con media pared, cuyo objetivo principal era separar el área de la cocina del dormitorio. La sala de estar de la cocina tenía un banco de madera construido contra la pared de la puerta con una mesa y tres sillas en el lado opuesto donde se comía y se socializaba, como si se jugara a las cartas. En la pared y media que separaba el área principal había un fregadero, una estufa, un pequeño refrigerador y armarios. La cabaña no tenía agua corriente. Tenía electricidad. Había dos pequeñas ventanas en la pared sur. Se colocó una estufa Franklin de dos pies por un pie cerca de la pared norte entre la mesa y la estufa pequeña y más moderna. La estufa Franklin de leña era el calentador de la cabaña. Todas las cabañas tenían esta amenidad. No había baño interior porque no había agua corriente en Little Mora. El de dos agujeros estaba al este de la cabaña en el borde del bosque.

Había tres camas en el dormitorio, dos camas gemelas una al lado de la otra y una cama pequeña en la entrada, con una mesita de noche pequeña y una lámpara pequeña. La responsabilidad de la persona que dormía en la cama más pequeña era pasar la sábana modificada a través de la abertura de la puerta para obtener algo de privacidad de la habitación principal. Coy tomó la cama más pequeña en la entrada del dormitorio según las instrucciones. Solo tuvo tiempo para una mirada de repaso; los cuadros en las paredes y otras comodidades que necesitaban una mirada más cercana tendrían que esperar. Dejó sus maletas sobre la cama lo más rápido que pudo. No había tiempo para instalarse ni necesidad de sacar sus cosas ahora.

Capítulo 6
El Resort

Coy apenas hizo una parada en la cabaña. A los pocos minutos de llegar y entrar en el mundo de Little Mora, estaba caminando con el abuelo por el complejo junto con los perros. Pretzel era el perro del abuelo y Brownie era el perro de Martha, pero en realidad eran los perros del resort. Pretzel era una especie de perro callejero de pelo corto con una mezcla de Basset Hound y Wiener Dog, que tenía una personalidad asombrosamente divertida y excitable. Pretzel se había convertido en una gran ventaja, ya que perseguía a las pequeñas alimañas de debajo de las cabañas con un ladrido aullador reconocible, que sonaba como una risa y un gruñido al mismo tiempo. Brownie era un gran perro marrón que, desde la distancia, podría confundirse con un pequeño oso pardo. Brownie era amable y le gustaba sentarse con la gente y observar el fuego por la noche, como si escuchara. Coy a menudo miraba a Brownie para ver si estaba escuchando y se preguntaba si escuchaba, sentía o entendía el significado de todo como humanos

El abuelo caminaba a un ritmo más lento y fácil y Coy podía seguirlo a su lado sin mucho esfuerzo.

El abuelo le mostró a Coy el resort mientras le explicaba las responsabilidades, las tareas y le presentaba a su nieto a la comunidad de vacacionistas que no estaban pescando ni en sus cabañas. Le dio un resumen de la gente nueva que entraba y quién se iba y partes de la historia de todos ellos. Aunque la conversación era principalmente en una sola dirección. Coy estaba hipnotizado y disfrutaba mucho estar con su abuelo. Coy tenía un respeto incorporado por el abuelo y siempre lo admiraba como persona. El abuelo compartió lo que sabía y explicó la historia de la gente mientras explicaba las direcciones y las tareas. La conversación se estaba volviendo más confusa para Coy por momentos, y todo lo que escuchaba era: "Son de algún lugar de Minneapolis", "Son de algún lugar cerca de Chicago" o "No estoy seguro de dónde son...". Era como escuchar una canción de amor lenta en una de esas estaciones de radio que Coy no escuchaba. Sin embargo, siempre trató de escuchar atentamente sabiendo que todo lo que el abuelo tenía que decir valía la pena escucharlo.

Mientras el abuelo dirigía y explicaba, Coy recordó que el complejo se extendía alrededor de un cuarto de milla, como una playa gigante alrededor de la costa sureste del lago Esquagamah. Más tarde, Coy deduciría que el complejo estaba colocado como una línea de partida y parecía una entrada o puerta de entrada al lago. Realmente tenía un aspecto muy acogedor. En el extremo este de la playa estaba la Cabaña 1, con Little Mora directamente al sur entre la Cabaña 1 y la Cabaña 2 y en el lado sur de Chelsea Brook y al alcance de la vista de la carretera. En el extremo oeste estaba la Cabaña 7. Había espacios para acampar al oeste de la Cabaña 7, donde los campistas y las tiendas de campaña se ubicaban en el área cortada y despejada hasta la línea de árboles del extremo oeste. La casa de Martha no estaba a la vista desde las cabañas y no estaba construida lo suficientemente cerca de la costa para tener una vista. Mirando al otro lado del lago estaban los bosques circundantes que abrazaban el resort como una manta de madera, ocultando el resort del mundo real. Había una torre de radio con una luz roja parpadeante en la parte superior del terraplén alto en la costa noreste del lago; era fascinante mirar desde el fuego por la noche.

El abuelo le dijo a Coy que el complejo ocupaba unos diez acres. El claro real del bosque circundante y el camino para las cabañas y el campamento era de alrededor de tres acres. Realmente no tomó tanto tiempo caminar todo. Un lado sur del resort y en el otro lado del bosque del resort estaba el camino, y había lo que parecía ser un pequeño edificio blanco directamente hacia el oeste y subiendo por el camino de grava en la cima de la gran colina. Coy no pudo distinguir la vaga ubicación del edificio blanco mientras su abuelo lo guiaba por el complejo. Coy aprendería que la mejor vista del edificio blanco en la cima de la colina era desde el lago a la vuelta de la esquina a través del estrecho pasadizo hacia la bahía llamada Jordan's Bay. Cuando llegaron a la primera de las siete cabañas, Coy pensó que necesitaba explorar los bosques del oeste cuando pudiera alejarse del abuelo y de todos estos nuevos deberes y responsabilidades.

Las cabañas se organizaron y numeraron del 1 al 7, con la cabaña 1 en el extremo este y la cabaña 7 en el lado oeste del resort a lo largo de la costa del lago. Las cabañas no estaban en línea recta, ya que algunas miraban directamente al lago, mientras que otras en diferentes ángulos. Ninguna de las cabañas era idéntica en estructura, como si hubieran sido construidas sin planos sino solo por conveniencia de ubicación y con cualquier material disponible. Sin embargo, cada cabaña tenía todas las comodidades básicas. Los números de las cabañas estaban en la esquina superior debajo de la línea de fascia de los techos inclinados, escondidos discretamente cerca de las puertas de entrada. Coy y el abuelo llegaron al lado oeste del complejo. La primera cabaña que encontraron fue la Cabaña 7. El abuelo continuó con las instrucciones. Coy miró hacia el oeste y contó tres remolques de tiendas de campaña, cinco tiendas de campaña y dos casas rodantes grandes tipo Winnebago.

Se dio la vuelta y vio al abuelo examinar la cabaña y el paisaje circundante con su habitual discernimiento y reflexión.

"Está bien, resolvamos esto, Pojken", dijo el abuelo con una voz fuerte que rozaba lo dictatorial. "En las cabañas, tenemos trabajos para completar diarios y semanales. Echarás una mano y tendrás algunas responsabilidades, como conseguir y partir leña para las fogatas y las estufas de leña, asegurarte de que el césped esté cortado desde la cabaña hasta el muelle de la cabaña, y limpiar las ventanas una vez a la semana más o menos y , por supuesto, entregando la ropa de cama lavada cuando sea necesario". Se detuvo y se frotó la sien derecha con el muñón de un brazo y continuó, "y también una gran responsabilidad es ser un buen mayordomo, dejando entrever alguna dirección social. Por otro lado…", disminuyó la velocidad por un momento y luego continuó: "Martha hace un muy buen trabajo con eso".

La mente de Coy estaba acelerada y pensando, pero estaba un poco confundido por qué el abuelo lo llamó Pojken nuevamente, ya que realmente no sabía qué significaba un Pojken.

El abuelo señaló con el muñón de un brazo mientras hablaba, mientras señalaba en la dirección de cada una de las posibles tareas. Coy literalmente sintió todo el brazo presente mientras señalaba. Hace años, cuando Coy era más joven, ver a su abuelo trabajar con un solo brazo daba miedo. Después de todo, la visión de un verdadero hombre con un solo brazo era directamente de una de esas películas de terror que su madre nunca le dejaría ver, ya que no quería que su pequeño hijo tuviera pesadillas.

Sin embargo, uno de los principales trabajos de una madre para ella era ayudar a su descendencia a estar en presencia de situaciones buenas y no aterradoras.

Con el tiempo, Coy había llegado a ver a su abuelo como un hombre fuerte y amable, y de ninguna manera un inválido o un miedo. El abuelo podía hacer casi cualquier cosa, normalmente mejor, que un hombre con dos brazos. Era como si tener un brazo menos lo hiciera más fuerte o al menos más decidido a estar sano que cualquier hombre sano. A Coy le hubiera encantado haber conocido a su abuelo cuando estaba en la flor de la vida. Sabía que incluso si no hubiera estado relacionado con él, habría querido ser su amigo.

Coy realmente no estaba prestando atención mientras deambulaban hacia la Cabaña 6. Estaba demasiado ocupado preguntándose y tratando de recordar la historia de cómo el abuelo había perdido el brazo para estar prestando atención. Pero sí le hizo pensar en haber nacido con un solo brazo. Recordó una mención de un accidente agrícola hace mucho tiempo, y se preguntó cómo sucedió todo eso. El abuelo podía ver los sueños y las dudas que se formaban detrás de los ojos dorados de su nieto de doce años, así que gritó: "Entonces, eres el soñador y el pensador que recuerdo. Vamos, soñador, todavía hay trabajo por hacer". El abuelo habló mientras miraba a Coy. Coy estaba empezando a darse cuenta de que la mayor parte de la comunicación del abuelo era por voz e inflexiones faciales, además de señalar y dirigir. Coy asintió y aceptó la comunicación del abuelo y pensó que ese brazo perdido era solo otro misterio por resolver.

A pesar de que las cabañas 6 y 7 fueron las últimas cabañas construidas, tenían las mismas condiciones de deterioro y desgaste que las otras cabañas. Cada cabaña tenía las mismas cosas que hacer por ellos que

Cabaña 7, pero también tenían tareas de mantenimiento específicas que Coy y el abuelo abordarían durante el verano. La cabaña 5 tenía goteras en el techo y tendrían que trabajar en el piso de la cabaña 2, además de otras cosas. Cuando llegaron a la carretera del complejo, parecía que Coy tendría un verano más ajetreado de lo que había esperado. Salió de la entrada del complejo por la entrada del camino de grava al lago, bajó por la ligera pendiente y entró directamente en el lago. lago que fue el embarcadero. El camino y el embarcadero separaban las Cabañas 1, 2 y 3 de las Cabañas 4, 5, 6 y 7.

Ahora estaban parados cerca del embarcadero. Coy echó una mirada amplia y prolongada al lago Esquagamah. Estaba tratando de obtener una visión panorámica de lo que hacía que este lago, uno de los diez mil lagos en Minnesota, fuera tan especial para los vacacionistas y tan importante para el abuelo.

Coy pensó que el lago Esquagamah era un lago del norte de Minnesota relativamente normal y corriente, pero era su lago de parte de él. El agua no era clara y tenía un tinte verde. Se veía exactamente como uno pensaría que se vería cualquier lago lleno de agua y rodeado de árboles. Coy sabía que si bien el agua no estaba limpia y clara como se esperaba, la pesca fue extraordinaria. El lago se alimentaba de las aguas del río Mississippi, lo que ayudó a traer una lista rebosante y una gran cantidad de peces que mordían carnada y convirtió el agua sucia en nada más que un matiz. Había crappies, walleyes y lucios del norte. Pero más que nada, el lago Esquagamah estaba lleno de vientres amarillos de buen tamaño y peces luna de agallas azules. La boca de Coy comenzó a babear al pensar en la delicia comestible del pez luna frito.

"Tenemos algunos trabajos aquí cerca del agua. Ayudamos con los desembarcos de botes, asegurándonos de que los huéspedes lleguen a sus botes de manera segura cuando estamos disponibles. También ayudará a asegurar los botes del resort en sus respectivos muelles y cada noche, uno de nosotros irá a cada muelle y verificará si los botes están amarrados a los muelles". El abuelo habló y señaló los muelles con su brazo sin manos. "Además, cuando los invitados regresan de un día de pesca, nos mantenemos disponibles y ayudamos a recoger su captura si así lo desean. Entonces, podemos limpiar o al menos ayudarlos a limpiar sus peces. Al menos, les indicamos la casa de pescado.

Coy no pensó que ninguno de los trabajos pareciera demasiado desafiante. Pero ese último trabajo, limpiar el pescado, le preocupaba. En realidad, nunca había limpiado pescado solo. Había visto al abuelo limpiar pescado un puñado de veces con papá y el tío Hilb. Sin embargo, nunca había apuntado un cuchillo a un pez que se movía él solo sin guía.

El abuelo sintió la reticencia de Coy y dijo: "No te preocupes, Pojken. Más tarde, después de que salgamos un rato, te mostraré cómo hacerlo bien. No tienes nada de qué preocuparte. Por ahora, sin embargo, solo tome nota de estos posibles deberes, ¿de acuerdo?

"Sí, señor", respondió obedientemente Coy. Estaba empezando a sentirse un poco agobiado a pesar de los intentos del abuelo de animarlo.

Cuando sus padres lo habían dejado no más de una hora antes, Coy estaba emocionado de estar fuera del auto. No había pensado demasiado en lo que estaría haciendo. Pero ahora, después de escuchar la lista de tareas del abuelo, comenzó a preocuparse. Coy estaba empezando a preguntarse si alguna vez tendría tiempo para sí mismo este verano. Después de todo, era de vital importancia que tuviera tiempo para preguntarse, vagar, aprender y explorar.

La pareja continuó caminando a lo largo de la orilla del lago mientras el abuelo señalaba los muelles y establecía las tareas. Llegaron al otro extremo de la orilla del lago del resort. El abuelo se detuvo de repente, como si hubiera recordado algo. Se volvió hacia Coy. "Sabes, deberíamos ir a hablar con Martha. Querrá conocer a los Pojken que ayudarán a cuidar el resort". Luego, el abuelo se alejó del lago hacia el otro lado del complejo y dijo: "Este es el camino".

Capítulo 7
Una Pequeña Historia de Abuelo

oy vio al abuelo como un hombre extraordinariamente autosuficiente con historia. El abuelo no necesitaba ayuda con los deberes de la vida, hasta donde Coy podía comprender. La abuela de Coy se había ido para estar con el Señor hace unos años después de sufrir diabetes y otras dolencias, y la decisión del abuelo de ser autosuficiente se le impuso. Gran parte de la vida no era una elección, como vivir como un bandido manco y no ser un forajido.

El abuelo y la abuela fueron padres de tres niños y tres niñas, todos en un lapso de quince años, lo que debe haber pasado factura, pero realmente debe haber afectado a la abuela. El pináculo de la perseverancia llegó en el otoño de 1952, cuando el abuelo perdió el brazo derecho en un accidente con una máquina trilladora en la pequeña granja familiar. El abuelo era el hombre de la máquina trilladora en la pequeña comunidad agrícola del medio de Minnesota. La trabajaría no solo para su campo, sino para todos los vecinos cercanos. Las trilladoras de finales de los 40 y principios de los 50 tenían muchas piezas móviles con problemas mecánicos obvios, y no era inusual que ocurrieran averías y atascos. El abuelo, siendo un mecánico e ingeniero nato, no muy diferente de tantos granjeros de la época, podía hacer que cualquier cosa funcionara o funcionara, incluso con muy poco dinero. Podía arreglar casi cualquier problema con lo que tenía a mano. Una tarde de otoño del 52, al anochecer después de más de doce horas de trilla, la máquina se atascó como probablemente lo había hecho muchas veces ese día. El abuelo, quizás con prisa por terminar y probablemente cansado y sin siquiera pensarlo, metió la mano en el área del cinturón. Desafortunadamente, la manga de su camisa se enganchó y su brazo derecho fue tirado hacia adentro y golpeado hasta el codo. ¡Ay!

Tenían poco seguro y no mucha ayuda pública. Perder la granja era inevitable. El accidente y las decisiones subsiguientes tuvieron que ayudarse a perder la franja de ochenta acres de tierra de Dios de bajos ingresos y bajos resultados que la familia llamaba hogar. El resultado, junto con el dolor y la pérdida, fue simplemente convertirse en otra familia de la gente del pueblo. Esta nueva distinción afectó a la familia, especialmente a los niños que aún estaban en casa, incluido el padre de Coy. La familia se mudó a la ciudad de Mora, Minnesota, y comenzó su existencia simplemente sobreviviendo. El padre de Coy era el menor y tenía doce años cuando ocurrió el accidente de la finca. La familia realmente no hablaba mucho de eso. Coy sospechaba que probablemente eran los feos recuerdos y el dolor de todo lo que suprimía la historia y la historia.

Poco después y durante varios años, la familia se había puesto de pie debajo de ellos; El abuelo, la abuela y todos sus hijos sobrevivieron trabajando en diferentes trabajos, buscando comida y ganando suficiente dinero para sobrevivir con la mayor perseverancia y oración posible. Antes de ser llevada a casa para estar con el Señor, la abuela trabajó con el abuelo en el centro turístico del lago Esquagamah y ayudó a cuidar la propiedad durante algunos años. Con sus hijos desaparecidos hace mucho tiempo y con sus propias familias, trabajar en el resort era una buena manera para que el abuelo y la abuela se mantuvieran sociables y se sintieran necesitados, aunque solo fuera por los turistas de la ciudad que se quejaban y necesitaban que les limpiaran el pescado o repararan sus cabañas o revisaran sus motores fuera de borda. y arreglado.

Siempre era bienvenido cuando los miembros de la familia visitaban y se quedaban en el lago con el abuelo, especialmente ahora que falleció su esposa y líder espiritual de toda la familia. El abuelo era introvertido, pero en el fondo era una persona sociable. Seguro que disfrutó de la compañía cuando llegaron familiares y amigos. Además, había desarrollado relaciones sólidas y profundas con los clientes del resort a lo largo de los años. El resort no era uno de los mejores destinos de primera clase en el norte de Minnesota, como los resorts en el área de Brainerd o uno de esos destinos elegantes en la cadena de resorts lacustres de Cross Lake. El resort Lake Esquagamah, un resort con carácter e historia, tenía un lago que producía todo tipo de peces, pero lo más importante, una plétora de peces luna comestibles de hermoso tamaño.

Aunque había otros seis nietos varones en el mundo del abuelo, a la familia de Coy le gustaba pescar y visitaba al abuelo y la abuela en el lago varias veces al año, pero ahora solo visitaban al abuelo. Coy conocía el complejo pero realmente no conocía el funcionamiento. Además, Coy acababa de llegar a la edad de la comprensión. No había duda de que el abuelo y Coy tenían un vínculo y una conexión únicos, y Growler puso un poco de chispa y energía en la mezcla.

Coy tenía algo de la personalidad del abuelo. Ambos amaban a los perros. De hecho, Coy recibió su nombre de uno de los mejores y favoritos perros de caza del abuelo cuando su padre tenía unos 12 años. Disfrutaban y sabían que jugar al solitario era bastante divertido, pero competir juntos en un buen juego de Kings-in-the-Corner o cribbage ayudaba a que pasaran los días en que había una competencia amistosa. El abuelo tenía historia, perseverancia y una historia; hizo de la vida una experiencia. Desde que falleció la abuela, su compañera de vida, se había convertido en un hombre muy autosuficiente, un hombre de un solo brazo. Fue divertido para Coy ver a su abuelo trabajar con las cartas con una mano y no perder el ritmo ni una jugada. Todo esto parecía ser un excelente caldo de cultivo para que un niño pequeño aprendiera sobre la vida, o al menos esa fue una de las razones que dio su madre para dejarlo en el verano.

Capítulo 8
Todo Tiene un Verdadero Comienzo

El lunes por la mañana, la segunda semana de junio del año de Nuestro Señor 1973, y como de costumbre, más temprano que la madrugada fue cuando comenzó la vida en el resort del Lago Esquagamah.

La luz de la cabaña Little Mora era casi siempre el primer parpadeo de luz de la oscuridad cada mañana. El abuelo, siendo un poco mayor y un poco más gastado, abrazaba la almohada hasta las 5:00 a. m. o tal vez a las 5:30 a. m. Coy, siendo un niño de ciudad, no estaba muy acostumbrado a vivir la época de granjero del abuelo y Growler. Sin embargo, después de unos días con estos dos tipos, Coy se dio cuenta, rápidamente y casi a la velocidad de la luz, que era hora de levantarse e irse cuando el primer atisbo de luz entró en el oscuro mundo de la noche. Coy, por su parte, quería ser uno de los chicos. Lo más importante, Coy no quería perderse nada.

Aunque Coy luchó contra la rutina matutina durante unos días o incluso una semana, se adaptó. Coy reconoció rápidamente lo agradable que podía ser la mañana temprano con el rocío en el suelo, el aire fresco y la brisa fresca y fresca. Con el sentimiento de novedad de vida, era como si todo el mundo se refrescara diariamente. La anticipación mundana y juvenil del día desconocido, la emoción, el aprendizaje, la exploración, el crecimiento, la ayuda y el avance paso a paso fueron muy emocionantes en la línea de salida. Coy aprendió a apreciar esta cualidad, ya que se vio obligado a adquirirla o ser otra alma olvidada. Sin embargo, realmente atesoraba la idea de que incluso los chicos mayores con los que se estaba juntando podrían tener la misma exuberancia de por vida. Con la frescura y la pureza del aire, la mañana se convirtió en el momento favorito de Coy. Con certeza, saltar de la cama se convirtió en uno de sus nuevos buenos recuerdos.

Growler a menudo se alejaba y desaparecía por un rato en las mañanas, e incluso el abuelo no sabía dónde desaparecía. El abuelo le dijo una vez a Coy que fue al bosque y gruñó al mundo por lo que le hizo a él y a su vida. Coy no entendió al abuelo la mayor parte del tiempo, pero esta explicación fue adecuada, y él la entendió un poco y la aceptó. Sin embargo, la aceptación total requeriría más tiempo y muchas preguntas para ser respondidas. Cuando Coy le preguntó al abuelo adónde iría Growler por la mañana, el abuelo, por supuesto, dio la respuesta obvia: al de dos hoyos. Coy no respondió pero sabía que había más.

El abuelo le susurraba a Coy algunas instrucciones de lo que había que hacer a primera hora la mayoría de las mañanas. A pesar de que Coy sabía que había tanta área para llenar dentro del misterio de Growler, había que hacer tareas. Coy se dedicó a hacer sus tareas habituales esta mañana en particular, como limpiar y arreglar el área del pozo de fuego, revisar la casa de pescado y hacer una revisión rápida alrededor del complejo para, al menos, asegurarse de que las cabañas estuvieran allí y no las hubieran quemado o hundido en el pantano de la vida o algo así. Coy realmente no sabía qué habría hecho si hubiera habido algún problema con las cabañas. Sabía que si había algún problema, probablemente estaría relacionado con las personas.

Coy se levantó bien con Growler esta mañana. Ellos, junto con Pretzel, salieron de la cabaña de dos habitaciones, sin agua, sin baño, cama de lado a lado con el matiz de olor habitual. Hicieron contacto visual y se hicieron un pequeño gesto agradable que simplemente implicaba: "Nos vemos un poco después de que vivamos y hagamos nuestras propias cosas". Coy siempre echaba un vistazo rápido a la lucioperca montada sobre la puerta al salir de la cabaña, y la leyenda decía: "Si hubiera mantenido la boca cerrada, no estaría colgado en esta pared". Coy siguió su camino, pero con un ojo mirando hacia Growler.

Growler tenía una pequeña bolsa de transporte colgando sobre su hombro. Atravesó el camino en zigzag, lo que Coy pensó de inmediato que era una técnica para mantener a un enemigo alejado de su rastro o dirección. Coy lo vio dirigirse al camino de grava y comenzar a caminar hacia el oeste por la colina bastante empinada, en la dirección opuesta a la casa de Martha. Coy notó la caminata de Growler esta mañana. Parecía caminar siempre con un propósito. Empujó los dedos de los pies como un líder natural por su apariencia y acciones físicas. Coy tenía el mismo andar.

Los niños en la escuela se burlaban de Coy y lo llamaban de puntillas. Le vinieron pensamientos sobre lo que sucedió la primavera pasada en la escuela. Uno de los acosadores de la escuela se había acercado a Coy después de la clase de educación física, justo después de que Coy ayudara a su equipo a ganar el partido de hockey sobre piso contra el equipo de los acosadores en el gimnasio. "Oye chico, buen gol, pero sabes qué, realmente te odio", le dijo el bully a Coy.

"Lo siento, John, pero ¿por qué me odias?" Coy respondió.

"Porque siempre caminas como si tuvieras un propósito, y eso me molesta muchísimo", había dicho John, cara a cara con Coy. John era tres o diez pulgadas más alto que Coy y obviamente intimidante. Además, John tenía la reputación de ser no solo un luchador, sino también un luchador ganador.

Coy estaba asustado cuando ambos intentaron mirarse fijamente. Entonces Coy rompió. "¿Sabes qué, John? Si puedo asustarte, eso está bien para mí. Tal vez un poco de cielo allí sería bueno", dijo Coy, mientras señalaba el pecho de John.

John vaciló y luego dijo: "No está mal, chico. Creo que tal vez podamos ser amigos después de todo".

"Eso sería genial", había respondido Coy.

Mientras Coy soñaba despierto, Growler desapareció de la vista. Coy se apresuró en algunas de sus tareas sencillas. La rutina de control de cabaña tendría que esperar esta mañana. Astutamente (pero no realmente astutamente porque casi tenía que trotar solo para caminar con Growler normalmente) tuvo que correr a propósito para tratar de alcanzarlo y seguir a Growler.

El entusiasmo de Coy por lo desconocido y la anticipación estaban en su punto máximo. No solo quería, necesitaba saber sobre este hombre y lo que estaba haciendo. El misterio de este hombre estaba encendiendo una emoción que nunca había experimentado. Todos los demás en su vida fueron encasillados con una descripción que parecía menos una voluntad de esfuerzo sino solo una forma aceptada.

Coy no quería simplemente aceptar, quería ser una excepción. Growler despertó su entusiasmo. Para Coy, Growler parecía tener profundidad con excepción. Por las apariencias externas y la opinión de todos los demás, solo se suponía que Growler era un tonto. Coy pensó que la gente quería aceptar a Growler por su apariencia externa. Coy sabía que algo dentro de Growler era más que interesante, intrigante y posiblemente muy especial.

El mayor enemigo del amor y los logros es el orgullo por un joven vibrante que le dice que nada es difícil y que puede hacer cualquier cosa. Coy caminaba y hablaba con confianza, lo cual era una de sus fortalezas pero una molestia para los demás en su vida. Desde su primer encuentro con Growler, pudo sentir una presencia simbiótica. Coy caminó y luego corrió por la colina del camino de grava sin orgullo esta mañana, solo curiosidad y anticipación.

¿Por qué siempre había una colina que escalar? Siempre una colina. Coy pensó que parecía que las cosas importantes en la vida siempre se fortalecían con una colina o una lucha. Esta colina se colocó en el lugar justo para humillar incluso a un joven enérgico. Coy llegó a la cima de la colina, con un área de meseta plana de aproximadamente un acre, donde se suponía que debía levantarse un edificio. Había un edificio blanco cuidadosamente construido, que Coy recordó brevemente haber visto mientras pasaban frente a él el primer día que estuvo en el resort. La elevación se elevaba sobre el lago y desde la meseta había una gran vista general del lago Esquagamah. Era como si este pedazo de tierra, el edificio y quienes fueran los ocupantes y patrocinadores de este lugar estuvieran destinados a ser supervisores. No había línea de costa, solo un declive empinado hasta la orilla del agua.

Coy, en un breve respiro del momento, recordó haber mirado esta área de la costa desde la bahía Jordan's Bay cuando estaba en el bote con el abuelo. Le había preguntado al abuelo en el fuego la noche anterior para qué era el edificio blanco y recordó un murmullo de Growler en respuesta antes de que el abuelo dijera que era solo una bonita estructura blanca allí arriba en un bonito pedazo de tierra. También dijo que era como si hubiera caído del cielo en el lugar correcto y en el momento correcto.

Coy había aprendido sus habilidades de reconocimiento por lo que había visto en la televisión. Sabía que tenía que mantenerse alejado, una técnica que aprendió al ver Get Smart. Aunque Don Adams se hizo el tonto, siempre parecía atrapar a los malos y a la chica. Incluso un tonto sabía cuándo intentar pasar desapercibido. Coy no tenía artilugios ni cosas divertidas como un teléfono de zapatos, pero comprendió que debía quedarse atrás y escondido, pero lo suficientemente cerca para observar. Naturalmente, terminó en un área de zanjas justo en las afueras del área del camino de entrada, no en la maleza sino en el borde del camino de entrada. Se tumbó en la hierba, que estaba húmeda de rocío. Coy tenía una vista perfecta del frente del edificio blanco. Coy no pudo evitar pensar que el edificio se veía sereno y decidido.

Eran alrededor de las 5:30 a. m. y el hermoso y despejado amanecer asomaba por los bordes superiores de la línea de árboles del este. El rocío de la mañana brillaba en la superficie del techo inclinado de la estructura como si el mismo cielo quisiera asegurarse de que hubiera un reflejo. El edificio tenía ventanas de colores en algunos lugares y paneles transparentes en otros, revestimientos blancos y contraventanas negras.

Una de las características más intrigantes del edificio era su estructura de entrada. Había un voladizo por donde los coches podían conducirse hasta la puerta principal debajo del área del hastial tan empinado como la ladera de una montaña, lo que hacía que pareciera la cola del edificio. Para Coy, era como ver un cuadro en una pared que lo mantendría despierto con curiosidad porque anhelaba entender qué había detrás del cuadro. Coy, con el paso del tiempo, tendría un despertar, como una revelación, a algo que se desarrollaba en la historia que no había reconocido en la imagen.

Coy hizo una doble toma. Miró el edificio una y otra vez. Se le encendió una bombilla en la cabeza. En la entrada del edificio, la estructura en voladizo estaba sostenida por una viga de soporte recta perpendicular a la tierra y sostenida por un gran poste. Alrededor de las tres cuartas partes del camino hacia arriba desde el suelo, había otra estructura de postes o vigas de la misma longitud, tamaño y circunferencia que estaba paralela al suelo. Se dio cuenta de que parecía una cruz, y estaba teñida de un hermoso color oscuro, lo que hacía que sobresaliera. Brillaba y brillaba tenuemente en el brillo de la mañana. Coy se dio cuenta de algo sin que se lo dijeran o instruyeran esta hermosa mañana. Esta era una iglesia. Desde la calle, la fachada del edificio invitaba, como si la entrada al edificio estuviera detrás de la cruz; Era como si la cruz fuera el cimiento que sostenía toda la estructura.

Coy estaba contemplativo por decir lo menos esta mañana. Quería estar allí mismo en la mezcla, pero por ahora sabía que no era un invitado. Coy tenía una vista clara de Growler. Growler se detuvo cerca de la puerta principal debajo de la estructura sostenida por la cruz, se inclinó por un momento transitorio y luego miró superficialmente a su alrededor. Coy se agachó y se escondió, en caso de que Growler mirara hacia la carretera. La puerta se abrió, lo que sorprendió a Coy ya que era muy temprano en la mañana. Lo curioso era que Growler ni siquiera había llamado a la puerta ni hecho ningún gesto. Un señor de unos treinta años salió a saludarlo. Coy sudaba de anticipación mientras luchaba por mantenerse oculto y mirar. Miró atentamente, tratando de escuchar y observar. El pensamiento, "¿Qué demonios está pasando?" seguía golpeando en sus sicnes. Su sien derecha se sentía como si fuera a explotar.

El hombre más joven y bien vestido parecía tener cierta autoridad. Parecía desde el punto de vista de Coy que Growler mostraba respeto. Parecieron comunicarse de alguna manera por un momento, luego se abrazaron (el tipo de abrazo de un hombre), se detuvieron y ambos miraron a su alrededor. Coy se agachó en la zanja. No podía escuchar ni comprender su intercambio, pero todo le parecía extraño. Growler le entregó algo al hombre más joven, y el hombre más joven pareció estrecharle la mano, o darle algo a Growler. Coy no podía ver qué podría haber sido, en todo caso.

Intercambiaron otra comunicación de algún tipo. Desde el punto de vista de Coy, no parecía que se hablara ninguna palabra. Después de un minuto más o menos, se inclinaron y bajaron la cabeza juntos y, desde la distancia, casi parecían una silueta de unidad. El tiempo parecía lento como si se hubiera detenido, pero el momento fue muy breve. El joven se giró para retroceder en el edificio, parecía como si invitara a Growler a entrar, pero las manos de Growler hicieron un gesto de "no". Parecían entender con el silencio comunicado.

Growler se volvió y miró a su alrededor. Coy se dio cuenta de que Growler se estaba preparando para regresar al resort y desayunar colina abajo. Coy se deslizó hacia atrás lentamente, como si fuera una serpiente en la hierba moviéndose hacia atrás. De repente se dio cuenta de que esto se había convertido en una carrera. Coy terminó de deslizarse tan lejos como pudo, luego se puso de rodillas y cuando estuvo fuera de la vista se puso de pie de un salto en una posición encorvada y comenzó a caminar hacia el bosque. Aceleró el paso a medida que se acercaba al bosque sabiendo que esa carrera continuaba. Estaba teniendo cuidado de no ser visto. Growler ya no estaba a la vista y se apresuró hacia el bosque. Sin ninguna previsión, Coy sintió que de alguna manera podría encontrar el camino de regreso cuesta abajo al resort en el bosque y no a la carretera. Sabía que el camino no era una opción, por lo que el camino menos transitado esta mañana era a través del bosque oscuro, bajando una gran colina aterradora de regreso a la base. No podía entender por qué, pero estaba corriendo asustado por alguna razón.

Coy no entendía por qué todas las cosas tenían que ser una carrera con él. Se sentía como una rata en una carrera de ratas. Entonces cayó en la cuenta: algo había sucedido un mes antes.

Estuvo con la abuela por última vez. Se sentaron juntos, solo ellos dos en la mesa de la cocina, comiendo unos bocadillos por la tarde. Habló sobre muchas cosas que Coy llevaría consigo por el resto de su vida. Más tarde, Coy se enteró en el funeral que la abuela era diabética, pero él no lo sabía en el momento en que hablaron. A principios de año le dijeron que tenía poco tiempo y

Coy estaba agradecido de haber tenido tiempo juntos antes de que ella muriera solo para hablar.

Coy estaba mojado de pies a cabeza por gatear y deslizarse en la hierba mojada. Ahora entró en el bosque con un paso de pánico notable. Las ramas de los árboles y la maleza estaban todas mojadas, y ahora estaba empapado hasta la cintura, pero su mente vagaba tan rápido como su paso.

Estaba recordando cómo la abuela inclinaba la cabeza en oración antes de cada actividad con propósito y buen hábito. Coy empezaba a darse cuenta de que eso decía mucho sobre su carácter. La última conversación que tuvieron Coy y la abuela quedó grabada en la mente de un joven impresionable y lo que ella le había dicho el último día que la vio con vida.

"Coy, el problema de estar en una carrera de ratas es que incluso si ganas, sigues siendo una rata". Podía escuchar a su querida abuela instruirlo. La abuela conocía a sus ratas, vivió en una granja toda su vida y las perseguía en el granero o en el gallinero. Coy sintió la carrera en su interior. Sin embargo, se dio cuenta de que era la única rata en la carrera de esta mañana. Growler solo vivía. No era una gran carrera si la carrera era solo.

Coy entró al amparo del bosque y comenzó su camino cuesta abajo y a través del espeso follaje. Luego recordó lo que dijo la abuela cuando la familia de Coy se fue, dándole un último consejo. "Querida familia, sean amables. Recuerda, todas las personas con las que te encuentras están librando una dura batalla". Coy estaba empezando a entenderlo, pieza por pieza.

No estaba prestando atención a la tarea que tenía entre manos y como la colina era más empinada en el bosque que el camino y el terreno era traicionero, Coy cayó tres veces sobre rocas, árboles caídos, tocones y una pendiente resbaladiza de cantos rodados cubiertos de musgo. Estaba luchando por regresar al resort. Encontró el camino trillado de los ciervos en el punto medio del campamento, y supo que iba por buen camino. Sin embargo, estaba oscuro en el bosque y era difícil encontrar el camino.

El día ya se le hacía viejo a Coy, a pesar de que tal vez eran las 6:00 de la mañana. Podía sentir el calor del sol de la mañana esparcirse a través de la cubierta de árboles. Aún más importante, los mosquitos, las libélulas, las moscas de los ciervos con su zumbido, estaban despiertos y se estaban convirtiendo en su único foco. Aparecieron en el mundo de la nada a la misma hora todos los días. Los pájaros cantaban, las palomas de luto cantaban con su familiar sonido triste y espeluznante de alegría. Las ardillas y todos los seres vivos chillaban y se comunicaban. Coy pensó que todas las criaturas al alcance del oído querían ser parte del tumultuoso pero hermoso sonido de la mañana.

Parecía que todos los lugares y situaciones tenían un sonido, olor o sensación, e incluso una persona ciega podría identificar dónde se encontraban en cualquier momento. Temprano en el día y temprano en la noche, el sonido abrumador era el zumbido de los mosquitos, o el zumbido de las moscas, y el sonido familiar de una libélula batiendo sus alas. Coy aprendió que las libélulas comen mosquitos, y aunque parecían un poco malvadas, definitivamente no quería matar a ninguno de ellos. El pequeño y sinuoso sendero en forma de venado a través del espeso bosque terminaba en el complejo a unos veinticinco pies detrás de la casa de pescado. Conocía el camino, ya que a veces enterraban tripas de pescado allí y desenterraban gusanos y orugas nocturnas como cebo. Por supuesto, los osos y otros animales aterradores también deben haber conocido el camino, por lo que incluso un joven valiente estaba al tanto de los peligros.

Coy salió del pequeño sendero del bosque a la zona de césped segado y limpio, lo que lo dejó de pie en la esquina suroeste de la zona de acampada. Estaba de vuelta en su mundo familiar con un propósito renovado. Se detuvo y cerró los ojos para asegurarse de que las acciones de la mañana quedaran grabadas en su memoria. La perspectiva del mundo de Coy cambió esta mañana, ya que ya no veía solo un mundo hecho por el hombre. Estaba empezando a ver el otro mundo.

En algún espacio no especificado en lo más profundo de su alma, Coy no pudo evitar creer que Growler fue malinterpretado. Y si lo era, Coy necesitaba averiguar por qué su nuevo amigo mayor no se esforzaba más por hacerse entender. ¿Por qué era tan difícil para algunas personas, tanto buenas como malas, querer ser como el resto del rebaño? Coy pensó en cómo algunos que vivían con propósitos misteriosos externos a menudo eran etiquetados como extraños o como gaviotas solitarias que miraban y volaban más rápido que el resto de la bandada y que encontraban su vida y comida fuera de la refriega con paz y satisfacción interior. Coy esperaba paz y satisfacción interior.

Coy estaba madurando hacia la etapa de la vida del hombre joven, donde los adultos jóvenes comenzaron a darse cuenta de que la vida era realmente desconocida y que todo de alguna manera se volvió incognoscible. Sentía dolor de hambre y su estómago hacía ruidos. Sabía que era hora de desayunar. En consecuencia, decidió regresar a Little Mora. Sin embargo, su mente estaba llena de muchos pensamientos sobre por qué nace cada uno y cuándo descubrimos por qué y para qué. Sabía que era por algo más que comer y sobrevivir o simplemente permanecer con vida tanto tiempo como pudiéramos, y solo podía suponer que era por alguna razón mejor.

Coy se había hecho un voto a sí mismo tres meses antes en su duodécimo cumpleaños. Quería ser diferente. Quería ser la persona que vive detrás de sus ojos dorados. Quería conocer la vida y no sólo ver la vida. Estaba descubriendo que seguramente se sentía como si la vida fuera una lucha, y ya nada parecía ser un juego. Las actividades sin sentido y sin pensar ya no eran tan divertidas como solían ser. Sabía que divertirse tendría que ser parte de su vida. Sin embargo, no sabía dónde ni cuándo.

Mientras escuchaba atentamente los sermones en los servicios de la iglesia, participaba en el tiempo de compañerismo de la iglesia, después de la práctica de béisbol con los otros padres o las reuniones familiares, Coy lentamente comenzó a descifrar que el aburrimiento, el miedo y la ira eran las razones por las cuales la vida era tan breve.

Todo parecía un misterio. "Oh, bueno", habló en voz alta con un suspiro mientras pensaba en el precio de ser malinterpretado. "Te pueden llamar diablo, o te llaman de otra manera". No le importaba lo que la gente llamara o pensara de él. La autoconciencia de Coy era una de las fortalezas de su personalidad, y estaba comenzando a comprender que a las personas les resultaba difícil apreciar las fortalezas de otras personas.

El dolor y la realidad de ser un luterano del Sínodo de Missouri se estaban asentando. Estaba justo en medio de las clases de confirmación en la iglesia. Estaba tan contento de que hubieran terminado para el verano. "Gracias a Dios", murmuró.

Él no entendió. Estaba luchando por tratar de descubrir cómo alguien podía entender de qué se trataba esto de ser confirmado o afirmado. ¿Por qué nos vemos obligados a responder una lista de preguntas religiosas cuando nunca hicimos o quisimos hacer ninguna de esas preguntas? Sintió una mezcla de no importarle y no saber o no querer saber realmente, todo mezclado como un cubo de tripas de pescado o algo peor. Sin embargo, todo este malentendido surgió en una conversación un par de semanas antes cuando el pastor que enseñaba a la clase dijo que este Jesús era el hombre más incomprendido que jamás haya caminado en esta tierra. Y a su vez, mientras caminábamos nuestro camino, también seríamos incomprendidos en la vida.

Coy caminaba hacia el este en dirección a Little Mora. Estaba directamente detrás de la casa de pescado. El mundo y el camino de la vida de Coy estaban cambiando por momentos, y se dio cuenta de que las cosas cambiaban todos los días. Pensó en lo agradable que sería si no pensara tanto. Sin embargo, irónicamente, le gustaba pensar y tenía hambre de aprender, ya que hacía la vida mucho más interesante.

Encontró el tocón de árbol junto a la bomba del pozo afuera detrás de la casa de pescado y decidió sentarse y recuperar el aliento y, lo que es más importante, ponerse al día con sus pensamientos.

Capítulo 9
Flashback de Confirmación

Coy se sentó en el tocón de un árbol. Entró en el tiempo de la mente errante de Coy.

El abuelo tenía razón. Coy era un joven soñador y pensante. La mente de Coy volvió a cuando estaba de camino a casa una noche después de la clase de confirmación la primavera pasada. Recordó haber pensado: Debe haber alguna razón por la que pasamos tanto tiempo tratando de entender a este Jesús. Recordó que había sido un gran día en la escuela, y especialmente en su clase de inglés. Por lo tanto, durante la discusión sobre Jesús en la clase de confirmación, no pudo determinar si Jesús era un sustantivo, un pronombre, un objeto o un verbo. Simplemente sabía que había una buena posibilidad de que la identidad de Jesús pudiera ser todos ellos.

Durante la clase de confirmación, su déficit de atención estaba en su mejor forma. Su mente y sus pensamientos se estaban volviendo locos, lo cual era habitual durante las clases, conferencias o sermones. Coy luchaba consigo mismo durante esos momentos de enseñanza mientras trataba constantemente de evaluar y pensar mejor que el maestro o el orador. A veces, más tarde se le recordaba que no escuchó muy bien durante su tiempo de pensamiento distraído. Pensó que tal vez se estaba esforzando demasiado en superar este misterio de Growler ante él y no estaba escuchando los mensajes simples y reales.

Como en las clases de confirmación, su mente flotaba como un barco que flota sin ancla, pensando en preguntas tan ridículas como "¿Por qué tenemos que seguir despedregando los campos cada primavera?" Su mente saltó a tratar de entender cómo y por qué las rocas seguían creciendo fuera de los campos después de cada invierno. Cada primavera, la tierra levantaba rocas en los campos, y todos tenían que salir y desenterrar esas rocas una y otra vez antes de la siembra de primavera. Él tampoco podía entender eso. De alguna manera, la roca quería estar en la luz y no atrapada bajo tierra.

Capítulo 10
La Casa del Pescado

Coy volvió al presente, se puso de pie y miró hacia la casa del pescado. Pensó que tenía sentido inspeccionarla y asegurarse de que estuviera listo para el día. Pensó no sería gran cosa. Él y Growler fueron los últimos en entrar allí la noche antes de limpiar un pescado para el desayuno o el almuerzo de la mañana o cuando fuera mejor freírlos.

Coy se acercó y la miró detenidamente. La casa del pescado y las cabañas se construyeron casi al mismo tiempo utilizando materiales similares. La casa del pescado era una versión en miniatura de las cabañas, de aproximadamente seis por diez pies con un techo plano de hojalata de pendiente baja, que realmente se sumaba a la diversión de limpiar pescado con la cacofonía de los ruidos de las gotas de lluvia durante las tormentas. La casa se ubicaba perfectamente de este a oeste y cuando estaba de pie y limpiando pescado, miraba directamente al lago y al pequeño parque infantil, al columpio del árbol y a la parte trasera de las cabañas 4, 5 y 6. Las cabañas bloqueaban la vista del lago.

La vista hacia la parte trasera de las cabañas a menudo incitaba conversaciones mientras observaba a los niños y la gente. Se podía ver el final del Muelle 4, que era el muelle más largo y más utilizado. Siempre parecía haber algunas personas al final del muelle, mojando una línea para atrapar algunos peces más para limpiar. La gente podría pescar y pescar un pez en cualquiera de los muelles, pero el Muelle 4 era lo suficientemente largo como para estar justo al borde de una bonita línea de maleza de nenúfar.

La casa de pescado estaba completamente cerrada con ventanas circundantes completamente protegidas y una puerta de malla. Coy aprendió a apreciar realmente el recinto protegido por mosquiteros durante esas sesiones de limpieza nocturnas, cuando el zumbido de los mosquitos, las luciérnagas y lo que parecían ser miles de otros insectos voladores fueron detenidos en seco justo afuera de la fortaleza protegida

La casa de pescado estaba dividida por la mitad por un mostrador de madera que era la mesa de limpieza, construido en el lado norte, a unos tres pies y medio del suelo. La casa albergaba cómodamente a tres o cuatro personas. El suelo era de hormigón macizo vaciado toscamente con un desagüe justo debajo del agujero de las tripas de pescado en la mesa de limpieza. El suelo se puede lavar y barrer fácilmente después de una sesión de limpieza. Dentro de la casa, la gente podía mirar hacia el mundo exterior a través de las pantallas circundantes. Las pantallas también permitieron tener una audiencia de familiares, amigos y, por supuesto, algunos jóvenes, observando mientras se limpiaba el pescado. La mayor parte del tiempo, la gente rodeaba la casa de pescado durante las sesiones de limpieza para escuchar la conversación y, a veces, las discusiones. La verdadera ventaja del refugio con mosquitero era que proporcionaba una barrera del mundo real de insectos y personas que no necesitaban realizar la tarea, que era limpiar pescado.

Todos los temas del mundo se discutirían en la casa de los peces. Sin embargo, muchas veces todo terminaba siendo sobre religión o política. Casi siempre se discutía el tema de Jesús. Sin embargo, a veces la lluvia era todo lo que quedaba de qué hablar.

Coy entró en la casa de pescado e inmediatamente supo que alguien ya había estado limpiando pescado esta mañana. Se asomó por debajo del agujero de las tripas en el cubo de cinco galones que estaba en el piso de abajo. Tenía razón, algunas cabezas y tripas de una captura de la mañana estaban en el cubo. Pensó que eso era interesante.

Coy pensó mucho, tratando de averiguar quién en el mundo podría haber estado en la casa de pescado. Quienquiera que haya sido, había hecho un buen trabajo de limpieza. Coy salió de la casa y bombeó la bomba de agua situada en la parte trasera de la casa. Volvió a entrar a la casa una vez que tuvo el agua fluyendo, abrió el pequeño grifo conectado permanentemente a una vieja manguera de jardín y roció la mesa de limpieza y el piso. Tomó el viejo cepillo de mano que colgaba del clavo del lado izquierdo de la puerta y limpió el mostrador y las tablas de limpieza. Roció el suelo, dejando el cubo de tripas, y se aseguró de que todas las tablas, los descamadores de pescado, los cuchillos viejos y los cepillos estuvieran justo donde debían colgarse de los clavos en los marcos de la pantalla. Salió de la casa de pescado. Sin embargo, sabía que más tarde en la mañana, cuando los pescadores tempranos llegaran alrededor de las ocho con su pesca de la mañana, limpiarían el pescado y tomarían un desayuno rápido. La casa de pescado tendría que ser revisada nuevamente y el cubo de tripas tirado más tarde en la mañana. Coy se enteró de que eran alrededor de las diez de la mañana cuando la primera visita oficial del día a la casa del pescado era el momento más apropiado para terminar esa tarea. El abuelo o Growler generalmente revisaban la casa de peces. Coy los seguiría, ya que era divertido ver el tamaño de las cabezas de pescado y la pila de tripas en el cubo.

Capítulo 12
Columpio de Árbol

La vida es como un columpio. Cuando vas por un camino, siempre regresas. La exuberancia juvenil de Coy se estaba desarrollando ante sus ojos y, lo que es más importante, en su corazón y alma. El año pasado, se dio cuenta de que a menudo, en su entusiasmo, estaba demasiado esperanzado y confiado. Por lo tanto, decidió en este punto que sería mejor tomar un breve descanso y tomar un respiro para ordenar sus pensamientos y reflexionar sobre su experiencia del joven día antes de dirigirse en dirección a la Cabaña 4. Se sentó en el columpio de medio árbol detrás de la Cabaña. 5. La ruptura pudo haber sido igualmente física y mental. Sabía que necesitaba un minuto.

El sentido latente de los hábitos familiares comenzó a latirle en las sienes. Habló en voz baja mientras se sentaba en el viejo columpio de llantas: "Siempre sé un niño en movimiento". Coy sabía que siempre debía tener mucho cuidado de lucir como si estuviera trabajando duro con una apariencia industriosa. Por lo tanto, detenerse y sentarse en el columpio de un árbol para recuperar el aliento y ordenar sus pensamientos inicialmente se sintió mal. Él lo sabía mejor, pero se fue con él. Sin embargo, no quería que el abuelo ni nadie pensara que era un vago o que no le importaba. Su tiempo en el columpio tendría que ser corto. El abuelo, como su madre, era trabajador y emprendedor. Sin embargo, el abuelo tomó una o dos siestas por la tarde, pero durante su tiempo despierto, el abuelo siempre estaba haciendo, moviéndose, arreglando y pensando, y esos eran rasgos que Coy quería poseer. Detenerse y descansar a veces se sentía como una respuesta inapropiada a algo, algo que simplemente no podía identificar.

Coy miró hacia la cabaña Little Mora. Podía ver la entrada principal y el lado norte, ya que estaba directamente al este y al alcance de la vista de la pescadería y el área de columpio. Miró hacia el este y al otro lado de la entrada de la carretera de dos vías hacia el lago y vio los vehículos de los clientes de las cabañas estacionados junto a sus respectivas cabañas. Observó el camino de entrada al resort, que terminaba en el lago y también era el acceso público al lago. El acceso público no era nada lujoso, pero funcionó. Coy ya había estado en el agua ayudando a la gente a descargar sus botes. El abuelo le dijo a Coy que probablemente tendría que estar de nuevo en el agua, ayudándolos a cargar los botes. Incluso el embarcadero se parecía al resto del complejo: un poco destartalado pero funcional y, a menudo, requería un esfuerzo adicional para botar y cargar los barcos. Alguien siempre se mojaba en los desembarcaderos.

La sospecha de Coy se confirmó. El abuelo estaba haciendo sus tareas esta mañana como siempre. El abuelo pasó muchas mañanas en el lado norte de la cabaña de Little Mora. El techo en el lado norte colgaba sobre unos seis pies, y el área protegida debajo se convirtió en un banco de trabajo y un área de estanterías que proporcionaba almacenamiento para artículos de mantenimiento diversos. Aquí era donde se almacenaba el cebo y se reparaban los motores. El abuelo construyó una plataforma de lanzamiento para montar los pequeños motores fuera de borda Johnson, Evinrude, Mercury y un par de Montgomery Ward destartalados donde pudiera trabajar con ellos. Se instalaron tambores de cincuenta y cinco galones debajo de la cubierta a los lados del banco de trabajo. Podía hacer funcionar los motores para asegurarse de que sus reparaciones estuvieran bien antes de llevarlos al muelle y volver a montarlos en los botes. Fue un desafío subirse a un bote con un motor. Montarlos en los botes de aluminio rojo propiedad del resort y con el nombre del resort etiquetados como los ayudantes de Little Mora solo se haría después de que el abuelo estuviera seguro de que el motor estaba listo. La abuela había pintado los nombres a ambos lados de los barcos. El abuelo le dijo a Coy que en realidad nunca le gustó el nombre, pero que ni siquiera pensaría en cambiar el nombre o pintar nuevos nombres, ya que siempre le recordaban a la abuela. A Coy le recordó que el abuelo y la abuela también eran marido y mujer y cuando uno de ellos fue llevado al cielo, la vida siguió adelante y las pequeñas cosas ayudaron a soportar la tensión.

La abuela le dijo una vez a Coy: "Sabes, cuando éramos más jóvenes y tratábamos de impresionar a la gente y/o al mundo, solíamos pasar horas y horas de nuestro tiempo limpiando la casa. Nos aseguraríamos de que las ventanas no tuvieran las huellas dactilares de ningún niño. Pero ahora, cuando los nietos vienen una o dos veces al mes, ya no limpiamos esas huellas dactilares en las ventanas". Cuando Coy escuchó la historia en ese momento, no entendió; ahora lo hizo.

Era evidente el desvanecimiento de los nombres pintados en los costados de los barcos del resort. Coy pudo ver que el abuelo tenía un aspecto y una respuesta un poco diferentes cuando alguien le preguntaba sobre el nombre y preguntaba si alguna vez los volverían a pintar o retocar. El abuelo no respondía. Los recuerdos se desvanecían con la suficiente lentitud, pero a veces no lo suficientemente rápido y, si los buenos podían prolongarse, a menudo era prudente hacerlo sin necesidad de explicaciones. El abuelo estaba hundido con un brazo en uno de los motores Evinrude. Era uno de los motores en los que el carburador se atascaba por el gas y el estrangulador se atascaba. Siempre se necesitaba un poco de esfuerzo para trabajar en los motores. Siempre parecía tener el conocimiento, y hacía funcionar los motores una y otra vez. De vez en cuando, se balanceaba sobre su brazo derecho ahora perdido en la articulación para sostener el otro lado de una tuerca y un perno apretados. Su mente olvidaría que su brazo no estaba allí, pero su cuerpo dijo: "¡No! ¡Ya no estoy aquí y nunca más lo estaré!"

Esos eran justo los pensamientos que Coy necesitaba refrescar. Entendió por qué el abuelo no quería volver a pintar los barcos.

Capítulo 13
Hilding

El tiempo de Coy en el columpio fue de solo unos minutos y su mente no se tomó ningún tiempo libre. Hubo muchas veces durante el día en que los pensamientos de Coy querían que él fuera en ese columpio.

El sonido familiar de un vehículo en el camino de grava fue una distracción suficiente para llamar la atención de Coy mientras comenzaba su viaje de regreso al mundo de Little Mora. Era Hilding en su camioneta Chevy del 61, bajando la colina y pasando la entrada del complejo en su camino a su pequeña granja a una milla por la carretera. Hilding y el abuelo eran amigos. A menudo se detenía a masticar la grasa. Hilding pasó a masticar la grasa un par de días antes.

A Coy le había gustado Hilding desde el principio y se dio cuenta de que no era del tipo crítico. También tenía un camión genial. Hilding no se tomó el tiempo de fingir nada. Iba al resort o se detenía de camino a su casa y dejaba huevos frescos, tocino u otras necesidades para el abuelo. A veces, pedía una mano o un poco de ayuda para henar o despedregar el campo o cualquier cosa. El abuelo siempre iba y ayudaba. Coy quería ser así. Growler iba de vez en cuando. Coy iba cuando podía o cuando el abuelo necesitaba ayuda y, lo que es más importante, necesitaba ayuda para entender a Hilding. Hilding hablaba con un tipo de inglés entrecortado mitad noruego, mitad alemán. Rodó sus palabras. Coy pensó que era muy divertido escucharlo. El abuelo se reiría.

La risa no hizo que Hilding se sintiera mal. Se rió con su risa abundante y amante de la diversión. Reír y vivir juntos, no es algo malo después de todo. Hilding y el abuelo tenían una buena relación.

El inglés de Hilding estaba tan roto; el inglés arrastrado era como un idioma completamente nuevo. Realmente fue agotador tratar de averiguar lo que estaba tratando de transmitir. A menudo, la gente asentía con la cabeza con un "sí" obligatorio. Se convirtió en un juego entre el abuelo y Coy para averiguar qué dijo o dirigió Hilding. A veces, ambos sabían lo que decía Hilding y se miraban con un instintivo encogimiento de hombros y un suspiro, "hablaban" que ambos entendían a Hilding. Se frustraba cada vez más a pesar de que se reía. El abuelo, Growler y Coy se sonreían el uno al otro, pero no demasiado para no herir los sentimientos de Hilding. Pero fue divertido. Growler nunca decía nada en voz alta cuando estaba cerca de Hilding, pero parecía que estaba uno o dos pasos por delante del abuelo y Coy como si supiera lo que decía Hilding. Growler siempre parecía tener casi todas las situaciones resueltas.

Capítulo 14
El Camino Menos Transitado

El meet and greet en la Cabaña 4 tendría que esperar. Coy estaba hambriento y decidió regresar a Little Mora.Entró en la cabaña y estaba completamente solo. Se sentó a la mesa y desayunó. Coy tomó dos sobras de pez luna frito que Growler había dejado en la mesa e hizo un par de tostadas. Se lo comió todo como si fuera su última comida. Acompañó su desayuno con una bebida de néctar de naranja, que siempre estaba fresca y disponible en la hielera. A Coy le gustaba llamarlo la hielera, aunque parecía un refrigerador.

Coy tomó sus primeros bocados y escuchó un vehículo que se dirigía por el camino de grava y pensó que debía ser Hilding. Pensó en el camino y no pudo evitar pensar que el camino de grava era la salida de este mundo de regreso a su viejo mundo, o tal vez a un mundo nuevo y lejano. Coy solía pensar en opuestos por alguna razón, y el camino de ripio podía ser una salida o una entrada, dependiendo de un punto de vista particular.

El camino era de aproximadamente ocho millas de camino de ripio saliendo de la Carretera Estatal 169 de Minnesota, literalmente un viejo camino de ripio en medio de la nada. Todo el camino, de aproximadamente veinte millas de longitud total, rodeaba todo el lago Esquagamah y terminaba dando la vuelta a una intersección este/oeste exactamente dos millas al norte de la carretera. El camino alimentó al mundo con cabañas, tres resorts y varias granjas.

En cuanto a los municipios, el más cercano estaba a unas quince millas al oeste y siete millas al este de la salida de Robinson Corner, que era el giro a la derecha de la carretera estatal 169. Los Robinson poseían y dirigían un pequeño taller de reparaciones en la esquina de la 169; por lo tanto, la razón por la que se llamó Robinson Corner. El camino estaba muy cerca de ser considerado un camino de ripio de mínimo mantenimiento. El camino no pasó más de 150 pies sin un giro o baches de desaceleración muy desgastados y lugares bajos llenos de agua y lodo. Justo al lado de la carretera, había campos de agricultores durante las primeras dos millas hasta la intersección. El abuelo conocía toda la historia, todos los granjeros, todas las esposas guapas, los niños, las religiones, las ocupaciones y los estilos de vida de todas las personas que poseían o tenían alguna conexión con la tierra desde la carretera hasta el centro turístico y alrededor del lago.

Durante los fuegos de la tarde, el abuelo conversaba sobre todas las personas y las historias. A Coy le resultaba difícil escuchar a veces, pero escuchaba atentamente y lo encontraba todo muy interesante. Además, disfrutaba escuchando hablar al abuelo.

El abuelo y Coy fueron al pueblo una vez, y Coy solo escuchaba. Estaba asombrado por la memoria del abuelo. Además del tiempo de tranquilidad interna, viajar en la camioneta le daba tiempo mientras el abuelo hablaba y balbuceaba sobre tal y tal, y tal y tal, y él contaba los postes de la cerca, mientras pensaba en cuánto trabajo debe tener. sido conectar todo ese cercado de alambre de púas golpeado.

Había tres puentes decrépitos en el camino entre la autopista y el resort. El primero era un área pantanosa seca que se inundó en la primavera. El camino se derrumbaba a veces ya que no había un puente lo suficientemente grande construido sobre el camino. El segundo puente estaba sobre el río Mississippi. El río tenía sólo veinte pies de ancho allí y tal vez sólo tres o cuatro pies de profundidad. La formación del río estaba a solo ochenta o noventa millas al norte de Itasca, que era donde comenzaba el gran río Mississippi. Este puente tuvo la mayor parte de la carne. El tercer puente estaba sobre Jordan Creek. Este era el arroyo que alimentaba el lago Esquagamah hacia el norte y era más o menos un afluente que se alimentaba del Mississippi. Había un pequeño arroyo llamado Jordan Brook, que salía del extremo sur del lago y no muy lejos del complejo. No había un puente sobre Jordan Brook, solo una alcantarilla construida debajo del camino de grava. Algunas de las mejores pescas se encontraban cerca de las entradas y salidas de arroyos y arroyos. El pez luna de hermoso tamaño, los peces del norte de buen tamaño, la lubina y, por supuesto, los siluros se pueden capturar por docenas cada día. It was not easy to spot the resort gravel road off Highway 169. No estaba marcado más que el pequeño edificio Robinson de paredes rojas en la esquina. Alguien que no prestara mucha atención pasaría de largo cuando el camino se volviera montañoso cerca del lago. De hecho, la colina al lado del complejo siempre fue un desafío, tanto para subir como para bajar. El abuelo una vez le dijo a Coy que de esa manera en el pasado, los Modelo T tenían que subir la colina al revés. La transmisión en el Modelo T simplemente no tenía la fuerza para tirar de la colina. "La gente siempre encontraba la manera de hacer que funcionara y, a veces, retroceder funciona mejor que avanzar", decía el abuelo.

Coy terminó de comer. Siempre había un cubo de agua junto al fregadero debajo de la ventana de la pared sur de la cabaña. Coy tomó la pala del gancho en la pared del lado derecho de la ventana, la sumergió en el agua y puso un poco en el fregadero. Echó un poco de jabón para lavar platos, limpió el plato y la taza y los secó con una toalla. Puso el plato en el estante sobre la hielera y colgó la taza sobre el pequeño fregadero.

Ahora volvía a la realidad para Coy. Salió de la cabaña e inmediatamente miró a su alrededor para ver cómo estaba el abuelo mientras caminaba hacia el lado norte de la cabaña. Miró hacia el este y vio el dos hoyos, a unos quince metros detrás de Little Mora. Inmediatamente se dio cuenta de que era hora de un pequeño movimiento trasero. Se dirigió al de dos hoyos. Fue bastante sorprendente para él que esto fuera a principios de los años 70, y su abuelo era la única persona que conocía que nació en el siglo XIX y todavía vivía en un mundo sin baño interior ni plomería. No era gran cosa para Coy, pero fue divertido ver cómo los nuevos turistas de la ciudad manejaban el dos hoyos, especialmente las chicas.

El abuelo vislumbró a Coy. Hicieron un gesto tácito de cortesía el uno al otro y siguieron con sus asuntos. Sin embargo, una cosa es segura: a Coy no le gustaba ir con alguien a los dos hoyos. Uno a la vez es suficiente para él, incluso para el número dos.

Capítulo 15
Pojken, ¡El Habla!

Coy se estaba acostumbrando cada día más a su nueva existencia y entorno. Unos días más tarde y a media mañana, Coy y Growler estaban haciendo unas cuantas quehaceres. El abuelo terminó su trabajo en uno de los motores Mercury siete y medio arreglando el eje de la palanca de cambios y el brazo en el lado izquierdo del motor, que se había desgastado por el desgaste causado por la edad y los cambios apresurados. Había sido un problema por un tiempo. Sin embargo, con ingenio y una mente de ingeniería innata (que aparentemente todos los buenos granjeros parecían poseer), una vez más pudo hacer que lo que estaba trabajando volviera a funcionar.

La noche anterior, justo antes del anochecer y el anochecer temprano, un par de compañeros de la Cabaña 2 llegaron a la fogata fuera de la Cabaña Little Mora con el Mercury de siete años y medio. Estaban contando la historia de lo que pasó y haciendo que el abuelo se diera cuenta de un problema. El abuelo estaba sentado en una silla, atizando el fuego. Le dijeron que el motor de su bote Cabaña 2 no funcionaba bien. Continuaron contando la historia de cómo tuvieron que cruzar todo el lago en reversa cuando comenzaba a oscurecer, y estaban nerviosos pero riéndose mientras le contaban la historia. No estaban enojados ni molestos ya que tomaron el incidente con calma y lo marcaron como una historia divertida del lago para llevar. Después de todo, estaban de vacaciones y allí para divertirse. Además, pescaron un pez del norte de doce libras y cuatro leucomas de buen tamaño. Todavía tenían un hedor a pescado de logro con sonrisas felices en sus rostros.

El abuelo supo de inmediato cuál era el problema y los aplaudió por su captura. Se disculpó con ellos por las molestias. Luego les dijo a los dos caballeros que sacaran el Mercury de cinco y medio del bote en el Muelle 1, sabiendo que querrían salir por la mañana. El barco del abuelo estaba atracado en el Muelle 1 y el cinco y medio era su motor personal. Siempre estuvo dispuesto a renunciar a ella para acomodar a los clientes. Coy sabía que el abuelo renunciaría a su brazo izquierdo si tuviera que ayudar a otros. Este fue definitivamente un rasgo de personalidad que fue muy duradero para Coy, y uno que él quería.

Coy y Growler tenían un par de brazadas de leña y ahora se unieron a ellos en la fogata, y los muchachos también les contaron la historia. Todos se rieron.

El abuelo sonrió pero no se reía tanto. Se puso de pie y caminó hacia el lado norte de la cabaña.

"Hola, chicos. Tomen el motor y tráiganlo aquí. El abuelo habló en voz alta desde el costado de la cabaña a Coy y Growler. Ambos llamaron la atención. Growler inmediatamente se acercó y agarró el motor de los compañeros. Cuando el abuelo habló, todos sabían que él era el líder y que había que hacer algo. Coy estaba complacido de ser llamado como uno de los muchachos. "Vengan aquí, muchachos, y ayúdenme a poner el siete y medio en el estante para que podamos echar un vistazo". El abuelo señaló el estante con su brazo izquierdo. Growler puso el motor en el estante y apretó las tuercas de mariposa para mantenerlo en su lugar.

"Dale una mano a esos muchachos si la necesitan, y ayúdalos a sacar el cinco y medio de mi bote". El abuelo hablaba pero miraba el motor. Estaba sumido en sus pensamientos sobre cómo arreglarlo.

"Lo haré", respondió Coy por ellos. Growler y Coy se volvieron hacia los chicos y el pozo de fuego.

Uno de ellos habló y dijo: "No hay problema. Podemos encargarnos de agarrar el motor. Coy se sintió un poco aliviado.

Iremos a buscar el motor ahora mismo antes de que oscurezca demasiado. ¿Estaría bien?" uno de los compañeros preguntó en voz alta mientras miraba al abuelo.

El abuelo levantó la cabeza, se volvió y respondió: "Por supuesto, ten cuidado".

Entonces el otro compañero respondió: "Muchas gracias. Eres un buen hombre. No dejes que nadie te diga lo contrario".

El abuelo se rió un poco y ellos también cuando comenzaron a caminar hacia el Muelle 1. El abuelo miró en su dirección durante un par de segundos y tenía una sonrisa graciosa en su rostro. Se dio la vuelta y miró a Growler y Coy con una mirada más autoritaria y dijo: "Esto no debería llevarme mucho tiempo. Tendré que hacerlo a primera hora de la mañana. Coy y Growler se miraron. "Avivad el fuego, muchachos", dijo el abuelo.

A la mañana siguiente, los tres se levantaron y se pusieron a hacer algunas tareas. El abuelo inmediatamente se acercó y comenzó a trabajar en el motor.

Se reunieron alrededor de las 7 en punto y entraron en la cabaña para desayunar.

"Chicos, creo que lo arreglé y después de comer, vamos a llevarlo a mi bote y ¿por qué no lo sacan a dar una vuelta? Si funciona bien, quédese afuera y compre algunos para el almuerzo", dijo el abuelo, comenzando la conversación.

El pecho de Coy estaba a punto de estallar. Coy miró a Growler que tenía una mirada diferente en su rostro. Coy no pensó mucho en eso en ese momento porque Growler siempre tenía una apariencia diferente, pero esta apariencia era nueva para Coy.

Después de limpiar los platos del desayuno y guardar las cosas, los tres salieron de la cabaña y se dirigieron al lado norte de la cabaña donde el motor aún estaba montado en el área de reparación. Fue entonces cuando a Coy se le ocurrió que el abuelo era un operador bastante astuto. Quería que llevaran el motor hasta el lago, caminaran hasta el muelle, subieran al bote con el motor, pasaran por encima de los asientos del pequeño bote Lund de catorce pies, dejaran caer el motor en su lugar y apretaran el ala. -abrazaderas de tuerca que sujetaban el motor a la embarcación.

Coy fue el primero en llegar al motor. Estaba posado y sujeto a un sistema de soporte improvisado que parecía la parte trasera de un bote sujeto a la pared exterior norte de la cabaña y debajo del saliente. Coy aflojó las tuercas de mariposa y agarró el motor para asegurarse de que estaba suelto, y comenzó a levantarlo para prepararse para bajar al muelle.

"¡Dios mío!" Coy gritó dócilmente.

El abuelo y Growler ahora estaban justo detrás de él y observaban la acción ante ellos. "¿Qué pasa, Pojken?" Dijo el abuelo mientras miraba.

A Coy nunca le gustó mucho el nombre de Pojken. La abuela le dijo que era una forma cariñosa de decir niño en sueco o noruego. Pensó que el abuelo lo llamó Pojken para asegurarse de que siguiera siendo un niño o algo así. Estaba bien cuando era más joven, pero ahora Coy sentía que estaba en camino a la edad adulta. Sin embargo, el abuelo sabía exactamente lo que estaba diciendo. El motor era pesado, y Coy no podía mover el motor de su posición elevada, y mucho menos manejarlo lo suficiente como para llevarlo al muelle.

Coy dio un paso atrás, miró a su abuelo manco de setenta y ocho años y espetó: "¿Cómo conseguiste esto aquí?".

Así como el abuelo no esperaba simpatía por tener solo un brazo, a su vez no sentía simpatía por una debilidad abierta expuesta por su joven nieto. Él simplemente respondió: "Puedo manejarlo". Otra lección aprendida.

Growler dio un paso adelante, agarró el motor y lo sacó de su posición. Lo levantó, lo hizo girar hacia abajo y lo sostuvo sobre su lado derecho como una maleta. Inmediatamente comenzó a caminar hacia el muelle 1. El abuelo caminó justo detrás de él y Coy, como un cachorrito mojado, los siguió a ambos. "Oh, bueno", murmuró Coy.

Coy estaba de nuevo en acción cuando llegaron al muelle. "¿Puedo ayudarte, Growler?" Sabía que no obtendría una respuesta verbal, pero sabía de forma innata que con una mirada astuta de este anciano, se mostraría una respuesta. O eso o el abuelo respondería y ayudaría a Coy a entender. Coy ya nunca esperaba otra respuesta que no fuera un gruñido, y un gruñido parecido a un gruñido fue lo que recibió de Growler. Coy lo tomó como un "sí". Maniobró alrededor del abuelo y le preguntó qué podía hacer.

El abuelo dijo: "Sostén el bote, Pojken, con todo lo que tengas, pegado al muelle, para que él pueda pisar el bote sin que se incline demasiado y darle algo de equilibrio".

Esta vez no le molestó a Coy que el abuelo lo llamara Pojken. La instrucción fue dada y recibida y Coy se puso firme. No iba a arruinar esto, y sostuvo el bote con todo lo que tenía y lo más fuerte que pudo reunir. Growler subió al bote desde el muelle, y el bote inmediatamente se balanceó fuertemente hasta el punto de casi sumergirse en el agua. Sin embargo, recuperó el equilibrio y niveló el bote moviéndose hacia el centro del asiento en el que estaba parado. Bajó del asiento del medio y pisó el fondo del bote frente al asiento trasero y se sentó. Luego maniobró el motor alrededor y hacia la parte trasera del bote y lo dejó caer con cuidado en su lugar, exactamente donde pertenecía. Coy observó y no pudo evitar pensar en ese momento en lo fuerte que era este hombre, y deseó volverse igual de fuerte.

Growler dio un paso atrás, subió unos cuantos asientos hacia el área delantera del bote y miró al abuelo en busca de aprobación. Recibió un asentimiento y respondió con un gruñido. Coy inmediatamente saltó al bote a la parte de atrás al lado del motor y miró al abuelo. Entendió la mirada y conectó la línea de gasolina de la pequeña lata que había llenado con gasolina antes, sentada entre el último asiento y la parte trasera del bote en el fondo del bote. Coy conectó la línea de gas al motor y bombeó la bola de presión en la línea para cebar el motor. Revisó para asegurarse de que el motor estaba bien conectado y confirmó que Growler hizo su trabajo. Coy abrió la cerradura del motor para que bajara a la posición correcta en el agua, pero no del todo todavía porque sabía que el agua era poco profunda cerca del muelle.

Coy cebó el carburador apretando la bola de cebado en la línea de combustible nuevamente y presionó el botón del estrangulador dos veces como el abuelo le había indicado y mostrado en el pasado. Se aseguró de que el motor estuviera en punto muerto y tiró del cable. Empezó de inmediato. Mientras todo esto sucedía, el abuelo desató el bote del muelle. Coy levantó la vista y, como de costumbre, se sorprendió de la aptitud natural del abuelo para saber cuál era el siguiente movimiento. Era como jugar a las cartas con él. Coy siempre estaba asombrado de cómo el abuelo parecía saber la carta que Coy iba a descartar.

Growler sacó uno de los remos y lo usó para alejarse del muelle y hacia aguas más profundas mientras guiaba el bote, ayudándolo a apuntar hacia adelante y lejos del muelle. Coy bajó el motor un clic más y alcanzó el lado derecho del motor y tiró de la palanca de cambios a F, para avanzar. Coy confirmó que el abuelo volvió a colocar la palanca correctamente y parecía estar funcionando. Coy giró suavemente el acelerador y guió el bote hacia la masa principal de agua. No sabía si sus sentimientos eran de felicidad o de asombro.

Se alejaron del área del muelle y fuera del alcance del oído de la costa. Coy no había agarrado un puñado de acelerador. El abuelo le había enseñado e incluso lo había regañado un par de veces para que se lo tomara con calma en los muelles y el resort. "Sé un caballero en el resort y no un corredor idiota o algo así.

Tendrás muchas carreras de tiempo en tu vida. Espera un poco más. Coy recordó que el abuelo le recitó esto unos días antes cuando salieron a dar una vuelta rápida.

Coy estaba mirando el motor con cierto asombro de que el abuelo pudiera arreglar otro motor y/o resolver otro problema una vez más, cuando una voz humana irreconocible de la nada habló.

"¿Cómo funciona?"

La sorpresa de la palabra hablada hizo que Coy girara la cabeza para averiguar qué acababa de pasar y de dónde procedía la pregunta. Esta voz y sonido eran extremadamente inteligentes, autoritarios, suaves y afectuosos, todo en uno. Coy nunca había escuchado ese tipo de voz o sonido antes.

"Bueno, ¿cómo funciona?" vino de nuevo, apuntando en la dirección de Coy.

Coy se dio la vuelta por completo y ahora miraba directamente a Growler. Ahora sabía que las palabras venían de su dirección. Coy respiró hondo y miró a este hombre nuevo sentado seis pies frente a él en este pequeño bote de pesca.

"¿Escuchaste algo? Alguien me preguntó cómo funciona". Habló en dirección a Growler.

"El aparato de cambio y la conexión de engranajes, hijo", vino directamente de lo que alguna vez fue la boca sin hablar de Growler. "¿Cómo funciona?"

Coy había estado en el resort durante un par de semanas y seguía a Growler de forma encubierta. Había estado en el lago y había pescado con el abuelo y Growler muchas horas. Había estado en la pescadería muchas horas y ayudaba a limpiar el pescado por la noche con el abuelo y Growler. Jugó al menos cien juegos de cartas con Growler y ni una sola vez vio u escuchó a este hombre hablar. Coy había llegado a la conclusión de que no podía hablar ni comunicarse con palabras, sino con gruñidos y gruñidos. Coy había determinado que el nombre que le habían dado a Growler era apropiado.

"¿Estás hablando? Quiero decir, ¿estás hablando conmigo? Coy respondió con total desconcierto.

"Sí, por supuesto. ¿Quién más? Estamos solos aquí, hijo. Este nuevo hombre ahora miró y penetró el espacio detrás de los ojos y la mente de Coy y esperó su respuesta.

"¿Por qué, por qué no has hablado antes?" Coy escupió con cierta inquietud.

"Muchas razones, pero, lo más importante, realmente no había nadie lo suficientemente interesante con quien hablar", respondió el anciano con elocuencia. "Además, me gustas. Tienes cara de soñador. Me recuerdas a mí mismo cuando tenía doce años, Coy.

"Sé que tu nombre no es Growler. ¿Cuál es tu nombre real? No parece haber nadie que pueda decírmelo, y nadie parece saberlo". Coy apenas podía evitar que su boca se abriera con vivo interés.

Hubo un momento de vacilación. Era un día hermoso, parcialmente nublado, con setenta y cinco grados y los rayos de sol estaban ocultos detrás de una nube y no habían alcanzado a Coy, pero estaba sudando de anticipación. "Te daré mi historia y mi nombre a tiempo. Puedes llamarme un enigma por ahora", respondió este nuevo caballero con lo que parecía ser un atisbo de alegría recién descubierta.

Coy, por supuesto, no tenía idea de qué se suponía que significaba eso o de qué se trataba. Siempre pensó que las personas daban orgullosamente sus nombres cuando se les preguntaba. La respuesta de este tipo parecía un poco absurda. La mayoría de la gente quería contar su historia y escupirla. Tanto es así que, la mayor parte del tiempo en conversaciones con otros, Coy se encontraba soñando despierto mientras la gente hablaba y hablaba de sí mismos. Coy pensó que todos los demás parecían pensar que el resto del mundo debería y estaría más interesado en ellos de lo que se merecían. Todavía estaba atónito por lo que acababa de suceder. Recordó para qué estaban en el bote en primer lugar, que era revisar el motor para asegurarse de que todo funcionara bien y posiblemente ir a pescar un par de peces.

"Gracias por agarrar algunos gusanos en la caja de hielo antes de que viniéramos aquí. Los veo en el bolsillo de tu camisa —tartamudeó Coy.

El nuevo caballero lo trajo de regreso al principio. "Bueno, ¿cómo funciona?"

"¿Cómo funciona qué?" Coy respondió. "El motor."

"Oh, sí, el motor... bueno, veamos".

Coy giró la palanca y agarró un puñado del acelerador. Todo estuvo bien. Miró a Growler y habló en voz alta por encima del ruido del motor y del bote. "¡Funciona muy bien!"

Coy sabía que incluso un bote pequeño con un Mercury de siete y medio podía navegar a unas doce millas por hora y era lo suficientemente rápido en el pequeño bote Lund en el que estaban. Por un momento, pensó en hacer girar el motor con fuerza para podría echar a alguien sentado en la parte delantera del bote si no estuviera listo. Tuvo la tentación de hacerlo esta mañana. No conocía a este extraño sentado a seis pies de él en la parte delantera del bote. Sin embargo, su curiosidad estaba en alerta máxima y su paciencia volvió.

Coy volvió a sus pensamientos felices y se dio cuenta de que eran alrededor de las nueve de la mañana y era un momento bastante decente del día; fue justo antes del calor del día, y la frescura de la mañana no se quemó por completo. Le gustaba esta hora del día porque las tareas de la mañana generalmente se completaban y no era el punto más caliente del día. Todo el complejo todavía tenía ese olor a tocino fresco del desayuno, y le encantaba el tocino.

La mente de Coy nadó hasta el punto en que estaba en medio de una obsesión. La misma obsesión que lo tenía observando de cerca a este hombre en busca de respuestas en las últimas semanas. Él lo había seguido. Había jugado a las cartas y limpiado pescado con él. Habían caminado juntos por el complejo. Habían partido y acarreado leña juntos. Coy incluso probó el de dos hoyos con él. Pensó que todo eso debe haber sido por las apariencias externas. Su objetivo era que su investigación brindara la oportunidad de conocer la parte interna de este hombre. Deseaba fervientemente no juzgar a nadie y especialmente no solo las apariencias externas. Deseaba encontrar la apariencia interna. Coy sabía que la apariencia exterior era como la piel de un tomate: muy delgada pero lo suficientemente fuerte como para proteger el interior más suave o eso pensaba cada día más, el corazón y el alma.

Coy estuvo a punto de ser bloqueado por la apariencia externa de este hombre, y estaba listo para aceptarlo como lo hizo el mundo. El corazón y el alma internos podrían ser algo que la gente nunca sería capaz de ver o incluso imaginar a menos que los abran como si limpiaran un gran bluegill. E incluso entonces, podrían terminar en un balde de cinco galones en el piso debajo del agujero en la mesa de limpieza en una pescadería. Coy sintió que había mucho más en Growler y no tenía idea de por qué tenía el deseo de conocer a este hombre. Su descubrimiento y realización del misterio obviamente se encontraba en un punto de inflexión. Las apariencias externas eran tan fáciles. Las profundidades del corazón y el alma requirieron mucho más excavación. No tenía idea de qué esperar o por qué quería esperar algo más.

"Oye, ya es suficiente", gritó el señor mayor por encima del sonido del motor y el chapoteo del agua en el costado del bote. Coy, cayendo de su ensoñación rápida, respondió de inmediato reduciendo la velocidad del bote.

"Tu abuelo es una persona increíble, joven". "Puedes llamarme Coy".

"Entiendo, joven; un nombre es importante, ¿no es así? respondió el hombre misterioso.

La respuesta mansa de Coy fue: "Ya". Hablaba con su timidez espontánea que era su forma habitual con personas que no conocía. También encorvó y juntó los hombros con sencillez y acompañó sus palabras con una sonrisa. Él no lo sabía, pero cuando respondió de esta manera, se iluminó su rostro y quitó el borde de cualquier aspereza juvenil.

"Te he estado observando y siguiendo, y tengo como un millón de preguntas para ti", pronunció el tímido joven.

"Entiendo, pero déjame comenzar con algunas preguntas para ti primero". Declaró el señor.

"¿Qué preguntas podrías tener para mí? ¿Por favor déjame hacer la primera pregunta?" Coy dijo con un poco más de confianza.

"Está bien, te dejaré tener la primera jugada", respondió el experimentado veterano.

Capítulo 16
El Primer Juego

Por Qué? ¿Por qué no has dicho una palabra en todo el tiempo que he estado aquí? De hecho, le pregunté al abuelo y a otros, y nadie pudo decirme si alguna vez te escucharon decir una palabra", dijo el joven inquisitivo.

"Eres la primera persona con la que he hablado en mucho tiempo. He estado viviendo una vida de oscuridad dentro de la vida elegida para mí. Se me ha asignado vivir con un sudario del mundo y directamente de los demás y de mí mismo desde hace algún tiempo". El anciano habló claramente y con convicción pero con un tono triste.

Coy no entendía ni podía entender.

"Está bien, pero ¿por qué? ¿Por qué me hablas ahora? Coy respondió, sin escuchar realmente de qué se trataba la conversación o hacia dónde se dirigía.

"Porque me gustas, y deseo un medio de transporte. Pareces ser el vehículo que se asegurará de que tenga historia y futuro. Mi esperanza es que mi vida y mi historia no desaparezcan para siempre. He estado buscando a una persona como tú que viva con un propósito y alguien a quien le importe. Cumples los requisitos perfectamente, jovencito. Aunque solo tienes doce años, eres perfecto, y esa es la edad en que comenzó mi historia", dijo Growler con determinación, y se detuvo para reflexionar.

Ahora me toca a mí, jovencito. ¿Por qué me seguiste colina arriba hasta el edificio blanco hace unos días, y qué viste y/o escuchaste?" Growler preguntó más directamente, mientras miraba a Coy.

"Bueno…" Coy hizo una pausa, ya que estaba sorprendido, y el sudor comenzó a brotar debajo de su gorra de béisbol de los Mellizos. "Mm, necesitaba ver lo que estabas haciendo y de alguna manera tratar de averiguar algo sobre ti. Eres perfectamente interesante para mí, también.

A pesar de que el joven lo expuso, comenzó a darse cuenta de que podría no ser tan sabio como había pensado. Ahora con certeza, se dio cuenta de que su trabajo de detective secreto tampoco era bueno.

"Bien entonces." Growler hizo una pausa por lo que Coy pensó que era casi una eternidad. Las palabras fueron lanzadas allí mientras el hombre mayor miraba hacia otro lado y hacia la costa occidental del lago. Luego rompió su pausa deliberada y oportuna. "Vamos a mojar una línea y recojamos algunos para el almuerzo".

"Está bien", murmuró Coy. No era un murmullo de frustración sino de alivio porque la conversación se dirigía a otra parte. La distracción de pescar siempre funcionó. A Coy le gustaba pescar con otros, especialmente con el abuelo. Fue una oportunidad para hablar, escuchar y esforzarme por conocer mejor al abuelo. A menudo, saltaba del bote al muelle después de que iban a pescar, enojado consigo mismo, dándose cuenta de que él era quien más hablaba y que era el abuelo quien más escuchaba. Como estaba al tanto de lo que podría pasar, quería asegurarse de hacer las preguntas correctas y tal vez tratar de escuchar más que hablar esta vez.

"Espero que entiendas que no estaba tratando de hacer nada malo cuando te seguí. No, tampoco oí ni vi mucho. Sí, atrapemos un par", dijo Coy.

"Me parece bien, Coy, y ¿qué tal si mojamos algunas líneas en Jordan's Bay por la mañana a esta hora? Disfruto mucho el tiempo de pesca del domingo por la mañana en la bahía. Y como sabrán, golpean bastante fuerte allí cuando encontramos el lugar de la corriente subterránea donde el agua más fría del río fluye a través del lago", continuó Growler.

Otra pieza asombrosa del rompecabezas, pensó Coy. Pero más una pieza de color azul oscuro en el cielo de fondo azul es parte de un rompecabezas. Siempre fue difícil terminar esa parte de cualquier rompecabezas. Coy reflexionó en silencio. Este hombre presta atención y no está simplemente flotando en un bote por la vida.

"Eso suena genial Grow…" Coy tropezó con el nombre Growler, ya que sabía que era más que un apodo y podría ser un título. "… señor. Oh, lo siento mucho, pero ¿cuál es tu verdadero nombre? Habló con confianza y formalidad, pero con temor. Tenía miedo, que provenía de la anticipación de emprender una tarea importante y valiosa. Coy recordó que su maestro de escuela dominical le decía que un poco de miedo era un buen miedo.

"Buena pregunta", fue todo lo que respondió en dirección a Coy.

Terminó la ida y vuelta. Coy encontró un lugar cuidadosamente escondido detrás de un jardín de nenúfares con una abertura del tamaño de cuatro botes y una profundidad de agua de aproximadamente cuatro pies y treinta pies en la costa oeste. Detuvo al lento troll que se movían en el Barco de la firma Little Mora. El señor mayor soltó el ancla delantera. Se prepararon para una matanza rápida.

El barco de la firma Little Mora era como todos los barcos del resort; son dos remos, un ancla montada en la parte delantera del bote y otra ancla suelta en la parte trasera que se encuentra entre el asiento trasero y el motor. Había una lata de gasolina, que se revisaba y llenaba diariamente. Cada bote tenía dos viejas cañas de pescar de dos metros y medio de largo metidas cuidadosamente en el lado izquierdo debajo de los soportes de los remos. La mayoría de la gente no usaba los bastones de caña, pero se usaban regularmente como respaldo cuando la gente tenía que salir y ver las cosas en el lago o tomar un crucero por la tarde con una abuela o las pocas damas a las que no les gustaba ir mucho al agua. La pesca con los bastones de caña de respaldo se puede hacer cuando se desee. Los postes de caña todavía funcionaban bien. El bote exclusivo Little Mora del abuelo tenía muchos pequeños extras, como un soporte para la pértiga cerca del lado derecho trasero del bote, lo que permitía que un hombre con un solo brazo pescara con más facilidad.

Coy no podía apartar los ojos de Growler. Miró atentamente su cabello peinado hacia atrás, bien peinado y peinado hacia atrás, que tenía al menos un cincuenta por ciento de canas y Coy pensó que eran canas ganadas y no canas naturales. Sus ojos tenían profundidad con arrugas y círculos oscuros alrededor y debajo de ellos, que parecían haberse ganado. Coy vio un alma diferente frente a él.

Sin inmutarse, el anciano sacó con cuidado dos cañas de su posición oculta y le entregó una a Coy. Sacó el pequeño recipiente de espuma de poliestireno con deliciosos gusanos del bolsillo de su camisa. Coy había desenterrado gusanos ese mismo día, llenó diez recipientes y los puso en la hielera pequeña en el lado norte de Little Mora. Los clientes dejaban una nota en el pequeño diario colgado en el costado de la cabaña debajo del alero cuando llegaban y tomaban un contenedor. El costo se agregaría a la factura total cuando sus cuentas se cerraran al final de su estadía. El anciano cavó en el contenedor y colocó un gusano en el banco entre ellos y se puso a cebar el anzuelo unido a la línea del palo de caña que planeaba usar. El movimiento de las manos de Growler cuando jugaba a las cartas, limpiaba pescado o cualquier cosa que Coy le hubiera visto hacer era constante, seguro y sin esfuerzo. Coy notó que todas las otras personas mayores en su vida tenían disposiciones inestables, pero no este caballero mayor.

Growler miró a Coy y habló durante más de veinte minutos, que a Coy le parecieron unos segundos. Dio una descripción completa y minuciosa de todo lo que él y Coy habían hecho desde que Coy apareció en el resort. Coy estaba asombrado y abrumado. Nunca había estado cerca de alguien tan consciente y atento a los detalles. Los detalles incluían la cantidad exacta de peces que habían limpiado juntos, descripciones de cada juego de cribbage y quién ganó y por qué. Cada viñeta cautivó a Coy con preocupación y pasión. Quería ser como este anciano. Nunca había estado cerca o al tanto de alguien que fuera tan observador y consciente de la vida a su alrededor.

Cuando Growler dejó de hablar, se dedicaron a sus asuntos en silencio, y en el poco tiempo de pesca capturaron siete hermosos peces luna con branquias azules del tamaño de la mano de un hombre grande. Esa era la medida que contaba para el abuelo, así que funcionó para ellos. Coy atrapó dos, y el hombre ahora recién nacido en los ojos de Coy atrapó cinco. No importaba cuántos atrapó cada persona. El recuento que importaba cuando los barcos regresaban al muelle después de pescar eran los totales de los barcos. Los adultos contaron los totales de los botes, y todas las personas menores de trece años querían llevarse el mayor crédito. A Coy le empezó a gustar la práctica del conteo total de botes, ya que no tenía la paciencia de sus amigos mayores. No podía dejar de soñar despierto mientras pescaba. La pesca tomó paciencia practicada.

Sin siquiera tener que decir una palabra, el joven y el mayor volvieron a colocar las varas en sus lugares de almacenamiento en el bote. Growler levantó el ancla, y se sentaron allí durante unos minutos y flotaron con las olas y escucharon el mundo. Un par de colimbos se lamentaban entre sí, comunicando su sonido misterioso, inquietante y hermoso a través de la bahía al cuerpo principal de agua del lago. Coy no pudo evitar pensar en lo distintivos y hermosos que eran los colimbos.

A pesar de que solo les tomaría un par de minutos regresar al Muelle 1, cada uno de ellos sabía que necesitaban más tiempo y requerían más comunicación.

"Puedes llamarme Growler, hijo". El caballero mayor rompió el silencio y perturbó el lugar donde Coy estaba en espíritu. Era casi como si el anciano lo hubiera hecho a propósito para asegurarse de que Coy no entendiera demasiado sobre su nueva relación demasiado rápido.

"Será mejor que regresemos. El abuelo podría estar preocupado porque nos rompimos o algo así, y, además, no puedo esperar para decirle que sí hablas. Tenemos mucho de qué hablar ahora".

"No, no… No hablaré con la gente. Es la cruz que tengo que cargar para proteger a los inocentes", respondió Growler.

"¿Qué quieres decir?" Coy respondió sin rodeos.

"Al igual que el brazo perdido de tu abuelo, esta es una parte de mí que no puede volver a ser. Todos tenemos minusvalías. Sólo te hablaré a ti, jovencito. Con el tiempo compartiré con ustedes mi historia, y la llamaré mi dilema o, peor aún, mi cruz a llevar. Una verdadera espina en mi costado. Sin embargo, ahora no tenemos tiempo". Growler se detuvo para reflexionar, luego continuó.

"Una de las razones por las que realmente disfruto y aprecio a tu abuelo y una de las razones por las que mi vida aterrizó aquí es que él y yo disfrutamos de un vínculo tácito, y para mí una virtud, por así decirlo. Compartiré este dato contigo esta mañana, jovencito. Los grandes hombres tienen poca simpatía por aquellos que culpan de su situación o mala fortuna a la discapacidad. Puede ser físico o ambiental. El de tu abuelo es físico y el mío es ambiental. Lo más probable es que no entiendas esta filosofía o procesos de pensamiento en este momento, Coy", finalizó Growler abruptamente.

Coy respondió con una leve sonrisa gruñona ante la mención de su nombre al final de esos pensamientos.

"Touché, solo comprobando si me escuchaste." Growler había oído el gruñido.

"¿Dos qué?" Coy respondió de inmediato.

Growler empujó hacia adelante y comenzó a hablar con dicción clara y dignidad. "La ceguera de Milton, la sordera de Beethoven, la pobreza de Lincoln, la polio de Roosevelt, la falta de oído y vista de Helen Keller, el trágico matrimonio de Tchaikovsky, los primeros años de pobreza de Isaac Hayes. Recuerde a John Bunyan escribiendo Pilgrim's Progress mientras estaba en prisión, Charles Dickens pegando etiquetas en ollas negras, Robert Burns y Ulysses S. Grant luchando contra el alcoholismo, y Benjamin Franklin abandonando la escuela cuando solo tenía diez años, y luego podríamos continuar y hablar sobre Pablo..."

Growler intuyó y estaba en lo correcto que sin duda perdió su audiencia, aunque estaba listo para dar una lista más grande y más amplia. Había reconocido años antes, a través de años de autoaprendizaje, que la comunicación genuina ocurre cuando hay una transmisión bidireccional. Además, pensó que provocar y despertar el apetito de su joven amigo debería ser realmente la base de este nuevo comienzo.

"Bueno, de todos modos, sé que no puedo entregar años de aprendizaje y de vida en una sola sesión, hijo, así que dejemos nuestro tiempo de hablar juntos con esto... Esto me lleva a través de las noches y a través del acoso de vida, Coy... Ninguna persona ha tenido un defecto que no fuera realmente un beneficio potencial en lugar de una adversidad. Mi esperanza está en eso. Por favor, comprenda y recuerde, joven, a veces las cartas caen de manera diferente a la deseada". Growler dejó de hablar abruptamente.

Para cuando todo salió a la luz, Coy sintió que debió haber dejado la escuela a las diez o algo así, ya que no tenía idea de lo que acababa de suceder o de lo que se comunicó en los últimos minutos de su vida.

Coy tiró de la cuerda, encendió el motor y lo puso en marcha. Regresaron al Muelle 1. Cuando estaban a unos cien metros del resort, el ruido y el ambiente del resort estaban siempre presentes. La vida abundaba. La gente nadaba y se bañaba cerca de la orilla. Unos cuantos niños estaban pescando en el muelle 7, se azotaban las puertas, los niños corrían y las veinteañeras tomaban el sol. Coy vio a una de las atractivas mujeres de mediana edad con cabello oscuro recostada en su silla de jardín, leyendo un libro y por un momento, extrañó a su madre.

La seguridad ante todo, pensó Coy. Mientras trabajaban juntos y lentamente movían el bote a la posición de atraque en el Muelle 1. Growler agarró el muelle y con precisión y facilidad amarró el bote de forma segura al muelle. Trabajaron juntos como una máquina bien engrasada. No hubo que decir nada ya que las partes simplemente hicieron su parte.

"Yo limpiaré el pescado, Growler. ¿Está bien?" Solo una mirada y un murmullo regresaron como respuesta.

Fue volver a la vieja realidad y volver al misterio para Coy. "Cinco a centímetro, la vida es pan comido", sería el consejo que Coy sabía que le daría su madre en este momento.

Se necesita una enorme cantidad de seguridad interna en uno mismo para comenzar con el espíritu de aventura, descubrimiento y creatividad. Algunos agregarán el coraje que se necesita para darse cuenta y aceptar el proceso de vida que lleva tiempo. Coy sintió que la aventura lo esperaba, pero acababa de saltar o lo habían empujado al fondo de la piscina. Esperaba que estar en la parte más profunda de la piscina impulsara la aventura, y el descubrimiento, la creatividad y el valor saldrían a la superficie. Estaba abrumado por las emociones de lo que acababa de suceder en su vida.

El espíritu de Coy estaba lleno. Dio una sonrisa encantadora y de bienvenida en respuesta a Growler mientras atracaban el barco. Salió de la parte trasera del bote mientras Growler sostenía el bote para mantener el equilibrio. Coy, a su vez, sostuvo el bote con fuerza contra el muelle mientras Growler salía del bote al muelle. Trabajaron juntos de manera muy eficiente. Coy sabía reflexivamente que tendría que observar cada paso que daba, observar cada palabra que pronunciaba y cada forma de comunicación y acción.

Coy se volvió y miró hacia las tranquilas aguas del lago Esquagamah en busca de una guía silenciosa. Luego se dio la vuelta y caminó hacia la orilla en el viejo y chirriante muelle. El salto a la orilla rompió el silencio. Agarró el balde de cinco galones que estaba cerca del final del muelle, que el abuelo debe haber puesto allí sabiendo que traerían el almuerzo. Coy se dio la vuelta, esquivó a Growler, caminó de regreso al bote en el muelle y tuvo la sensación de que estaba caminando por el tablón. Saltó de nuevo al bote y puso las siete maravillas en el balde. Coy luego se dirigió a la pescadería. Growler había bajado del muelle a la costa en silencio y comenzó su camino de regreso a Little Mora. El triunfo de la comunicación volvió a entrar en su entorno inmediato. Todo decía algo sobre la vida.

92

Capítulo 17
El Resort Era una Lección de Humildad

El resort tenía ese zumbido familiar al final de la mañana y temprano en la tarde. Coy recordó que era sábado y desde mediados de mayo en adelante, la ocupación del resort se disparó en el fines de semana Ahora había campistas adicionales que se alojaban en el área de campamento del lado oeste más allá de la Cabaña 7, y las familias instalaron sus campistas emergentes y tiendas de campaña familiares grandes. El claro para la parte del campamento del complejo era una buena zona para acampar, ya que la elevación del terreno era más alta en comparación con el área pantanosa cerca de las cabañas y alrededor de Little Mora.

Coy comenzó su caminata hacia la casa de pescado y caminaba a lo largo de la costa cerca del área de la rampa de acceso al agua. Podía ver la zona de acampada y signos de vida por todas partes.

La mayor parte de la propiedad del complejo del lago se encontraba en una elevación baja. La bahía sur y la costa natural de la bahía de media luna creciente parecían hacer de esta tierra un lugar absolutamente ideal para un centro turístico. Sin embargo, la tierra no era tan cooperativa. Chelsea Brook era en realidad un desbordamiento de suministro de agua entre el lago y el pequeño lago pantanoso al otro lado del camino de grava detrás del cobertizo de almacenamiento. El suelo era blando, pantanoso y desordenado casi todo el tiempo. A la mayoría de los niños les gustó el ambiente. Sin embargo, seguro estropeó las zapatillas de tenis, si es que se usaron. La gente experimentada usaría botas de goma. Los locales calzaban botas que casi les llegaban a las rodillas. Coy había usado tenis viejos y sus pies parecían estar siempre un poco húmedos. Una de las primeras cosas que Coy hacía en las fogatas nocturnas era secarse los zapatos, los calcetines y los pies.

Coy pensó que la ubicación del resort era otro ejemplo del hombre que elige el camino teniendo en cuenta sus propios resultados finales, mientras que una vez más ignora el poder de arriba y se extiende a ambos lados del esquema completo de la base de las elecciones humanas basadas en la apariencia y la sensación. Coy se dio cuenta cada día más de que la vida parecía estar llena de inconvenientes y aparentemente los humanos habían nacido para vivir con resistencia. La distracción de la tierra baja fue aceptada como otro problema irritante a superar. Todo el entorno del complejo y el lugar de reunión de personas se convirtió en nada más que una imposición resaltada por los pies húmedos. Después de unos días, Coy ya ni siquiera notaba sus pies mojados.

Algo detuvo a Coy cerca de la rampa de acceso al lago antes de continuar su camino hacia la pescadería. Miró hacia atrás para ver en qué dirección se había ido Growler. Con leve escepticismo respecto a detectar a Growler, sus ojos lo encontraron. Growler estaba señalando a un par de compañeros que estaban parados frente a la Cabaña 2. Como era de esperar, el mensaje fue recibido de alguna manera, y los muchachos dieron unos pasos en dirección al muelle frente a la cabaña. Coy se rió para sí mismo. Sin embargo, ya no solo le divertía la comunicación no verbal de Growler, sino que comenzó a observar con atención todas las acciones. Estaba empezando a entender toda la comunicación en la que Growler se destacaba sin decir una palabra. Esto se estaba convirtiendo en una cualidad entrañable de ver. Tal vez solo el contacto visual y una pequeña mirada fue todo lo que se necesitó para comunicarse y transmitir el mensaje. Por los gestos, Coy dedujo que Growler les estaba informando por qué la cabaña estaba donde estaba y por qué era diferente de las otras cabañas.

La cabaña 2 se alquiló solo cuando todas las demás cabañas estaban llenas. Fue construido a veinte pies de la costa con poco cambio de elevación desde la cabaña hasta el lago. Cada cabaña tenía su propia personalidad. La personalidad de la Cabaña 2 comenzó y terminó con un historial de problemas de inundaciones y daños por agua. Al estar tan cerca de la orilla del lago, se construyó sobre pilotes, por lo que el piso de la cabaña estaba a dos pies sobre el nivel del suelo. Todavía existía la posibilidad de que el agua del lago se inundara hasta el nivel del suelo cuando el nivel del agua del lago era alto. Y si eso no fuera lo suficientemente molesto, pequeños animales salvajes como mapaches, conejos y ratones anidaban debajo de la cabaña y hacían todo tipo de ruidos por la noche. El ambiente de la Cabaña 2 volvió loca a la mayoría de la gente y realmente volvió locos a los verdaderos tipos de ciudad.

Coy giró un poco la cabeza hacia el oeste y algo, y alguien le llamó la atención en el Muelle 3. Era la joven de su edad que mojaba sus pies balanceándolos de un lado a otro al final del muelle. De repente, sintió una extraña sensación. Fue un sentimiento nuevo que comenzó a experimentar esta primavera cuando estuvo en presencia de las niñas. Esta extrañeza comenzó a suceder en los últimos meses. Apenas el otoño pasado, estaba jugando al fútbol en Lee Park, cerca de su casa, y comenzó un combate de lucha libre con una de las vecinas después de que ella intentara interceptar un pase. Era fuerte, rápida, inteligente y justo el tipo de persona que desearía en un equipo, pero siempre parecía que cuando elegían equipos, ella y Coy estaban en lados opuestos. A él realmente le gustaba ella. Era divertido estar con ella y lo ayudó mucho en la escuela. Ella tenía amigos, y Coy era un poco más introvertido por naturaleza, por lo que ayudó tener un amigo vecino que daría un paso adelante y ayudaría a estar rodeado de personas y lo invitaría a unirse a la multitud. Tenerla en su vida lo ayudó a veces a comprender el valor de lo agradable que era ser parte de algo fuera de sí mismo.

Sin embargo, esta primavera, un día caminando hacia su casa, ella tomó su mano para caminar juntos y su relación cambió para siempre. Los dedos no se juntaban bien y eran incómodos. La torpeza se sumó a la novedad. Sintió punzadas y rarezas de pies a cabeza desde algún lugar que no podía identificar cuando estaba cerca de ella ahora. Coy nunca quiso volver a ser físico y luchar con ella. Ella también estaba madurando y él también, ya que el cabello crecía y brotaba por todo su cuerpo, con el cabello más notable en la parte superior de los dedos gordos de los pies.

No estaba ni a doce metros de otra joven belleza sentada al final del Muelle 3 y los mismos sentimientos familiares lo golpeaban hasta la médula. Como un niño normal de doce años y la mayoría de los hombres en general, su discernimiento comenzó con las apariencias externas e incluso desde la distancia, podía decir que ella no estaba mal a la vista. No estaba ciego y no pudo evitar notarlo.

Coy estaba perdido en sus pensamientos y soñando despierto como una estatua solitaria y fría como una piedra. Estaba mirando en su dirección cuando Jimmy y Gary interrumpieron inesperadamente su espacio y su tiempo. Eran un par de niños, de siete y nueve años, de la Cabaña 3, a quienes Coy había conocido y entablado amistad un par de días antes. Coy se sentía tan viejo como Growler con estos dos, pero jugar al box caliente con ellos y lanzar la pelota de fútbol y el Frisbee seguía siendo muy divertido. Era tan difícil ser un niño y un adulto al mismo tiempo.

"Oye, Coy, ¿qué estás haciendo?" Jimmy sorprendió a Coy, irrumpiendo en su zona privada y hablando con un tono excitable.

Coy dejó caer el cubo de pescado. Gary empezó a reír.

Está mirando a la prima Tess. Llegaron tarde anoche. Gary medio se rió de la respuesta y la respuesta al mismo tiempo. "O como a Jimmy le gusta llamarla, Madre Teresa. ¡Ella siempre es una sabelotodo y trata de ser siempre tan buena con dos zapatos!

"Ella es bonita, y bastante inteligente para arrancar", saltó Jimmy, y luego se detuvo como si fuera una pregunta formulada.

Gary era el hermano mayor y él era el que hablaba. Por lo general, Jimmy solo hablaba para obtener respuesta y aceptación. Jimmy hablaba más a menudo cuando se trataba de una situación de uno a uno.

El momento se esfumó o, con seguridad, se había extinguido. Coy recogió el cubo de pescado y les preguntó a los niños si querían venir y ayudar. Entonces, hacia la casa de los peces, el trío trotó como un maestro con un par de discípulos. Era como un tren de jóvenes con un propósito. La pescadería estaba vacía y no se usaba, por lo que Coy entró con sus protegidos detrás de él y al paso.

"Ahora, hombres, aléjense de la mesa mientras averiguo cómo vamos a lograr la tarea en cuestión". Coy habló con un tono autoritario.

Miró a su alrededor como si nunca antes hubiera estado en la casa. Todo fue espectáculo, ya que estuvo allí la noche anterior con Growler durante más de una hora limpiando pescado para los "novatos" de la cabaña 2 y esta mañana también. Growler hizo la mayor parte del trabajo duro. Coy hizo la limpieza final y el retoque final del pescado limpio. Las losas de carne de pescado bien limpias, una vez listas, se presentaban y se entregaban a la gente para la cena.

Hubo otros momentos en la pescadería cuando Coy estaba con el abuelo y/o Growler en los que no se tomó el tiempo para mirar bien alrededor. La mayor parte de su atención se centró en sus mentores de limpieza de pescado y cómo estaban haciendo su trabajo. Hasta este año, él era solo un miembro de la audiencia mientras los mayores hacían la limpieza. Otras veces sus responsabilidades eran limpiar cosas y vaciar el cubo de tripas de pescado. Esta vez se había graduado para convertirse en el líder y tenía toda la fuerza y estaba en el juego. De hecho, ser el líder lo hacía sentir como el Capitán Kirk.

A Coy le gustaba hacer buenas estimaciones de la configuración de la vida a su alrededor. De memoria, podía decirle a cualquiera las medidas exactas de su dormitorio en casa. Podía recitar los colores de las paredes, los cuadros, el tipo de tocador, la cama, la lámpara, el radio despertador y hasta la distancia exacta a la que dormía su hermana justo al otro lado de la puerta del dormitorio, una habitación más allá. Nunca pensó realmente por qué hizo estas cosas. Sin embargo, pensó que si se trataba de una habilidad natural, lo mejor era usarla. Sin dudarlo, miró cuidadosamente alrededor de la casa de pescado tan pronto como entraron al edificio. Sus antenas alienígenas imaginarias estaban en alerta máxima.

Coy miró alrededor de la pescadería con más atención ahora que tenía una audiencia con él. Concluyó rápidamente con una evaluación abreviada porque sabía que tenía una audiencia enérgica, inquieta y juvenil.

Era natural que los ocupantes de pie en la casa de pescado miraran y observaran el complejo y la gente. A medida que Coy ganaba experiencia, pudo averiguar la hora y el olor del día y la energía de la gente del complejo. Las cabañas estaban decrépitas, pero la gente era el alma del complejo y hacían que la atmósfera fuera real y viva. El ruido en el aire de niños o personas mayores, el olor de la comida en preparación, el café colado, la sensación de la temperatura del aire, el crepitar de un fuego, el zumbido de las moscas y el aleteo de las mariposas eran signos de los momentos de los días y de las tardes.

"Déjame ayudar. ¿Qué quieres que haga?" Gary habló. Jimmy comenzó a asentir como si todo el mundo supiera lo que estaba pensando y, más importante aún, quería encajar, y siempre parecía querer ser obediente y ser parte de algo.

La mesa estaba un poco más de un metro por encima del tosco suelo de hormigón. Gary y Jimmy, que tenían aproximadamente la misma altura, unas cuarenta pulgadas más o menos, apenas podían ver por encima de la mesa. Coy, que mide casi metro y medio, también tuvo dificultades para sentirse cómodo trabajando fuera de la mesa. Sin embargo, sabía que no podía mostrar debilidad. Por supuesto, no quería mostrar ninguna debilidad y nunca admitir la lucha. Especialmente no quería mostrar ninguna debilidad en torno a estos Pojken. Le complació usar la palabra Pojken en un contexto en el que él era el superior. Sin embargo, inmediatamente sintió una punzada de culpa por alguna razón.

"Bueno, veamos", respondió Coy, dándose cuenta de que esa habría sido la misma respuesta que le habría dicho el abuelo mientras aprendía nuevas aventuras y probaba cosas de adultos. "¿Por qué no se paran los dos uno a cada lado de mí y miran por un rato? Una vez que termine de destripar y preparar una pareja para desollar, le mostraré a Gary cómo usar el desollador, luego se los entregaremos a Jimmy para el importante trabajo de la limpieza final de todas las tripas. Muchachos, tomen un balde y voltéenlo y pónganlo al lado del mostrador para pararse sobre ellos. Jimmy, puedes quedarte con el cubo de pescado y lo colocaremos cerca de la manguera de agua y el fregadero, y serás responsable de la limpieza final para sacar todas esas tripas duras y conexiones viscosas, que es lo más importante. Y Gary, quédate a mi izquierda y te daré pescado hasta la piel. ¿Estará bien?"

"¡Claro, jefe!" Gary respondió por el dúo como siempre.

Jimmy no estaba tan entusiasmado. Coy tiró el pescado sobre la mesa, dio la vuelta al cubo y lo dejó en el suelo para Jimmy. Jimmy agarró el costado del área del fregadero y se subió al cubo y se apoyó en la mesa, y ahora era más alto que Coy. Inmediatamente hizo la rápida mirada alrededor y fuera de la casa de pescado, y con un grito ensordecedor, dijo: "¡Oye, puedo ver el Frisbee en el árbol, Gary! Cuando terminemos, veamos si Coy nos ayuda a bajarlo".

"Tiene sentido para mí, Pojken", respondió Gary.

Coy se quedó desconcertado al ver de nuevo esa palabra de Pojken. Coy se sintió culpable por haberle enseñado a Gary cómo y cuándo usar la palabra. Reflexionó y se preguntó cómo diablos habría sabido Gary qué significaba esa palabra Pojken. Pensó que incluso Gary parecía conocer la palabra y, con suerte, cuando terminaran aquí, ya no sería un Pojken.

"Está bien, aquí vamos. Primero, es muy importante tener un cuchillo afilado". Coy se acercó a la repisa delantera junto a la ventana de la pantalla en el lado más alejado del mostrador, que también funcionaba como un pequeño estante. Los cuchillos, los cepillos de dientes y los cepillos de limpieza más grandes para limpiar la mesa se guardaban allí cuando no estaban colgados de un clavo en la pared. Había tres tipos diferentes de cuchillos. Coy sabía cuál era mejor para limpiar el pez luna, aunque todos los cuchillos estaban bastante gastados. Cualquier ávido pescador serio usaría el suyo propio cuando limpiara pescado. Coy luego se estiró frente a Jimmy a su derecha en la repisa al lado de la puerta, donde se guardaba la piedra de afilar. Afiló el cuchillo lo mejor que supo siguiendo el mismo patrón que vio que Growler usaba la noche anterior. Recordó que el abuelo decía que todo en la pescadería comenzaba con las herramientas adecuadas y cuchillos afilados.

Coy pensó que parecía que todas las cosas buenas de la vida procedían de la experiencia y de observar a los demás para ver cómo se hacían las cosas. Bueno, al menos si consideras limpiar pescado en la categoría de "cosas buenas".

Coy quería terminar con esta experiencia docente de manera conveniente y sin incidentes. Aunque tenía experiencia, tenía una punzada de nerviosismo por alguna razón. No estaba seguro de dónde venía ese sentimiento. Sus ansiedades estaban en alerta máxima. Su nerviosismo creció muy rápido cuando una nueva voz entró en la zona y lo sobresaltó, justo cuando estaba cortando el primer pez.

Capítulo 18
Luego Vino Tess

"**O**ye, ¿cuál es tu nombre? El dulce sonido provenía de una joven belleza que había entrado en la zona de la pescadería más allá de la pantalla frente a Coy.

Sobresaltado, Coy levantó la vista brevemente y no respondió de inmediato, sino que siguió trabajando en el pez. Terminó su parte del proceso y le pidió a Gary que le diera otro para limpiar.

"No limpiamos nuestro pescado de esa manera", continuó la joven belleza.

"De verdad, así es como lo hacemos aquí", respondió Coy, sin levantar la vista esta vez. Se mantuvo concentrado en la tarea que tenía entre manos. Además, estaba un poco nervioso, y la mejor manera de evitar una confrontación incómoda era darle poco tiempo y menos esfuerzo. Al menos eso funcionó a veces. Además, tenía un cuchillo afilado en la mano y sabía que tenía que concentrarse.

"¿Quieres que te muestre cómo se debe hacer de la manera correcta?" Ella continuó.

Coy se detuvo y la miró directamente e inmediatamente la reconoció como la joven belleza que vio sentada al final del muelle 3 unos minutos antes. Estaban a tres pies de entre sí, pero separados por la pantalla. Coy apreció la prodigiosa barrera de separación. Él estaba dentro y ella fuera. Sus pensamientos estaban desordenados y de repente, no podía recordar ni tener la capacidad de decir nada. Se dio cuenta de que su boca se había vuelto muy seca por alguna razón desconocida.

En el breve vistazo a ella, dedujo de inmediato que tenía aproximadamente la misma edad y tamaño que él. Pensó que al menos ella parecía tener más o menos el mismo tamaño. Notó por su mirada que tenía un cabello muy bonito, dientes hermosos y unos ojos azul océano absolutamente hermosos que podían detener el tiempo. Chico, se dio cuenta.

Miró hacia abajo con más fervor y se dedicó a limpiar pescado. Sin embargo, en su mente surgieron recuerdos de estar en picnics y salidas familiares y de la iglesia, y siempre le pareció a Coy que la gente generalmente migraba a personas de la misma edad o, en algunos casos, del mismo tamaño físico o apariencia. A Coy no le importaba estar con los niños, pero eventualmente regresaría a la cocina para escuchar y estar cerca de las mujeres. Para Coy, las mujeres eran mucho más estimulantes e interesantes, y parecían tener el mundo resuelto de alguna manera mejor. Los hombres por lo general se sentaban y hablaban sobre el trabajo o el fútbol o el pecho hinchado o las mujeres. Con el tiempo, sin siquiera saber por qué, se sintió mucho más cómodo con las mujeres o las niñas. Sin embargo, esta joven estaba lanzando una llave a esa teoría. Se sentía ansioso por alguna razón desconocida. No le gustaba ni entendía el sentimiento. No le gustaba sentir algo en lo que no tenía comprensión y, lo que es más importante, control.

Coy tenía una inclinación natural a pensar siempre lo mejor y sacar lo mejor de todas las situaciones. Por lo tanto, decidió ser amable y solidario y ser la mariposa social que el abuelo le informó que sería uno de sus deberes. Finalmente habló con la timidez espontánea que era su forma habitual con los recién llegados a su zona de vida.

"Bueno está bien. Eso sería bueno", respondió Coy cortésmente, mientras levantaba la vista ligeramente solo con los ojos y hablaba en voz baja a la belleza muy notable más allá de la barrera de la pantalla.

"Esos son algunos peces de buen tamaño allí. Mi padre solía filetear los peces luna más grandes porque eran mucho más fáciles de comer de esa manera", dijo con autoridad pero con un tono suave y acogedor.

"Encantador", fue todo lo que Coy pudo pensar para responder con los dientes ligeramente apretados, sin querer ser condescendiente de ninguna manera.

Coy comenzó a cortar el siguiente pez y en algún lugar dentro de su alma, ahora comenzó a sentir lástima por el pez. Se preguntó si el pez tenía sentimientos. ¿Los ojos de pez lo vieron venir hacia ellos con el cuchillo? No tenía idea de por qué estos pensamientos aparecieron en su mente. Oh, bueno, continuó, y el ruido de romperse la columna al cortar el siguiente pez ya no lo molestó. Además, era el hombre de la casa y no quería mostrar debilidad. Cuidadosamente silenció su pensamiento de habla interna de: "¿Qué diablos me está pasando en este momento?"

"Oye, oye, Jimmy no está haciendo su trabajo". Gary interrumpió el incómodo proceso de pensamiento de Coy.

"Oh, está bien, estoy seguro de que Jimmy está bien. Vamos a ver. Gary, tú te preocupas por tu trabajo; Verificaré a Jimmy y se lo agradeceré", respondió Coy, con su posición de liderazgo bajo control.

Coy agarró uno de los peces que Jimmy había puesto en el cuenco de agua limpia para ver cómo lo había hecho.

"Jimmy, este no está del todo terminado. Mira esa cosa blanca y esa pequeña cosa amarilla que cuelga, debemos asegurarnos de que esté todo limpio", instruyó Coy.

"Oh sí. Lo siento, señor. Lo olvidé y me esforzaré más", respondió Jimmy cortés y mansamente.

Coy se estiró y tomó un viejo cepillo de dientes de un clavo en el divisor vertical entre el extremo de la ventana de la pantalla y la pared lateral. Se dio cuenta de que la joven belleza lo miraba de cerca cuando levantó la vista para encontrar el cepillo de dientes. Tomó el pescado que Jimmy tenía en la mano y cepilló a fondo las últimas piezas de tripas y terminó de lavar el pescado con el agua corriente del fregadero.

"Ahora, así es como debería verse, chico. ¿Entiendo?" Coy palmeó a Jimmy en el hombro izquierdo mientras lo miraba.

"¡Lo haré, sargento!" el pequeño respondió felizmente.

"Oye, Coy, muéstrame cómo usar esta cosa desolladora de nuevo, por favor. No puedo entenderlo", dijo Gary. Coy recordó haber pensado el día anterior que a veces algo que parecía tan natural, como un salto rápido sobre un pequeño arroyo, no era un inconveniente sino un hábito, pero para otros, podría ser una tarea.

Coy apartó los ojos del pescado que tenía en las manos y lo dejó sobre la encimera. Miró por las pantallas laterales y más allá de la joven belleza para tener una visión más amplia de lo que estaba pasando delante de él. Miró hacia el lado sur de la cabaña 5. Miró hacia el oeste y miró más allá de la cabaña 6 y luego a la cabaña 7. El descanso del momento lo ayudó a volver al juego con confianza. La confianza que necesitaba en ese momento y en este momento.

Coy se volvió hacia Gary, que ahora entró en el juego, y agarró el pez de las manos de Gary.

"Está bien, encuentra el borde de la parte superior del pescado. Por lo general, hay un poco de piel suelta, coloque el desollador justo allí, apriete el agarre y enrolle el mango". Coy habló mientras le quitaba la piel a un pez para Gary.

"Vaya, eso es genial, hombre", dijo Gary.

Coy se dio la vuelta y agarró el pescado en el que estaba trabajando para terminar su parte de la limpieza, y miró hacia arriba para ver si la joven belleza más allá de la barrera de la pantalla todavía estaba allí, y ella estaba. "Dijiste que tu padre solía limpiar, me refiero a filetear pescado, ¿no?"

"Sí, lo hice", replicó Tess.

"Supongo que tú haces toda la limpieza ahora, ¿eh?" Coy dijo mientras miraba hacia abajo con una pequeña sonrisa sarcástica.

"Ya, ya", dijo con vacilación, hizo una pausa y lentamente dijo con una voz no tan dulce: "No, ya no puede limpiar pescado". Obviamente estaba tratando de no mostrar emoción o reacción. Su voz tenía un perceptible y suave crujido.

"Oh, lo siento. ¿Está herido o algo así? Coy reconoció y habló con un tono reconfortante.

"¡No, está muerto!" farfulló ansiosamente. Dejó de moverse y comenzó a pensar en un sentimiento con el que estaba luchando: muerta. Se estaba dando cuenta de que cuando la muerte se llevaba a un padre, robaba y cambiaba la definición de la palabra muerto para siempre, para siempre.

Coy levantó la vista directamente hacia sus hermosos ojos azul marino, ahora visiblemente llorosos. Reconoció que si el Océano Pacífico tuviera una historia conectada con cada gota de agua azul, sabía que la historia podría comenzar y terminar con esos ojos. No tenía idea de por qué pensaba eso, pero en el fondo, lo sentía.

La conversación se quedó en silencio. Durante todo este tiempo, los niños terminaron de limpiar los siete peces. Jimmy estaba terminando el proceso de limpieza final y se mojaba más de la cintura para arriba con cada pez en el que trabajaba. Gary terminó de limpiar el desollador y lo volvió a colgar en la pared donde Coy lo había quitado antes. Coy inspeccionó las mesas, el cubo de tripas, el piso y las herramientas colgantes y comenzó a lavarse las manos con la manguera.

"¿No vas a decir algo, nada?" dijo mientras miraba directamente a Coy, a solo un pie de distancia de la pantalla. Luego avanzó lo más cerca que pudo de la pantalla, con la nariz pegada a la pantalla, esperando desesperadamente una respuesta.

"Lo siento. Realmente no sé qué decirte ni te conozco muy bien y eso me parece tan personal. Lamento mucho haberlo mencionado, Mm, lo mencioné... oye, por cierto, ¿cómo te llamas de todos modos? "Tess", respondió suavemente.

"No conozco a nadie que se llame Tess. Ese es un nombre bonito, señora", respondió inconscientemente Coy. Quería salir del tema, pero sabía que era importante ser agradable. No sabía por qué estaba tratando de ser amable, pero algo o alguien en su interior le dijo que fuera amable. El consejo de su madre nuevamente siempre estuvo allí cuando fue necesario.

"Dime, ¿qué haces después del almuerzo?" Coy saltó de nuevo a su papel de director social.

"No mucho, solo pasando el rato y alrededor de la cabaña", respondió Tess. "¿Por qué, quieres hacer algo?"

"¿Cómo qué?" Coy dijo.

"Bueno, ¿juegas a las cartas? Podríamos jugar un juego, o lanzar el Frisbee o algo así, o cualquier otra cosa que te gustaría hacer".

"Cualquier cosa que funciona para ti está bien para mí", respondió Coy.

"Está bien, tal vez en una hora más o menos. Oye, ¿alguna vez ha jugado Scrabble? Ella preguntó.

Coy pensó que esta podría ser su oportunidad, algo así como atrapar el pez más grande o más grande y, al igual que Scrabble, tomó un poco de tiempo, paciencia y un poco de inteligencia. Coy se pensó algo así como un experto en Scrabble, y también sabía que nadie en casa volvería a jugar con él.

"Claro, eso sería divertido. ¿Scrabble lo llamaste? Puedo intentarlo, gracias", respondió Coy recatadamente. "¿En qué cabaña estás de todos modos?"

"Estamos en la cabaña 4, pero reunámonos en la cabaña 5. Ahí es donde jugamos", respondió Tess con recato.

Con eso, Tess se volvió hacia las cabañas y se alejó. Coy no pudo evitar verla alejarse hasta que se perdió de vista. Sabía que había una gran posibilidad de que tuviera uno en juego, y había una buena posibilidad de que fuera un portero muy hermoso.

Coy no podía saberlo, pero Tess estaba pensando lo mismo.

Jimmy y Gary salieron de la casa. Coy roció la casa por última vez. Enganchó la manguera, la envolvió alrededor del grifo y salió de la casa con el pescado limpio en una cacerola pequeña. Gary llevaba el balde que se usó para llevar el pescado a la casa.

"Gary, ¿podrías llevar el cubo al Muelle 2, el de allí?" instruyó mientras señalaba el muelle que no se podía ver pero estaba justo en frente de la Cabaña 2.

"¡Claro, Capitán!" Gary respondió con orgullo, y Jimmy lo siguió mientras partían en su nuevo viaje.

"Oigan, descubriré cómo bajar ese Frisbee del árbol y me reuniré con ustedes más tarde hoy, quiero decir, equipo", gritó Coy en su dirección.

"¡Impresionante!" respondieron al unísono. Coy emprendió su viaje de regreso a Little Mora.

Capítulo 19
De Vuelta a Little Mora – Esas Personas

"El destino, como el Señor, se mueve de maneras misteriosas" y "El destino sigue su propio curso", eran los pensamientos que rebotaban en la mente de Coy al recordar las sabias palabras de su madre de nuevo mientras cruzaba la carretera de dos vías detrás de las cabañas. Estaba al alcance del oído de Little Mora y ya escuchó el chisporroteo de la sartén y captó el olor a tocino frito proveniente de la cabaña. Observó al abuelo llenando la cortadora de césped con gasolina, estacionada en el lado sur de la cabaña.

Growler, con astuta anticipación, sabía cuándo estaría listo el pescado para freír, y estaba preparado. Coy notó que Growler parecía estar uno o dos pasos por delante en cualquier juego en el que estuviera involucrado. Coy levantó el brazo y saludó al abuelo reconociendo que estaba de vuelta en el campamento. El abuelo miró hacia arriba, movió la cabeza hacia arriba y hacia abajo sin mirar realmente a Coy y permaneció concentrado en lo que estaba haciendo. Coy sabía que el mensaje fue aceptado y recibido.

Coy agarró la manija de la puerta mosquitera y comenzó a hablar mientras entraba en Little Mora. "Todo listo, señor", dijo mientras entraba en la cabaña mientras miraba a Growler trabajando el tocino en la estufa.

Growler le dio la familiar mirada de reojo con la cabeza inclinada hacia abajo sin decir nada, ya que volvían a comunicarse sin palabras. Growler le dio una mirada astuta a la sartén de pescado que Coy tenía en su mano izquierda. Levantó la ceja izquierda como lo habría hecho Spock, y Coy lo tomó como: "Trae el pez aquí, ya que estoy casi listo para el curso de acción principal". Coy se acercó y Growler tocó el brazo izquierdo de su joven protegido y le entregó la espátula. Coy sabía lo que eso significaba. Debía terminar la tarea en cuestión, como un águila empujando a sus crías fuera del nido para volar solo.

Growler se hizo a un lado y se acercó a la nevera para ver si había algo más para servir con el pescado. Sacó el cuchillo atado a su cinturón y con un movimiento rápido y fluido, cortó un trozo de mantequilla del lado de la losa en la nevera. Le entregó a Coy la mantequilla con cuchillo y todo. "Aquí tienes", dijo con un tono tranquilo y calmado. Coy agarró con cuidado el cuchillo del hombre mayor y sus manos se tocaron ligeramente.

Este hombre realmente no tenía ninguna dificultad de comunicación con Coy. Growler no necesitaba hablar para comunicarse. Sin embargo, Coy realmente quería saber más de él. Estaba empezando a sentir que las personas juzgaban a los demás con tanta severidad cuando percibían debilidades. Especialmente las debilidades que no se podían escuchar o las fortalezas que no se podían captar. Coy no quería ser una de esas personas en ningún lado de la ecuación.

Coy estaba cada vez más molesto por la forma en que las personas juzgaban a los demás como una forma de sentirse mejor consigo mismos. La gente parecía estar en un estado constante de análisis de comparación o algo así, pensó. Él no quería ninguna parte de eso.

"Esto es lo que soy", salió de su boca cada vez más entre familiares y amigos.

Coy había comenzado a sacar el tocino de la sartén justo en ese punto dulce, justo antes de quemarse cuando el tocino estaba perfectamente frito hasta quedar crujiente. Depositó una pequeña salpicadura de mantequilla del cuchillo de Growler en la sartén y bajó el fuego. Luego alcanzó el estante justo encima de la estufa donde se almacenaba la mezcla de harina y harina de maíz, y tiró una pequeña pila en un plato que agarró del estante a la derecha de la estufa. Hizo rodar el pescado recién limpiado en un bol con huevos batidos, que Growler había preparado y le entregó. Puso cada pescado cuidadosamente en la mezcla, uno por uno. Cuando completó esa tarea, la mezcla de tocino y mantequilla tenía la temperatura y las condiciones perfectas. Luego agregó la mantequilla extra que había recibido de Growler directamente en la grasa de tocino. Chisporroteó en la sartén y supo que era el momento adecuado. Siempre le gustó la pequeña chispa inicial de la grasa de tocino. Miró para asegurarse de que el calor de la estufa estaba en el medio de la sartén, y lo estaba. Sabía que era el momento y la temperatura perfectos para freír un poco de pescado. Esperó hasta que toda la mantequilla se derritió y cuando salió un poco de humo de la sartén. La sartén y los ingredientes estaban listos. Bajó el fuego una muesca en el quemador y, uno por uno, puso cuidadosamente el pescado en la sartén. Movió cuidadosamente el pescado de un lado a otro con un tenedor para que no se pegara a la sartén. Volteó el pescado en el momento exacto en que pudo ver un pequeño chisporroteo en los costados y sazonó cada lado del pescado con la cantidad justa de sal y pimienta. Una vez en el lado nuevo, continuó moviendo el pescado de un lado a otro con el tenedor y, después de aproximadamente un minuto, comenzó a verificar si el pescado estaba cocido. Hizo esto clavando el tenedor en los filetes para ver si el tenedor se clavaba en el pescado. Sabía que si el tenedor se atascaba, el pescado no estaba completamente cocinado y listo. Otra lección de vida de mamá.

Mientras esto sucedía, Growler colocó algunos platos y tazas sobre la mesa. Growler luego se sentó en el banco en la pared de la puerta a la que se deslizó la mesa para poder mantener sus ojos en Coy todo el tiempo. Coy sabía que estaba siendo observado y le gustaba.

El abuelo entró en la cabaña junto con Pretzel. Una vez que los tres estuvieron en la cabaña, junto con el perro, se sintió un poco abarrotada. Por lo general, solo a la hora de comer y justo antes de irse a la cama por la noche estaban todos juntos en la cabaña o cuando llovía a veces o cuando jugaban a las cartas.

"Entonces, ¿cómo funcionó el siete y medio para ustedes?" preguntó el abuelo como si lo escupiera a la habitación y no particularmente a ninguno de ellos. El abuelo tenía la costumbre de hablar al espacio y no a una sola persona o a la derecha de las personas.

"Realmente bien. Hiciste otro gran trabajo, abuelo". Coy habló sin dejar de mirar la sartén.

"Bien, ¿todo funcionó bien, o se quedó algo o sucedió algo más?" El abuelo preguntó por más información.

"¡No nada!" Coy miró rápida y directamente al abuelo por un segundo y respondió con un tono un poco más alto.

"Está bien, ¿está todo bien entre nosotros ahora, o tengo que hacer que Pretzel arregle algo o traer a Brownie aquí para ayudar a arreglar algo?" preguntó el abuelo, y se rió entre dientes al mismo tiempo que sintió un poco de tensión en la habitación.

Growler soltó un pequeño gruñido. El abuelo lo miró y se rió entre dientes. Los dos señores mayores se sentaron en sus lugares. Coy les sirvió dejando el plato de tocino y pescado. Growler ya puso la bebida de néctar de naranja en la mesa con los platos, tazas, utensilios y dispuso un par de piezas de pan y mantequilla.

Nada demasiado lujoso, solo un poco de pescado, un trozo de tocino o dos y un poco de pan con mantequilla y néctar de naranja. Preparativos en el lugar, ahora se llevó a cabo el propósito y la razón de estar en la cabaña, que era comer. Coy se sentó y, mientras lo hacía, miró a Growler y notó que se sentó allí durante un par de segundos antes de dedicarse a la comida y la bebida. A menos que Coy se equivocara, parecía que se tomó el tiempo para dar las gracias.

"¿Te has encontrado con esas personas que vinieron anoche? Se están quedando en la Cabaña 7". El abuelo rompió el silencio aburrido y los sonidos de tres personas comiendo y bebiendo.

"No, no, no lo he hecho", respondió Coy, mientras miraba a Growler con alguna razón desconocida de expectativa.

"Bueno, no hemos tenido su tipo de gente muchas veces antes. Escuché que pueden ser muy buenos pescadores. Bueno, supongo", dijo el abuelo.

"¿Qué quieres decir con esas personas o sus tipos, abuelo?" Coy habló como si volviera al juego con su personalidad inquisitiva.

"Ya sabes, esa gente, ya sabes, los negros, ya sabes… esa gente, esa gente", dijo el abuelo.

"¡De verdad, abuelo! ¿Cómo crees que te llaman? Coy respondió.

"Realmente no lo sé. Probablemente ese viejo pedo blanco con un solo brazo", respondió el abuelo, y se rió entre dientes, luego respiró hondo.

"Entonces, ¿cómo preferirías ser conocido, pedo o blanco?" preguntó Coy.

"Oh, ya saben a lo que me refiero, está bien, gente negra", respondió el abuelo con una pizca de molestia.

"No, en realidad no, ¿cómo preferirías que te llamaran?" Coy continuó.

"No lo sé", respondió el abuelo con un poco de fuerza y le dio a Coy una mirada severa.

"¿Qué tal un tipo blanco viejo, desgastado, bastante inteligente? Pero realmente no se te puede llamar un hombre blanco, tu piel es más de un marrón rojizo arrugado o algo así. ¿Qué tal un viejo casi negro? Coy dijo, sabiendo que podría hacer que el abuelo se sintiera mal o algo así. El ida y vuelta se prolongó durante un par de minutos. Sin ganador, simplemente se detuvieron. Después de que terminaron, el abuelo les dijo que se iba a acostar para dormir un poco y relajarse.

Coy y Growler lavaron los platos y limpiaron el desorden del almuerzo. Salieron juntos en silencio de la cabaña. Se miraron y se fueron por caminos separados. Coy decidió ir a la Cabaña 5 y Growler hacia el camino de grava. Growler estaba cargando su pequeña bolsa de nuevo. Coy normalmente querría saber qué había en la bolsa pequeña, pero esta vez lo dejó pasar. Realmente no tenía sentido seguir a Growler ahora, reflexionó Coy. Después de todo, estarían en el bote por la mañana, y Coy quería tomarse un tiempo para pensar en el millón de preguntas que quería hacer y obtener respuesta.

Capítulo 20
La Invitación – Las Personas son personas

Era hora de que Coy respondiera a una invitación intrigante. Con ese propósito, trotó hacia la Cabaña 5 como un caballo que acaba de dar un gran salto en una arena llena de fanáticos que gritan.

Encontró satisfacción en que se defendió y se enfrentó al abuelo. Sin embargo, no le gustó la sensación de que podría haber parecido una falta de respeto. Continuó asumiendo que al abuelo le gustaba su esperma. La distracción de la discusión y conversación previa con el abuelo fue la panacea perfecta. Después de todo, no podía evitar estar nervioso por encontrarse con Tess en la Cabaña 5.

A Coy siempre le molestaba que la gente etiquetara a los demás basándose en alguna descripción distinguible externa, como el color de la piel. Toda la idea generó un dolor profundo en su alma. Pensó en lo que otras personas podrían etiquetarlo. Mamá le dijo que no dejara que nada de eso lo molestara, pero lo hizo. Algo tan ridículo como nunca probarse una gorra de béisbol delante de sus amigos porque sabía que tenía la cabeza grande. Rara vez iba sin camisa porque era consciente de su barriguita. Se preguntó si sus ojos eran realmente marrones porque estaban llenos de eso. Coy nunca quiso poner a nadie en una situación incómoda. Trató de no ponerse nunca en una situación incómoda, incluso cuando los amigos o la familia se reunían y querían insultar a las personas en función de su nacionalidad, raza, educación religiosa o situación económica. Coy se iría antes de ser parte de esas conversaciones. Sus pensamientos y pasiones adultas se hacían más fuertes cada vez, y luchó ese día.

Caminó lentamente hasta la cabaña 5. Hizo una lista de las imperfecciones que se le ocurrieron. El chico con el pelo feo, la mujer con la piel manchada, el punk con marcas de nacimiento, la chica con sobrepeso, la dama rosa, la mujer roja, el hombre amarillo, los negros, los blancos, todos aparecieron en su mente. Sabía que la lista sería exhaustiva si realmente lo hacía. Pero todo lo que apareció en su mente fue simplemente la tendencia humana a juzgar a los demás por su apariencia o color de piel, altura, peso, tipo de cuerpo o cualquier cosa. Lo que rondaba en la mente de Coy era que los humanos no tenían elección ni nada que ver con nada que los distinguiera de los demás, como el color de la piel o, en realidad, ser mujer u hombre. Simplemente eran quienes Dios los hizo y quería que fueran.

"Las personas son personas." Coy habló en voz alta con confianza.

Recordó a su maestro de la escuela dominical diciendo que Jesús mismo fue a Egipto, y de todas las fotografías en la escuela todas esas personas que vivían en Egipto parecían tener tez negra. Coy estaba seguro de que no había oído que Jesús prejuzgara a nadie. No había ninguna descripción física de Jesús en la Biblia, por lo que, en lo que respecta a Coy, Jesús podría haber sido un hombre de tez oscura.

Coy se estaba dando cuenta de que se necesitaba paciencia y habilidad para desentrañar las cosas que la gente aprendía de la vida, de los demás y de sí mismos. Coy vivía con la esperanza de aprender de la manera correcta de alguna manera, de alguna manera. Sin embargo, cuando uno tenía doce años y había vivido un tiempo, uno simplemente no tenía que creer todo de la autoridad local, aunque la autoridad era digna de confianza. Coy pensó que era hora de que tuviera una opinión.

Coy, naturalmente y sin dudarlo, se encontró tomando un atajo a la cabaña 5 saltando por encima de Chelsea Brook sin siquiera pensar en ello, en lugar de dar la vuelta más larga y caminar sobre el sencillo puente de seis pies de largo construido con madera de dos por seises por la Cabaña 1. Su mente se arremolinaba con pensamientos. Algo estaba pasando. Quería ir a ver a la gente de la Cabaña 7. Sus pensamientos inmediatos fueron que seguramente debían estar bien, ya que vivían y disfrutaban de la vida allí mismo, justo ahora y justo donde estaban. Pero ese encuentro y saludo tendría que esperar. Ahora era el momento de que le diera una lección a la joven que lo esperaba en la cabaña 5. Estaba listo para dar una lección en el juego de Scrabble.

Pasó cerca de detrás de la Cabaña 5 y pudo escuchar el chapoteo y los ruidos de algunos niños más pequeños nadando entre los Muelles 4 y 5. Eran Gary y Jimmy y sus dos hermanas menores, Sandy y Cindy.

Las cabañas 3, 4 y 5 tenían grandes ventanas frontales que daban al lago y estaban muy cerca unas de otras, como si estuvieran relacionadas, probablemente construidas en la misma época. Cuando alguien caminaba por el camino desgastado frente a las cabañas, las personas dentro de las cabañas podían ver quién estaba afuera y quién se movía. Tess estaba sentada en el sofá frente a la ventana y vio a Coy mientras caminaba frente a Cabaña, hacia la puerta en el lado oeste de la Cabaña. Ella lo recibió en la puerta. Entró en la cabaña y se dio cuenta de que era un poco incómodo para él, ya que por lo general no se entrometía con la gente en las cabañas. Por supuesto, había estado en las cabañas muchas otras veces con el abuelo, refrescándolas y reponiendo las sábanas.

"Hola, joven, ¿cómo estás? Gracias por venir. Tess saludó cortésmente a Coy mientras giraba y comenzaba a caminar en la otra dirección.

"Estoy muy bien y gracias por la invitación". Coy mantuvo la cortesía.

La cabaña 5 tenía dos dormitorios y el primer dormitorio estaba detrás de la pared de la entrada. El gran sofá estaba contra esa pared y sentado directamente frente a la ventana frontal que daba al lago. Diez pies dentro de la cabaña estaba la cocina, donde había una mesa con seis sillas.

Tess ya estaba en la cocina y Coy la siguió justo detrás de ella. Dobló la esquina detrás de su anfitriona y encontró un nuevo gran inconveniente en su plan de batalla bien pensado justo en frente de él. Había otras tres chicas de entre ocho y catorce años en la cocina.

Interesante, pensó. Esto podría ser un poco más divertido y quizás una tarea más difícil de lo que esperaba al principio. Por lo general, nunca se sentía acorralado cuando había mucha gente alrededor, ya que podía desaparecer en el ruido de la multitud. Él era el único chico con estas chicas, y perderse entre la multitud probablemente no sería una opción. Pensó que incluso un idiota torpe reconocería que perderse cuando era el único niño sería un tremendo desafío. Decidió simplemente darse por vencido en ese frente.

El tablero de Scrabble ya estaba colocado sobre la mesa. Coy miró la mesa y las sillas alrededor de la mesa. No necesitaba intuición para saber que las cartas podrían estar apiladas, por así decirlo, en su contra. Apreció que la exhibición de la competencia y la arena estuvieran en su lugar y listas.

Dos de las chicas ya estaban sentadas en sillas. Tess se sentó en una de las sillas vacías más cercanas al área del mostrador y miró a Coy y lo invitó a sentarse en la silla junto a ella. Para Coy, era como una reina que guía al rey para que se siente en el trono junto a ella. Unas cuantas damas jugueteaban con los azulejos y comenzaban a distribuirlos mientras Tess les presentaba a Coy a todas las chicas y las chicas a Coy. En la breve introducción, Coy se enteró de que las otras tres niñas eran todas hermanas y estaban de vacaciones con su familia durante la semana, y muchos familiares y amigos estaban allí. Estaban todos en las cabañas 3, 4 y 5.

El juego estaba en marcha con las instrucciones dadas. uno de ustedes

Coy estaba en su modo de disposición tímido. Sabía que incluso si parecía que estaba tratando de ser tímido, era una simulación, ya que esta vez era más que un espectáculo. En los momentos de ansiedad de su vida, se dio cuenta de que tenía una de las grandes cualidades de su madre: la capacidad de estar ocupado. Decidió echar un buen vistazo a la competencia que tenía delante y evaluar a sus retadores con la intención de descifrar la situación, haciendo algo que le ayudara a superar su ansiedad por ello. Usó la técnica de Growler de mantener la cabeza hacia abajo para una apariencia de humildad mientras miraba hacia arriba con los ojos de vez en cuando. Le gustaba esta técnica, así que la usó. Actuar humildemente cuando no humildemente fue una nueva experiencia de aprendizaje para Coy.

No estaba muy seguro al respecto, pero por alguna razón, Coy sintió que este podría ser el momento de probarlo.

Tess presentó a las niñas a Coy y comenzó con Ruby como la hermana mayor. Tenía catorce años, era muy bonita y, para Coy, parecía sacada de una película de Disney como la hermosa doncella rubia principal. Coy no pudo evitar notar que era una belleza deslumbrante. Ruby se sonrojó un poco, lo que debe haber sido una respuesta natural al notar la mirada de Coy. Sus mejillas se estaban poniendo un poco rojas. Coy sonrió y notó el cabello rubio, hermoso hasta el punto de distraerse, y una sonrisa encantadora. Tess siguió adelante y presentó a la joven sentada junto a Ruby.

Su nombre era Molly. Coy pudo ver que era un poco más grande y más alta que Ruby. Tess le informó que ella era la hermana menor de Ruby y tenía doce años. También era rubia con un color un poco más claro. Coy se dio cuenta de inmediato que tenía algo de coraje. Tenía una linda sonrisa con hoyuelos con una sensación de calidez instantánea que producía una presencia encantadora.

Tess miró más allá de la mesa y hacia la hermana menor, Pearl, que estaba sentada en el banco lejos de la mesa y debajo de la ventana sur de la cabaña. Tenía el cabello rubio más oscuro y rizado. Inmediatamente notó su cálida sonrisa y sus ojos cariñosos. Calculó que tenía unos siete u ocho años. Siempre miraba el cabello, la sonrisa, los dientes y sobre todo los ojos, y todo en Pearl se veía perfecto.

Coy estaba empezando a tener una sensación extraña por dentro. El ambiente del entorno estaba un poco por encima del nivel salarial de Coy. Por lo general, se sentía cómodo con las chicas, y estas personas eran solo chicas, pensó, después de todo.

Coy sabía que todos eran bastante lindos y tenían un aspecto mucho mejor arreglado que él, especialmente después de la empresa de su ajetreada mañana. Estaba practicando no juzgar por las apariencias externas, pero pensó que al menos podía notar que eran lindos y agradables. A juzgar por la forma en que se reían y jugueteaban con su cabello, no les importaba que Coy estuviera cerca y los notara también. Tess seguía siendo la que más distraía a Coy. No podía pasar por encima de sus ojos. Eran tan profundos, azules y hermosos y, junto con su cabello castaño, había algo muy especial en ella para Coy.

Hizo todo lo posible para demostrar que no se dio cuenta de que las chicas podrían haber estado coqueteando con él. Se sentó derecho en su silla y parecía listo para la batalla. Hizo un rápido movimiento que esperaba fuera un olfateo inadvertido en sus axilas y manos cuando ninguno de ellos estaba mirando para asegurarse de que al menos estaba presentable y sopló su aliento en sus palmas para asegurarse de que su aliento no olía. No estaba realmente muy satisfecho con ninguno de sus descubrimientos.

Las presentaciones y el calentamiento habían terminado. Coy, sin ningún conocimiento, no pudo evitar pensar que estaba en él para manejar esta situación y estas chicas. Pensó que todo lo que tenía que hacer era mantener la sensatez y no adelantarse como le habría dicho su madre. Su confianza todavía era alta, lo que lo ayudó a superar parte de su ansiedad. Sin embargo, no tardó mucho en cambiar ya que su mente estaba revuelta por la angustia. Había demasiadas distracciones. Rápidamente se dio cuenta de que ni siquiera sabía cómo deletrear su propio nombre o calcular los puntos totales de incluso una palabra corta de tres letras, como tímido.

El proceso de Coy hacia una educación superior siempre comenzó con confianza en todas las situaciones. "Cuando cuenta, el rendimiento bajo presión es lo que marca la diferencia", les dijo el entrenador de fútbol de su equipo en el que estuvo el otoño pasado antes de su último partido. "¡Este es el momento del juego, así que dejen las distracciones en casa o en la escuela, hombres!" Habló en voz baja para sí mismo lo que el entrenador de fútbol le dijo al equipo justo antes del saque inicial. Por un breve momento no hubo conversación alrededor de la mesa, y todo quedó en silencio.

Tess rompió el incómodo silencio y dijo: "Será mejor que elijamos equipos".

Pearl soltó inmediatamente. "¡Él huele!" Todas las chicas comenzaron a reír con un tono apagado.

Coy tenía que admitirlo, la pequeña Pearl estaba en lo cierto. De repente se dio cuenta de nuevo de que se había convertido en un día muy ocupado y agitado. Hizo las tareas del hogar temprano en la mañana, caminó por el complejo y luego se distrajo con el viaje de prueba en el bote con Growler. Lo más importante, experimentó un despertar masivo de un nuevo nivel con la comunicación de Growler hablando. Después de todo eso, terminó limpiando pescado y ayudó a preparar el almuerzo.

Coy estaba a punto de comenzar un juego de Scrabble en la Cabaña 5 con cuatro chicas y no tuvo tiempo de saltar al agua del Muelle 1 y tomar un baño rápido en el resort. Disfrutaba de los baños del resort y, al menos una vez al día, saltaba al lago para refrescarse y limpiarse el olor. En resumen, sabía que no podía evitar oler, especialmente con todo el rociado de agua y la enseñanza en la casa de peces con los niños. No había duda de que algún exceso de rociado que pasó con los muchachos le cayó encima. Por lo general, nada de esto sería una molestia. Por alguna extraña razón, su memoria volvió al entrenamiento de la bomba atómica cuando estaba en primer grado, donde sonó la sirena y se les dijo a todos que se metieran debajo de sus escritorios. Coy recordó lo estúpido que fue eso, ya que estar cerca de una bomba significaba que probablemente todos estarían muertos de todos modos. Cuando Coy volvió en sí de su ensoñación, Ruby y Molly lo estaban rociando con algún tipo de ambientador. Simplemente los dejó y no dijo nada.

Coy comenzó a hablar lo que estaba listo para decir con su típico intento de timidez espontánea, que era su forma habitual con la gente en situaciones nuevas. "Gracias", fue todo lo que pudo reunir. Esperaba que sus acciones externas dijeran lo mismo.

"Eso puede haber ayudado un poco, pero ahora tenemos un mal olor que podemos decir que está cubierto con un buen olor, y el mal olor está ganando solo un fragmento. Oh bueno, bien por ahora", dijo Tess. Coy frunció el ceño un poco, pensando que Tess sabía que olía.

"¡Dios mío, Tess! ¿Un fragmento? ¿Así que de dónde eres?" Molly, dijo la más franca del grupo, mientras miraba a Coy.

Coy pensó que recordaba que era su momento de responder algo.

"De las ciudades; Voy a entrar a séptimo grado". La respuesta de Coy sorprendió a Ruby y Molly.

"¿Estás aquí con tus padres? O, quiero decir, ¿vives con esos dos viejos? ¿O estás relacionado con el dueño del resort o algo así? Molly siguió adelante.

Pearl interrumpió: "Oye, ¿alguien más quiere un poco de caramelo de agua salada?" "Estoy bien", respondió Coy.

Coy buscó en su bolsillo una de las mentas rosadas que el abuelo siempre tenía para compartir en un tazón sobre la mesa en Little Mora, y se la metió en la boca. A Coy le encantaban esas mentas y cada vez que comía una, le refrescaba la boca y el aliento y le recordaba al abuelo y la abuela.

Las chicas tomaron un par de caramelos del tazón que Pearl, que desesperadamente quería ser una de las chicas, estaba compartiendo.

"El anciano con un brazo es mi abuelo, y el otro es un amigo o alguien de la familia. Y no, no estamos relacionados con el dueño del resort, al menos no lo creo". De repente, Coy se sintió como un niño luchando en vano por descifrar el código de una conversación de adultos con instalaciones y conocimientos limitados. Al igual que en la escuela y las clases de confirmación, siempre parecía que las chicas hacían más y mejores preguntas. Coy siempre sintió que tenía algo que preguntar, pero no recordaría qué hasta más tarde. La mayor parte del tiempo recordaba y luego se recitaba en silencio sus preguntas de camino a casa. Terminó deteniendo su respuesta con eso.

Pearl había decidido, con un poco de orientación y aliento de sus hermanas, ser una espectadora. No estaba lista para Scrabble ya que jugaron con ella esta mañana para asegurarse de que supiera que era parte de todo. Lo sabían y, lo que es más importante, Pearl se dio cuenta de que tal vez no estaba lista para jugar. Pearl quería ser parte de algo, y era mejor que tomara su propia decisión de participar observando. Las otras chicas alentaron y apoyaron su decisión.

Pearl miró a Tess y dijo: "Oye, ¿cuándo murió tu papá? ¿Y cómo?"

La pregunta sacudió instantáneamente a Tess y la sacudió un poco la espalda. Ruby trató cortésmente con sus ojos y movimientos de manos de regañar a Pearl por hacer esa pregunta.

"Oye, ¿qué dijo mamá? Con el tiempo podemos preguntar, ¿verdad, Pearlie...? añadió Molly.

"Oh, lo siento, Tess", respondió Ruby mientras miraba pensativa a Tess. Pearl respondió dócilmente con una cálida sonrisa a Tess. Tess volvió la cabeza y miró por la ventana.

"Está bien. No sabemos exactamente cuándo murió, pero sí sabemos que murió hace unos meses en algún lugar tan lejos... ya sabes, al este. Creo que en China o en algún lugar". Tess hizo un gesto con la cabeza. Seguía mirando por la ventana como si estuviera buscando algo o a alguien.

"¿Estaba peleando en la guerra?" Ruby, ahora involucrada en la conversación, preguntó.

"Sí... lo era". La voz de Tess se quebró cuando respondió. Ni siquiera tuvo que decir la palabra, Vietnam.

"Eso es suficiente por ahora, y juguemos en equipos. ¿Quién quiere al niño? respondió Ruby, sabiendo que era hora de aliviar la tensión de la conversación.

Tess inmediatamente habló de espaldas a ellos, mientras seguía mirando por la ventana y con un tono de risa, "Me llevaré al niño. Todos sabemos que obviamente necesitará ayuda".

Tess dejó de mirar por la ventana e hizo contacto visual con Coy en el momento exacto en que él la miró. Sus pensamientos tácitos el uno hacia el otro estaban en una mirada y una risa. Todo el grupo se reía y reía. Mientras Coy se reía, miró a Tess con una modesta y tímida sonrisa. Ella recibió el mensaje.

"Eso parece funcionar para él. Tal vez estemos bien", respondió Tess.

Ruby y Molly comenzaron a distribuir y jugar con los mosaicos. Coy se tomó el tiempo de volver a oler rápidamente su manga y debajo de sus axilas. Confirmó que sí olía. El ambientador apenas funcionaba.

Coy pensó que la mejor manera de actuar en este momento era no revelar demasiado que era bastante bueno en Scrabble. Decidió delegar las preguntas del equipo y los procesos de pensamiento a Tess. En el fondo, sabía que quería que Tess tomara la iniciativa, especialmente si eso la hacía sentir mejor.

Tess y Coy fueron los primeros en jugar. Estaba sumida en sus pensamientos mientras escaneaba y organizaba sus mosaicos de letras. Miró los mosaicos y trató de pensar en algo. Descubrió que estaba demasiado distraído en este escenario. Se quedó con un completo vacío de pensamiento.

"Oye, ¿dónde está China?" Pearl preguntó como si hablara a la habitación. Miró por la pequeña ventana de la cocina sobre el fregadero, donde solo unos minutos antes se asomaba Tess.

Ruby miró a Pearl para asegurarse de que estaba prestando atención y señaló la ventana que estaba casi en línea recta en dirección este. "De esa manera", dijo Ruby.

"¿Qué? ¿A esa cabaña? respondió Perla.

"Sin tonterías. Un largo camino por ese camino, Pearlie girl, como miles de millas por ese camino. Molly respondió esta vez.

"¿Por qué estaba tu papá en China de todos modos?" Pearl presionó un poco más mientras hacía la pregunta, mirando a Tess.

"Estaba peleando la guerra, ya sabes, la guerra de Vietnam". Tess respondió sin levantar la vista de sus fichas.

"¿Qué es un Vietnam?" Pearl continuó con sus preguntas inquisitivas.

"No es un qué; es un lugar, Pearlie. Molly saltó de nuevo a la conversación.

"¿Por qué hay un lugar llamado Vietnam donde los papás van y mueren?" Pearl continuó inocentemente.

Tess apartó su silla de la mesa. Toda la habitación sintió la tristeza. Coy la miró directamente a los ojos y supo que esos hermosos ojos azules eran demasiado hermosos y serios para su edad. Intuyó que podría haber una lágrima presente y, naturalmente, sabía lo que probablemente estaba a punto de suceder. "¡Oye, yo huelo! ¿Les importa a ustedes, encantadoras damas? Coy gritó mientras se reía.

Rompió el pesado momento. Todos se rieron, incluso Tess. Hubo alegría en la sala de nuevo.

"Oigan, ¿ustedes mantienen esa radio en la ventana encendida todo el tiempo?" preguntó Coy.

"Sí", respondió Rubí.

"¿Qué tipo de música escuchas?" preguntó Coy.

"Bueno, parece que solo hay dos estaciones que llegan aquí, KKIN de Aitken y WDGY de Brainerd. Lo mantenemos en WDGY porque reproduce rock and roll, y a mamá y papá les gusta más esa música", dijo Ruby.

"Esa es una gran estación. La única estación que el abuelo quiere escuchar es KKIN con música country y western y Paul Harvey. Me gusta y disfruto de Paul Harvey, porque luego el abuelo y yo hablamos sobre lo que Paul tenía que decir. ¡Buenos días!" Coy terminó.

"¿Bien qué?" Molly dijo.

"Buenos días, esa es la forma en que Paul Harvey siempre termina su transmisión. Ya sabes, buenos días, ¿verdad? Coy respondió.

"Ah, okey. Bueno, de todos modos, juguemos. Ruby saltó de nuevo a la conversación.

Tess ahora estaba inclinada hacia adelante y pensativa mientras miraba los mosaicos de letras. "Está bien, veamos qué tan inteligente eres realmente, Coy", le susurró al oído a Coy.

Coy se dio cuenta de que este grupo podría estar muy por encima de su nivel salarial. Acababa de enterarse de lo que significaba esa declaración de grado de pago la noche anterior junto al fuego. Todavía no sabía con precisión lo que significaba, pero parecía encajar en esta circunstancia. Eso era todo lo que podía pensar en ese momento. Sí recordaba que el abuelo le decía a veces que así caían las cartas. Tampoco estaba muy seguro de lo que eso significaba, pero parecía correcto para este momento.

Se inclinó cerca de Tess y susurró en voz baja: "Tenemos la palabra crear en nuestros mosaicos, ¿viste eso?"

Tess se inclinó hacia él mientras miraba los mosaicos y dijo: "Sí, sí, eso funcionará, gracias". Ella también estaba distraída por el momento y la conversación.

"¿Estás bien, Tess?" Rubí preguntó.

"Sí, sí, estaba pensando en lo que mamá me dijo esta mañana", continuó Tess.

"¿Qué fue eso?" Rubí preguntó.

Tess miró alrededor de la habitación y a todas las chicas y a Coy y dijo: "Bueno, mamá y yo estábamos hablando de papá, y ella me dijo que la última vez que estuvieron juntos estaban peleando por dinero o algo, o una combinación de algo o algo. , lo que sea. Ella me dijo que lo último que le dijo cuando se iba de casa para luchar en esa estúpida guerra fue: "¿Has tenido suficiente?" Y me dijo que él dijo que sí, y ella dijo: "Sabes qué, tengo también tuve suficiente para toda la vida". Luego me dijo que justo cuando estaba subiendo al automóvil que estaba allí para recogerlo, ella le gritó: "¡Una vida no es suficiente!". Me dijo esta mañana que se arrepentirá. su elección de palabras para el resto de su vida". Tess se detuvo y miró hacia abajo por un momento para reflexionar y dijo: "¡Una vida no es suficiente!"

Toda la sala estaba hipnotizada y desconcertada. Tess estaba llorando. Todo el grupo sintió las gotas de lágrimas. Tess sería la única capaz de romperlo, y lo hizo mientras se limpiaba las lágrimas de la cara con la manga y decía: "No hablemos más de eso, divirtámonos y concentrémonos en el juego". Miró a cada uno de ellos en la mesa con una gran sonrisa.

Coy, que también tenía lágrimas en los ojos, miró hacia otro lado y se secó las lágrimas. Después de hacerlo, se dio cuenta de que toda su cara olía. Coy se dio cuenta de que la abuela tenía razón nuevamente: todos los que conoces podrían estar peleando una dura batalla, y tal vez más difícil que la tuya.

Mientras Coy pensaba en esto, el locutor de la pequeña radio de transistores que estaba en el alféizar de la ventana dijo: "La próxima canción que tocaremos fue el éxito número uno en este momento hace cuatro años, en julio de 1969: 'Sugar' 'Sugar' de The Archies.'"

Tess y Ruby también captaron el anuncio e inmediatamente se levantaron y dijeron juntas. "Seamos los Archies y cantemos. Sube el volumen de la radio.

A Coy le encantó esta canción, especialmente después de que la pusieron en la parte de atrás de la caja Super Sugar Crisp. Coy y su hermana desgastaron el pequeño disco de plástico, tocándolo tantas veces mientras cantaban. Coy pretendía ser Archie o Reggie cuando era necesario, pero sobre todo Archie. A veces, cuando estaba solo, tocaba la batería y fingía ser Jughead. Su hermana interpretaría a Betty y, por supuesto, a Veronica. Se parecía y tenía el aspecto de Verónica. Cuando los niños del vecindario se reunían, una de las chicas bonitas sería Sabrina en el puesto de besos. Y por un momento, Coy recordó y extrañó a sus amigos y hermana.

Pero estas chicas servirían, y esto podría ser divertido. Inmediatamente saltó y dijo: "Seré Archie".

Tess dijo: "Seré Veronica".

Molly habló y dijo: "Bueno, puedo ser Betty".

Pearl solo miró y no lo entendió del todo. Tenía solo cuatro años cuando la canción fue un éxito, pero eso no significaba que no quisiera una parte de la acción, y dijo: "Déjame ser alguien".

Ruby miró a Pearl y dijo: "Por supuesto, puedes ser Jughead o Reggie, Pearlie. Son chicos, pero eso está bien. ¿Cuál te gustaría ser?"

Pearl le dirigió a su hermana mayor una mirada cálida pero divertida y dijo: "¿Cómo es que tengo que ser un niño?".

"Es solo fingir y divertirse, Pearlie, así que adelante", respondió Ruby.

Coy entonces dijo. "Puedo ser tanto Archie como Reggie, ¿qué tal si eres Jughead y pretendes ser el baterista? Esa es una parte realmente importante, Pearlie". Tanto Tess como Ruby miraron a Coy y apreciaron su amabilidad y respuesta.

Los comerciales en la radio del detergente para ropa Tide y otros productos y servicios habían terminado. Empezó el principio de la canción. Tocaron la canción real de Archies, donde Archie le pidió a Sabrina que mirara desde la cabaña de besos al principio antes de que el locutor en el quiosco de música anunciara a la banda, y Archie dijo: "Aquí está nuestra nueva canción", y comenzó la melodía. Coy llegó justo a tiempo.

Coy, Ruby y Tess ya habían tomado algunas cucharas para micrófonos.

Coy comenzó. "Sugar, ah cariño, cariño…" Estaba cerca de estar en sintonía ya tiempo y tuvo cuidado de no ser demasiado fuerte como para cantar demasiado la canción que sonaba en la radio.

Las chicas se reían mientras disfrutaban y cantaban.

Entonces Molly acertó con la parte de Betty perfecta con la dulzura, exactamente como lo hizo Betty en los dibujos animados.

Coy continuó, luego Tess acertó perfectamente con la parte de Veronica con un chillido alto.

Coy estaba jugando con su guitarra falsa, al igual que Tess cuando saltó e interpretó a Reggie. Incluso tenía la mirada malhumorada de Reggie en su rostro.

Pearl tocaba el ritmo con su batería imaginaria.

La canción duró poco menos de tres minutos, y se divirtieron mucho con sonrisas y alegría. Fue un momento de pura diversión y disfrute. A Coy le encantaba la sensación y la diversión de ser simplemente un niño. Tess sonrió; ella realmente necesitaba tener una razón para sonreír. Ruby dirigió el esfuerzo a la perfección. Molly interpretó maravillosamente a la bella Betty, y Pearlie no solo disfrutó estar en la banda, sino que sintió que tenía un propósito.

La canción había terminado y cuando todos se miraron, había una sensación y un vínculo diferente en la habitación. Tenían conexión. Todos estaban sonriendo y riendo. Coy, especialmente, apreció la amplia sonrisa en el rostro de Tess. Tenía una risa generosa combinada con una cálida sonrisa que rodeaba sus ojos con pequeñas arrugas, haciéndola, paradójicamente, parecer mucho más joven pero mayor al mismo tiempo y aún más hermosa para Coy. La sala de amigos sabía que cuando Tess se veía feliz, era hora de que todos tomaran un asiento trasero. Coy grabó la sonrisa y la mirada en el rostro de Tess en su memoria para siempre.

Cavaron profundo y jugaron Scrabble. El juego se prolongó durante aproximadamente una hora y media, y todos lo hicieron muy bien. Coy se mantuvo firme. Aunque vino a jugar, ganar y presumir un poco, cuando comenzó el juego y después de las presentaciones, las lágrimas y la improvisación de "Sugar, Sugar", solo quería que fueran amigos. Las chicas ganaron algo de respeto hacia Coy y él hacia ellas.

Sintió que era hora de seguir adelante. Necesitaba ver cómo estaba Growler y necesitaba descansar un poco antes de las festividades de la tarde. Se excusó cortésmente y agradeció a cada uno de ellos mirándolos directamente a los ojos.

"Gracias, bellas damas. Fue realmente un placer. ¡Buenos días!"

Tess lo acompañó hasta la puerta, le tocó el antebrazo izquierdo y dijo: "Gracias, ah, y por cierto, me llamo Tess. Mi madre siempre me ha llamado Tess. Sin embargo, mi nombre real y oficial es Teresa. Así es como mi padre siempre me llamó". Coy nunca se había sentido tan agradecido en toda su vida.

Salió de la cabaña y decidió dirigirse al muelle 1. Necesitaba nadar. Incluso él no podía soportar su olor por más tiempo. Mientras caminaba hacia el Muelle 1 en el extremo este de la costa del resort, se sintió un poco como la niña que se escapa en la historia de Cenicienta o Blancanieves. Coy siempre confundía esas dos historias.

Capítulo 21
Emmanuel

El sol había estado brillando sobre la tierra durante algunas horas. Coy sabía que el agua tenía la temperatura cálida perfecta de la tarde cuando estaba

empapada con un día soleado de 95 grados. Era el momento perfecto para que tomara su baño cerca del lado oeste del Muelle 1. Saltó al agua con toda su ropa puesta porque su ropa también necesitaba un poco de lavado.

Mientras chapoteaba y se limpiaba la cara con agua del lago, empezó a pensar en lo que podría estar haciendo Growler. Sin embargo, su tiempo de reflexión pacífica y asombro fue infiltrado.

"Eh, Hola. ¿Cuál es tu nombre?" voló en el aire hacia él como las libélulas que estaba esquivando cuando su cabeza estaba fuera del agua.

Miró hacia arriba, y de pie en el muelle había un niño de su edad. Su pensamiento inmediato fue que este chico obviamente era de la Cabaña 7.

"Coy", respondió.

"Ese es un gran nombre. Nunca escuché eso antes. El mío es Emmanuel, pero mis amigos me llaman El".

"Hola, El, ¿qué pasa?" Dijo Coy, y escupió un poco de agua.

"Llegamos tarde ayer. Estoy dando vueltas revisando el lugar", dijo El, y luego hizo una pausa, echó un vistazo rápido a su alrededor y continuó. "¿Por qué saltaste con toda tu ropa puesta?

"Porque mi ropa podría haber olvidado más que yo, creo", respondió rápidamente Coy.

El se rió y Coy también.

"Oye, ¿qué vas a hacer más tarde? ¿Quieres pasar el rato o algo así? El preguntó.

"No estoy seguro, quiero tomármelo con calma por un tiempo, luego probablemente algunas tareas o algo así", respondió Coy.

"Vamos a tener una gran fogata una de estas noches en nuestra cabaña, que creo que es la cabaña 7. Pasa si puedes, ya que creo que ahora somos amigos. Podemos divertirnos juntos", invitó El.

"Gracias, pasaré por aquí", respondió Coy, recordando que el abuelo le había dicho que fuera sociable con todos.

Coy continuó su baño. El se dio la vuelta y salió del muelle y cuando llegó a la orilla, se volvió y miró a Coy y dijo: "Adiós por ahora, amigo mío". Continuó su camino, revisando el resort y sus alrededores.

Coy se quitó la camisa y se limpió debajo de las axilas y terminó su baño lavándose el cabello. Dio un paso hacia el muelle y se impulsó fuera del agua y en el muelle. Decidió relajarse y acostarse en el muelle para secarse mientras el sol de la tarde brillaba.

Capítulo 22
Coy se Vuelve un Fisgón

El sol de la tarde era intenso y caluroso, pero la ligera brisa del este era refrescante y hacía del muelle un lugar agradable. Coy miró hacia arriba y pudo ver un vistazo del abuelo caminando hacia el lado norte de Little Mora. Desde el muelle 1, solo podía ver el lado norte de la cabaña, ya que un gran roble y la cabaña 2 bloqueaban la vista del frente de la cabaña y el área del pozo de fuego. El abuelo caminó hacia el lado norte de la cabaña y vio a Coy en el muelle 1 y comenzó a caminar y a dirigirse hacia él. Coy estaba descansando y recostado en el muelle medio dormido. Escuchó que alguien se acercaba y miró hacia arriba brevemente y vio al abuelo.

"Hola, Coy. ¿Quieres ir a Hilding's con Growler y conmigo? Vamos a ir allí a recoger unos huevos y tocino y saludarlo", dijo el abuelo, caminando cerca de la costa y el final del muelle. Sus ojos se encontraron y el abuelo volvió a hablar en voz alta.

Coy se despertó atontado de una breve siesta y dijo: "¿Qué? Quiero decir, ah, ¿qué dijiste?

"Hilding, ¿conoces a Hilding? ¿Quieres ir con Growler y conmigo a verlo? El abuelo volvió a preguntar.

Coy se dio cuenta de que su ropa exterior estaba bastante seca, pero su ropa interior aún estaba mojada y un poco incómoda; necesitaba algo más tiempo para secarse, por lo que respondió:

"No, gracias, creo que quiero pasar el rato por aquí. ¿Te parece bien?"

"Por supuesto, tómalo con calma. Parece que te has dado un buen baño allí. Bien por ti", respondió el abuelo.

El abuelo le enseñó una semana antes sobre el baño del resort. Lo apreciaba tanto como Coy cuando Coy limpiaba. Coy, que ya no se sobresaltó cuando el abuelo entró en su espacio, se limpió el sueño de los ojos, se sentó y continuó: "No, adelante, muchachos. Necesito un poco más de tiempo. El abuelo tenía discernimiento y de alguna manera entendió. Se dio la vuelta para comenzar a caminar de regreso a Little Mora y agitó su brazo muñón y dijo: "Tómatelo con calma".

Coy le devolvió el saludo y comenzó a reírse. Recordó unos días antes cuando él, el abuelo y Growler fueron juntos a casa de Hilding. Cuando se iban, el abuelo se dio la vuelta casi de la misma manera y le dijo a Hilding: "Tómatelo con calma".

Hilding tenía una personalidad entrañable y enérgica que acompañaba su lenguaje áspero y un poco limitado y respondía: "¡Tómatelo con calma! ¿Estás bromeando? ¡Eso es lo que hice la última vez, y perdí mi trabajo!"

Tanto el abuelo como Coy se habían reído. Coy había mirado a Growler y por primera vez percibió que Growler tenía la capacidad de sonreír.

Al abuelo le encantaba contar esa historia y se la había contado a todas las personas con las que había estado en contacto en los últimos días. Provocó una risa duradera.

Coy se recostó en el muelle durante unos minutos más. Se levantó y se sintió renovado y decidió que era hora de seguir adelante. Salió del muelle y saltó a la orilla. Su mente reconoció inmediatamente la oportunidad. Su ropa estaba seca en un noventa por ciento y su ropa interior en un cincuenta por ciento. Sin embargo, se sentía bastante bien con todo. Sabía que esto le daría la oportunidad de explorar a Little Mora y le daría la oportunidad de examinar y tal vez encontrar algo más sobre Growler. Y tal vez, pensó, podría ser lo suficientemente valiente como para mirar alrededor de las cosas de Growler, especialmente el libro que vio junto al candelabro.

Coy esperó unos minutos y caminó lentamente en dirección a Little Mora. El Camino del abuelo ya no estaba y no había nadie alrededor. Se movió a su destino con un propósito sigiloso y cuidadosamente abrió la puerta a la Little mora.

Coy vivió con propósito y enfoque con una abrumadora misión de completar cualquier cosa que lo empujara más allá de sus zonas de confort. Había entrado discretamente en la cabaña de Little Mora y ahora estaba en silencio en el centro de la pequeña área de la cocina, sabiendo instintivamente por experiencia pasada el camino a su destino incluso en la sombra de la oscuridad. Sin embargo, incluso con la familiaridad en la mano, todavía estaba lleno de consternación y contemplación. Su aguda conciencia de sí mismo confirmó que no tenía ni idea de lo que estaba haciendo o por qué lo estaba haciendo. Su mente inquisitiva y su exuberancia juvenil no podían y no serían detenidas.

Coy se sintió irreverente, como uno de esos monaguillos que acaban de fumarse un porro en el retrete. Sin embargo, continuó moviéndose a través de la cocina hacia el área del dormitorio, abriéndose camino directamente a donde el libro de memorias del anciano no estaba tan cuidadosamente escondido. Su presunción innata le dijo que debe haber sido dejado allí y escondido lo suficientemente bien como para encontrarlo. Tiró de la cadena de la lámpara y encendió la escasa luz mientras se agachaba y recogía el libro con cuidado, sabiendo que merecía ser tratado como una posesión preciada que seguramente resistiría el paso del tiempo.

Coy desenvolvió con cuidado el lazo del libro, que evitaba que se derramaran las páginas gastadas y las notas sueltas, y se sentó en el borde de la cama, cerca de la mesita de noche. Abrió el libro y lo puso sobre su regazo y decidió dejar que Dios escogiera dónde y qué se iba a leer ese día. Después de un breve momento, comenzó a examinar rápidamente las páginas y las notas del preciado libro de misterio, en busca de pistas y, tal vez, de perlas imprevistas. Dejó que sus dedos, ojos y mente fueran a las páginas preestablecidas que Dios quería que leyera. Hojeó las primeras páginas familiares y llegó a aproximadamente un tercio del libro. Su dedo índice principal se detuvo y se detuvo para susurrar una oración necesaria. Estaba sintiendo una punzada de culpa; Era como si Jesús le hubiera dado un golpe. La oración calmó su mente. Continuó examinando reflexivamente las palabras escritas por un hombre mayor y reflexionó y deseó apasionadamente saber dónde, cuándo y cómo los momentos de la vida en los que se habrían escrito las bien viajadas palabras eternas.

Coy dejaba de leer de vez en cuando para mirar hacia arriba y alrededor mientras se esforzaba por escuchar algo escondido en el silencio. Escuchó atentamente y miró a su alrededor en busca de cualquier ruido o cualquier cosa, como si alguien o algo más quisiera estar en su espacio.

"¡Dios mío!" susurró en voz alta, mientras sus reflejos explotaban con demasiados pensamientos. Las palabras y el lenguaje registrados en el libro eran difíciles de leer, entender y comprender, y luchó mucho. Se sentó en silencio pensando, esperando que el sentimiento de vulnerabilidad fuera externo, ocultando intencionalmente sus deliberaciones internas.

La historia y el misterio se volvieron más vastos y confusos cada vez que Coy leía el libro de misterio. Su simpatía se hizo más profunda por este hombre mayor cada vez que leía su libro. Estaba enredado en una devoción, rayana en la obsesión, por las respuestas que alimentaban su sed insaciable de comprender a este señor mayor que había caído como una bomba atómica en su vida. Su mente joven reconoció cognitivamente cada destello con el deseo de saciar la sed de su corazón por conocer la verdad y el propósito.

Coy se detuvo de nuevo y miró alrededor de la habitación. Miró la mesita de noche e, irónicamente, pensó en cómo el libro estaba escondido pulcramente y a la vista en el estante más bajo. El dormitorio era pequeño, con tres camas gemelas y una ventana que apenas daba suficiente luz natural en la habitación para permitirle navegar a través del libro. Había una pequeña lámpara en la mesita de noche solitaria. El esfuerzo adicional que le tomó leer las expresiones de bienvenida en la tenue iluminación invariablemente mejoró su concentración para leer con más cuidado y claridad en busca de respuestas y significado.

A Coy siempre le complacía descubrir que la escritura era notablemente legible, aunque tenue, pero nunca aburrida. La redacción era difícil para un niño de doce años y obviamente provenía de un hombre muy inteligente y tal vez educado. Coy volvió a orar en silencio pidiendo dirección y respuestas, y Dios lo dirigió a un encabezado que captó su atención. Empezó a leer en voz alta en voz baja. El encabezado estaba fechado el 12 de abril de 1961. Tuvo la sensación de que una luz se encendía dentro de su cabeza como una revelación con un fuerte sentimiento y creencia de que ese era el lugar perfecto para leer. La fecha era su fecha de nacimiento y su ambición aspirante fue recompensada con la iluminación.

Y leyó…

Mientras leía, su mente se llenó de emociones y explosiones reveladoras. Leyó durante 20 minutos más o menos y se cansó y completó su lectura con...

No tengo miedo de morir. Tengo miedo de estar muerto. Muéstrame un vistazo. La revelación del momento se vuelve definitiva con la comprensión de que la única forma de ganar la lucha para retener la victoria es una encarnación del pensamiento, donde la única forma de sobrevivir y prosperar es que una vida no es suficiente. Ruego que no permitas que la muerte derrita mis páginas. Mi aceite de medianoche ardiente se está agotando y eso es todo por ahora.

Coy se sintió atragantado y su cabeza no le dejaba leer más. Su cerebro estaba explotando en un fuego de pensamientos y estaba completamente sin energía. Sin saber cómo ni cuándo sucedió, se encontró arrodillado junto a la cama junto a la mesita de noche. Se dio cuenta de que la posición ayudaba con la mínima luz de la lámpara. Con el libro en la mano, se dio cuenta de que estaba en posición de oración. Encontró, últimamente, que oraba más y más, cuando en el pasado solo oraba cuando se le pedía en la iglesia o en la iglesia y rara vez oraba solo. Coy oró en silencio y con cuidado volvió a poner la banda de envoltura en el libro gastado, y volvió a colocar el preciado libro lo más cerca posible de su posición original en el estante más bajo de la mesa de noche.

Se puso de pie, se levantó de su posición y con cuidado y subrepticiamente salió de puntillas de la cabaña de Little Mora.

Coy ni siquiera recordaba haber salido de la cabaña. Volvió a mirar hacia la puerta mientras estaba parado justo afuera de Little Mora, y estaba abrumado por pensamientos y un sentimiento de anhelo. Miró a su alrededor para ver si alguien lo vio salir de la cabaña sin otra razón que ver si había entrado en un mundo nuevo. Volvió a mirar a la puerta como si fuera un portal desconocido a un mundo diferente. Ni siquiera podía recordar haber abierto la puerta, haber cruzado la puerta o haberla cerrado. No obstante, tuvo una revelación y comprendió que un misterio rara vez comienza con las respuestas, ¿o sí?

Capítulo 23
Jordan's Bay Parte Uno: La Entrada al Renacimiento

Era un domingo por la mañana, unos días después, a principios de julio de 1973. Coy estaba listo para aceptar la tan anticipada invitación de ir a pescar con

Growler en Jordan's Bay. Como era de esperar, ambos de ellos se levantaron alrededor de las 5 a.m. Cada uno siguió su camino mientras realizaban algunas tareas menores. Ambos estaban de vuelta en Little Mora antes de las 7 a.m. y listos para desayunar unos huevos fritos con un par de trozos de tocino y pescado con el abuelo. El abuelo les informó durante el desayuno que se dirigía a la ciudad y planeaba comprar leche, mantequilla y otros suministros diversos para ellos y el resort. El abuelo no ofreció una invitación a Coy o Growler esta vez para que lo acompañaran y, como era el caso de esta familia, también necesitaba un tiempo a solas.

Los tres terminaron de desayunar, y Coy y Growler trabajaron juntos eficientemente lavando los platos y arreglando la cabaña. El abuelo agarró su viejo sombrero de vaquero del gancho del lado izquierdo de la puerta y se lo puso mientras salía de la cabaña. Se dio la vuelta y les dijo lo que había planeado y que estaría de regreso antes del mediodía. También les dijo que estuvieran atentos a los nuevos clientes, ya que habría tres cambios de cabaña más tarde ese día. Coy y Growler reconocieron juntos de forma no verbal.

Coy dijo: "Conduce con cuidado, abuelo, diviértete y, oh sí, tómatelo con calma".

El abuelo se rió entre dientes mientras salía de la cabaña.

Coy y Growler terminaron las tareas y salieron de la cabaña. Ambos sabían que los recién llegados probablemente aparecerían después del almuerzo. También sabían que el tiempo pasaba rápido y que era mejor que salieran al lago y pescaran algunos. Coy sabía que el tiempo por delante era para mucho más que pescar, y su antena de anticipación estaba en alerta máxima.

"Voy a hacer una revisión rápida más en la pescadería. ¿Podrías tomar algunos gusanos y algunas sanguijuelas de la caja de hielo? Encontrémonos en el muelle en unos veinte minutos más o menos. ¿Eso funciona?" Coy habló en dirección a Growler, sabiendo que la respuesta sería una ceja levantada o un gruñido, pero sabía que Growler entendería y obedecería.

Ahora era un poco antes de las 8 de la mañana. Se encontraron en el muelle 1 y era hora de que se dirigieran a Jordan's Bay. Coy una vez más se convirtió en el capitán del barco haciendo funcionar el motor y guiándolo. Se sentía ansioso, ya que sabía que tendrían que trabajar juntos y guiar el bote a través de la estrecha entrada del estrecho a la Bahía del Jordán. Los lechos de maleza maduraban cada día más. Coy recordó la última vez que saltó del muelle; parecía que el agua estaba más baja en el muelle. Las rocas entre el cuerpo principal de agua del lago y la bahía eran traicioneras para atravesar a principios de la primavera, pero a medida que llegaba el verano, el camino se volvió más difícil de encontrar y abrirse paso.

El día amanecía con el sol lo suficientemente alto como para perforar un calor respetable. Había una brisa ligera y las olas estaban un poco agitadas en la masa de agua principal. Coy anticipó que las olas serían muy leves en la Bahía del Jordán, como de costumbre. Como todavía era de mañana, el sol brillaba hasta la costa oeste y habría un resplandor al mirar hacia la bahía. No había cabañas ni evidencia de civilización en ningún lugar alrededor de la pequeña bahía, que tenía el tamaño de un campo redondo de cuarenta acres. A veces era difícil estimar distancias sin perspectivas de equilibrio, especialmente al pasar por el estrecho pasillo.

Jordan's Bay estaba en la esquina suroeste del lago de 320 acres. El agua del lago fluía desde la zona alimentada por el río en algún lugar cerca de la costa noreste de la torre de radio y la corriente subterránea del agua alimentada por el río fluía a través del lago Esquagamah, atravesaba la bahía de Jordan y salía por el pequeño arroyo y la alcantarilla debajo del camino de grava. El abuelo le dijo a Coy que el agua finalmente regresó al río Mississippi, unas pocas millas al sur. A Coy le sorprendió cómo el agua viva del río sabía adónde ir mientras alimentaba el lago con una hermosa y maravillosa provisión de peces. El lago lleva el nombre de una tradición india, y sin duda fue el río que trajo a los indios al lago.

Coy pensó en cómo Growler tendría que apagar el motor y remar hasta Jordan's Bay cuando estaba solo. El abuelo le dijo a Coy que tendría que hacer lo mismo si Coy alguna vez quería entrar solo en el angosto estrecho. Mientras el abuelo le decía a

Coy las instrucciones, él recitaba: "Rema, rema, rema tu bote suavemente río abajo, alegremente, alegremente, alegremente, la vida no es más que un sueño".

Ahora estaban en el cuerpo principal del lago y se dirigían a la entrada de la Bahía de Jordan. Los sonidos y sentimientos de un día de verano en el lago siempre resplandecían por la mañana con los golpes de las olas ligeras en el costado del bote junto con el zumbido del motor. Los pájaros silbaban sus cantos y abundaba la comunicación. Casi cada vez que estaban en el lago, había dos colimbos cantando periódicamente entre sí con su hermoso sonido inquietante, comunicándose con el mundo y entre ellos.

Coy tenía pensamientos de inquietud acerca de cruzar la puerta estrecha que conducía a la Bahía de Jordan. Sin embargo, por alguna razón desconocida, se sintió cómodo sabiendo que él y Growler manejarían la tarea juntos. Consideró que la profundidad del agua podría ser menor que la última vez que fue a la bahía con el abuelo. Por lo general, la gente apagaba el motor, lo levantaba y remaba a través de la pequeña y serpenteante abertura infestada de nenúfares. La apertura era de solo cuarenta o cincuenta yardas, pero los navegantes debían tener cuidado de mantenerse en el rumbo porque el agua se volvería bastante poco profunda, tal vez de dos o tres pies.

Se acercaron a la espesa maleza, encontraron la entrada y comenzaron a avanzar por el estrecho pasadizo. Growler se puso de rodillas en el asiento delantero del bote, y Coy levantó el motor dos muescas para que la hélice apenas estuviera en el agua. Growler, con señales de mano, guió de manera experta a Coy y el bote, y lograron cruzar sin incidentes ni comunicación verbal hacia Jordan's Bay. Una vez en la bahía, Coy no pudo evitar pensar que no podría llegar a Jordan's Bay sin la guía de Growler.

Una de las cualidades perdurables que le gustaban a Growler de Coy era cómo este joven de doce años podía caer en la trampa de la simplificación excesiva, y estaba muy libre de los prejuicios comunes que podrían bloquear la aceptación de situaciones y realidades. Trabajaron juntos y llegaron a la Bahía de Jordan con facilidad y manejaron la tarea con sencillez. Era natural que Growler tomara posición mientras trabajaban juntos para hacer que una tarea más grande fuera más pequeña y manejable. Growler anhelaba simplificar su vida y ahora, cuando lo vio en la práctica, lo valoró.

A principios de julio, la maleza y los nenúfares expuestos se espesaban y enredaban a cualquier cosa lo suficientemente valiente como para aventurarse en su camino. A medida que la primavera se convirtió en verano, la entrada a la Bahía de Jordan gradualmente se volvería más cubierta hasta el punto de ser difícil incluso de identificar. Se dirigieron a la bahía, y Coy recordó cuando uno de esos grandes lucios del norte no tuvo más remedio que intentar nadar a través de la malla de una gran red de aterrizaje. Una vez atrapado en la maleza o en la red, el primer pensamiento sería agarrar un puñado de acelerador cuando la mejor opción podría ser algo diferente.

Navegaron pacíficamente hacia la bahía. Coy apretó un poco el acelerador durante unos segundos y luego bajó el acelerador a una velocidad de arrastre lenta para que pudieran moverse en posición cerca de la costa oeste. Growler señaló la ubicación de un área de pesca decente, justo afuera pero dentro de los límites de los nenúfares en la costa oeste. Growler tenía una ubicación específica en mente. Señaló hacia la costa suroeste, que era donde él y el bote se ubicarían los domingos por la mañana. Growler miraba a Coy con frecuencia y guiaba al joven capitán con gestos con las manos y algunos gruñidos. Sostuvo el ancla por la cuerda que flotaba a su lado mientras la izaba justo sobre el agua, listo para dejarla caer en el lugar correcto. Coy disfrutó del trabajo en equipo y respiró hondo. Sentía que el tiempo se había detenido. El anhelo anhelante llenó el corazón de Coy, pero no quería mostrarlo de ninguna manera.

Growler guió a Coy a su ubicación específica y, cuando estuvo listo, dejó caer el ancla y la amarró. Volvió a mirar a Coy y luego miró a su alrededor. Se detuvo y miró directamente al edificio blanco en lo alto de la colina en la costa sur. Se volvió hacia Coy y asintió lentamente hacia abajo. Coy sabía que estaban en el lugar correcto.

Coy miró alrededor del bote y se preparó para pescar. Examinó la costa, el agua y las malas hierbas a su alrededor para averiguar dónde pensaba que sería un buen lugar para mojar su línea. Tenía su caña de pescar en la mano y también se estaba preparando mentalmente para hacer su ola de preguntas. Entonces Growler habló, anticipándose a los pensamientos de Coy.

"Somos como los patos y los gansos, Coy, buscando un poco de agua clara sobre la cual descansar y obtener una existencia fácil". Hizo una pausa por un momento y continuó. "El problema es que si imitamos a los patos y gansos, seguimos guías que no tienen previsión, porque si ellos o nosotros tuviéramos, no se posarían en aguas claras donde los viera un águila, que los atraparía fácilmente".

La declaración y la comunicación de Growler congelaron el tiempo. Coy no tenía idea de cómo responder o incluso si debía responder, por lo que entró en un trance mental de memoria. Coy estaba en modo de aprendizaje y, desafortunadamente, esta mañana, todo pasó volando como colibríes a toda prisa. Por lo general, Coy trataba de asimilarlo un poco antes de comenzar con sus preguntas, pero no tenía idea de cómo responder o cómo comenzar a hacer preguntas. Coy reflexionó sobre los comentarios y las piezas de sabiduría que rebotaron en él como una pelota de fútbol. Se dio cuenta de que apenas podía recordar haberse levantado de la cama esta mañana, ya que parecía días atrás. Su mente estaba en todas partes y justo allí al mismo tiempo. No obstante, por alguna extraña razón, recordó lo que dijo Growler sobre los pájaros.

A medida que las olas se relajaban desde y alrededor del bote, se colocaron en la posición exacta que Growler les indicó y deseaba. Coy miró a su alrededor y al cielo y se dio cuenta de que era una maravillosa mañana de domingo de verano en julio de 1973 en el norte de Minnesota. Había estado en el lago varias veces para pescar durante las dos semanas anteriores con el abuelo y Growler. Pero realmente esperaba y estaba listo para disfrutar este tiempo con Growler en el bote en el lago solo para mucho más que pescar. Coy esperaba que esto se convirtiera en un destino típico los domingos por la mañana para los dos amigos durante las próximas dos semanas hasta que llegara el momento de separarse. A Coy le entristeció pensar que solo tenía la posibilidad de pasar unos cuantos domingos más con Growler en Jordan's Bay.

Los domingos por la mañana se convirtieron en el momento más esperado de la semana para Coy. Calculó que estaría en el resort durante treinta y cuatro días desde el momento en que lo dejaran y eso significaba que tendría un total de cinco domingos a solas con Growler para comunicar verbalmente todas las preguntas del mundo. Había estado en el resort durante algunas semanas y se dio cuenta de que solo tenía dos o quizás tres domingos por la mañana para estar solo con Growler en Jordan's Bay. Las primeras dos semanas, Growler salió solo a la bahía y Coy estaba muy contento de ser su invitado ahora.

Coy se había preparado mentalmente durante toda la semana y reflexionó sobre preguntas y las ensayó en voz alta durante su tiempo a solas. Practicó en un intento de ser más suave y valiente con las preguntas que quería hacer desesperadamente. Tenía muchas ganas de aprender sobre este hombre y esta mañana la primera pregunta, que había sido ensayada durante algunos días, estaba lista para ser formulada.

Coy despertó de su trance de memoria. Ambos estaban pescando y capturando peces y recogiendo algunos cuidadores de vez en cuando. Coy ni siquiera pensó o ni siquiera supo si podía o tenía que responderle a Growler. "Conoces a Growler..." Habló hacia el espacio entre ellos de todos modos. Dudó con inquietud y continuó: "¿La ausencia hace que el corazón crezca más cariño?"

Coy deseó haber podido pensar en una pregunta más apropiada o una pregunta importante y trascendental. Sin embargo, aprendió que la mejor manera de aprender y descifrar este misterio sería mediante preguntas breves y quizás mansas. No quería bajarse en carreteras con finales enredados y desordenados. Aunque esta mañana, era hora de hacer las preguntas valientes. Recordó algo que su padre le dijo una vez: "Sabes qué, hijo, a veces solo se necesitan unos pocos segundos valientes para ser realmente valiente".

La historia y el misterio de Growler se pintaron frente a él en las últimas dos semanas y, aunque los colores y los paisajes no estaban tan claros como el agua turbia del lago Esquagamah, sospechaba que aún podía mirar escaparates para ver los peces debajo de la superficie del agua como pescar justo al lado del barco donde podía ver a los peces tomando y mordisqueando el cebo.

Parecía que todos los pensamientos crecían y se volvían nuevos para Coy. Había estado en la bahía antes con el abuelo cuando sacaron el bote del Muelle 3 y probaron el Johnson de tres caballos para asegurarse de que estaba funcionando y listo para los invitados. El abuelo quería mostrar la bahía de Coy Jordan y, lo que es más importante, el proceso de entrada a la bahía. Coy hizo de guía ese día y el abuelo hizo funcionar el motor.

Coy siempre estuvo enamorado y absolutamente asombrado del abuelo cuando compartían nuevas experiencias. El abuelo, que tenía más de setenta años y estaba un poco lisiado, era vibrante y manejaba fácilmente el bote y el motor. Coy ayudó a guiar el bote a través del camino angosto de rodillas en el banco delantero del bote mientras observaba el agua y vigilaba atentamente cada movimiento del abuelo. Coy, incluso cuando era más joven, podía decir casi todo y todas las complejidades que poseía su abuelo, comenzando con los movimientos faciales y las inflexiones vocales. Coy sabía cómo llegar a Jordan's Bay y sabía que necesitaba ayuda y orientación.

Growler iba a Jordan's Bay todos los domingos por la mañana, y esta era la primera vez que estaba dispuesto a estar allí con un invitado. Su madre le había enseñado muchas veces a Coy que si él era un invitado, debería ser un buen invitado.

Growler no respondió a la pregunta de Coy, pero respondió: "Joven, Thomas Wolfe sigue susurrando en mi cabeza".

Hasta este punto no hubo respuestas verbales de ida y vuelta a las preguntas, solo declaraciones. Era como si estuvieran hablando consigo mismos y con el aire como dos personas que caminan en diferentes direcciones, queriendo estar juntas. Coy sospechó que su pregunta/afirmación podría impregnar el resto de la conversación.

A menudo, la costa occidental era un lugar de serenidad. Los árboles sobresaldrían y la luz del sol daría en el agua a unos seis metros de la orilla, justo donde empezaban los nenúfares. La sensación del viento era el agradable sonido de las hojas alborotadas en lo alto de los árboles. La superficie del agua estaba en calma y tenía una sensación suave que coincidía con la sensación blanda de Coy dentro de su vientre. La costa esta mañana estaba tranquila y había pocas o ninguna ola en el agua. Sin embargo, el ruido mundano real provenía del zumbido de las moscas, el aleteo de las alas y el canto de los pájaros que vivían y sobrevivían.

Coy dudó en aceptar una teoría que no había probado en su propia experiencia de joven, algo que su madre llamó paciencia. El deseo de respuestas y verdad se aferró a sus pensamientos como nubes que se aferran al lado equivocado de los rayos de sol. Cayeron sobre las revelaciones de Coy momento a momento con

Growler sin obstáculos en movimiento. Coy quería que cada parte de la comunicación fuera como la luz del día, que se hizo más brillante a medida que avanzaba el día. Los colores de los árboles en la costa se volvieron más claros y hermosos cuando Coy los miró con vigor, esperando que la distracción lo ayudara a atravesar la barrera llamada Growler.

Growler estaba mirando hacia el edificio blanco, que estaba al menos a doce metros de la costa sur y en lo alto de una colina empinada. Había una escalera de madera que comenzaba en un pequeño muelle donde estaba amarrado un pequeño bote de remos. Estaban a unos cincuenta pies del muelle y el agua tenía cuatro o cinco pies de profundidad donde estaban pescando. Coy miró en la misma dirección que Growler y luego de cerca a la escalera. No podía ver la construcción de las escaleras y se preguntó cómo es posible que hayan sido construidas en una pendiente tan empinada. El primer pensamiento de Coy fue que el deseo de tener una entrada al edificio blanco en la parte superior de la escalera debe haber sido muy importante.

Coy miró en todas direcciones para orientarse y vio el pequeño riachuelo a unos doce metros al noroeste. Este era el cruce del arroyo debajo de una alcantarilla a una milla más o menos del edificio blanco.

Coy rompió el silencio y las distracciones. "¿Por qué aquí, y por qué esta vez, Growler?" Hablaba en voz baja como si fuera solo para sí mismo, y esperaba que Growler no lo hubiera escuchado. Luego, preguntó: "¿Por qué Thomas Wolfe?"

Growler volvió la cabeza y miró directamente a Coy y levantó la ceja izquierda. Un movimiento característico de aceptación y tal vez asombro de que el joven realmente escuchara los pocos comentarios que hizo en el mundo.

"Este es un buen lugar para pescar y no muy lejos de la corriente del río, jovencito. Deberíamos atrapar algunos fácilmente", respondió Growler.

"Oh, que Dios lo permita", fue la segunda respuesta de Growler.

Aunque joven e ingenuo, Coy tenía una habilidad innata para reconocer cuándo era el momento de impulsar el tema.

Coy simplemente respondió: "Tienes razón otra vez". El bote se meció por la ligera brisa en el aire y las olas, la respuesta de Coy encajaba con el comentario del lugar de pesca, pero por supuesto que quería más.

Los ojos y el corazón del Growler estaban fijos en el edificio blanco en lo alto de la colina, como si quisiera estar en otro lugar en estas mañanas de domingo. La pesca siempre fue secundaria a otra cosa, especialmente porque era muy fácil pescar en casi cualquier lugar en la costa occidental de la Bahía de Jordan.

Growler se dio la vuelta y siguió mirando hacia el edificio blanco, como si buscara algo o esperara respuestas. Coy miró a Growler y luego giró su cuerpo para pescar en la parte trasera del bote. También podía mirar las escaleras y el edificio blanco justo en el momento justo. El propósito de Coy eran las respuestas y las historias. Disfrutó mucho de la voz de Growler y se sintió abrumado por la historia y la información que compartían cada vez que estaban juntos.

Coy se giró ligeramente y vio que el edificio blanco tenía un pequeño campanario que sobresalía del techo. A las 9:30 los domingos por la mañana, las campanas sonaban y continuaban cada quince minutos, pero sonaban con más fuerza exactamente a las diez en punto. El sonido de las campanas se podía escuchar tan lejos como el resort, aunque sería confuso con un ligero eco. El sonido del eco de las campanas provenía claramente de la Bahía del Jordán y era lo suficientemente fuerte como para causar leves temblores en la superficie del agua. Incluso los peces se despertarían y tendrían que saber que el momento debe ser especial. Coy disfrutó el momento conmovedor exacto cada domingo por la mañana. Después de que las campanas resonaron en el aire, las habilidades de escucha de todos aumentaron con la anticipación. Coy podía escuchar a los colimbos del área del lago principal y el sonido salvaje de los gritos de los gansos, pero nada era tan hermoso como esas campanas, y nada era tan especial como la mirada en el rostro de Growler mientras se sentaba con atención y escuchaba. El sonido de las campanas de las 9:30 se detuvo y Coy se tomó su tiempo y volvió a preguntar para que Growler lo escuchara.

"¿Por qué ahora y por qué aquí, Growler? ¿Por qué?"

"Porque lo amo", dijo Growler.

"¿Tu quien amas tú?" preguntó Coy. "Lo amo porque sé que él me ama", continuó Growler.

Coy, un poco confundido, dijo: "¿Quién ama a quién?"

Growler se sentó en silencio durante lo que pareció otra eternidad.

Tímido. Fueron tal vez cinco minutos. El silencio se rompió con una mirada de ceja levantada, pero esta vez también con palabras. Growler miró a Coy y dijo: "Con el tiempo, joven, y en breve, seré lo suficientemente valiente como para mostrarte más. Recuerdo haber leído un buen libro cuando tenía tu edad escrito por Thomas Wolfe llamado You Can't Go Home Again. ¡Tenía tanta razón! La vida llena el tiempo con una ilusión de prosperidad, y el tiempo que pasa sin descanso es muy injusto. Y eso es lo que nos impide a todos poder regresar a casa de nuevo". Se detuvo de nuevo. Coy se sentó y escuchó atentamente, esperando más.

"Por favor, rezo por ti, Coy. ¡Elige y comprende que tu vida no es suficiente, porque una vida no es suficiente! La vida es demasiado importante para no vivirla". Growler se detuvo mientras pescaba y atrajo a un buen guardián. "La ausencia no hace crecer el cariño". Sacó el anzuelo del pez que acababa de sacar del bote y concluyó respondiendo a la primera pregunta de Coy.

Coy estaba estupefacto y sorprendido de que su primera pregunta fuera respondida. El mundo se quedó en silencio y ambos dejaron el momento para entrar en su propio tiempo y pensamientos.

Capítulo 24
Parte 2 Diez años Después - El Comienzo

El momento en el tiempo sucedió el mediodía del día doce de julio de 1983. El momento fue casi diez años después del día en que Coy pensó por primera vez que creía en Jesucristo.

Coy estaba con su bella esposa, el amor de su vida. Estaban sentados en silencio y cerca en el pequeño sofá, tomados de la mano, y ambos llenos de emociones de miedo, alegría, amor y anticipación. Hubo un golpe sorprendente en la puerta del pequeño apartamento de una habitación, que estaba en el piso de arriba de la casa de dos pisos construida en 1919 en el norte de Minneapolis, Minnesota. Según las instrucciones del médico, ese era el día. Estaban a solo unas pocas horas de la caminata al hospital, ya que ella estaba muy cerca de dar a luz a su primer hijo. Coy se quedó en casa sin ir a trabajar ese día para asegurarse de estar allí y listo cuando llegara el momento. El golpe en la puerta los sobresaltó como una piedra caída del cielo, perturbando un pequeño estanque de agua serena.

No recibieron muchas visitas. Después del sobresalto inicial, Coy se puso de pie y caminó hacia la puerta y miró por la pequeña ventana. Era el cartero. Coy abrió la puerta e intercambiaron cumplidos. El paquete que se entregaba era un poco demasiado grande para caber en la pequeña ranura de correo del buzón montado en la casa al pie de la escalera exterior de trece escalones. El paquete fue marcado como 'MUY IMPORTANTE'. El obediente cartero quería asegurarse de que el destinatario no pasara por alto un paquete marcado con importancia. No se sentía cómodo dejándolo al pie de las escaleras como habrían hecho la mayoría de los buenos sirvientes. Quería asegurarse de que fuera aceptado y recibido, y gentilmente hizo un esfuerzo adicional para asegurarse de que el paquete fuera aceptado personalmente.

Coy agradeció al cartero mientras miraba pensativo el paquete. La dirección y el código postal no eran familiares. Sin embargo, creyó reconocer el pueblo del que procedía, en algún lugar del norte de Minnesota. Sin embargo, actuando como un niño dentro de sí mismo, sacudió el paquete y lo abrió como un niño en la mañana de Navidad.

El paquete misterioso estaba formalmente dirigido y envuelto con papel de bolsa de supermercado y cuidadosamente atado con un pequeño trozo de cordel. Una vez que quitó el papel, encontró un libro muy gastado envuelto de forma segura con una banda elástica grande para evitar que las páginas sueltas se salieran. Inmediatamente sintió una presencia del pasado dentro de un mundo desconocido, misterioso pero memorable. Sin embargo, se recompuso y apartó la goma del libro con consternación. Lo colocó entre el pulgar y el índice de su mano izquierda, lo tiró suavemente hacia atrás como un gatillo y disparó al trasero de su esposa mientras caminaba hacia el sofá en la sala de estar. Una vez niño, siempre niño.

Se rieron y se rieron a la vez. El pequeño juego ayudó a calmar la tensión en el aire. Habían estado orando juntos cinco minutos antes pidiendo paciencia, guía y esperanza. Estaban asustados y aprensivos, ya que a su bebé le esperaba cualquier momento. Estaban orando por una señal o algo o un paquete de Dios, y este paquete fue entregado.

La joven madre embarazada miró a Coy con una sonrisa incómoda y preocupada, percibiendo su consternación y se acercó a él. Se abrazaron mientras caían de rodillas. Abrió el paquete y reconoció el libro. Puso el libro bajo su brazo y desdobló la carta de una página que estaba pegada a la cubierta del libro y comenzó a leerla para sí mismo.

"¿Qué es cariño, qué es? Es malo, ¿no? dijo con un tono asustado, mientras se alejaba de su abrazo.

"Es un libro. Bueno, más o menos", respondió, mientras las lágrimas comenzaban a caer como una lluvia primaveral. Una revelación estaba siendo expuesta.

"¿Qué? ¿Qué? ¿De quién?" Se movió para consolar y apoyar a su esposo y envolvió sus brazos alrededor de su cuello. "Sea lo que sea, lo superaremos, cariño". Ella habló suavemente mientras le daba un ligero beso en la mejilla.

Coy no habló. Estaba en un lugar lejano donde el tiempo y el espacio estaban congelados.

Salió suavemente de su zona y leyó en voz alta la breve carta.

El Sr. C. J. Storeslight durante la última semana de su vida, con ayuda, escribió algunas cartas de información junto con instrucciones para enviarle este libro. El personal del hospital se aseguró de hacernos llegar la información y las instrucciones finales en la Iglesia.

Nos estamos comunicando con usted ya que hubo instrucciones específicas favorables para que asista a su servicio conmemorativo y hable en su nombre, incluso si fuera el único en asistir. Por favor, asista. Las instrucciones dicen que sabrás la ubicación de la iglesia.

Alabado sea el Señor.

El servicio es el domingo 17 de julio de 1983 a las 10 a. m. Atentamente con la bendición de Dios,

Pastor j.

Su joven esposa volvió la cabeza hacia ella y le dio un beso cariñoso. Ella sabía y entendía. Se abrazaron cariñosamente.

Su bebé nació a las 11:22 p.m. el 12 de julio de 1983. Coy y su querida esposa se abrazaron estrechamente mientras sostenían a su hijo. Incluso en presencia de lo que fue un momento surrealista que le cambió la vida, todo en lo que Coy podía pensar era en otra vida, una vida en particular. "Por favor, Dios", oró en silencio para sí mismo mientras su esposa se inclinaba hacia él, "permite que este niño crezca entre los mejores contigo en su corazón y con un camino abierto e infantil para vivir para siempre y según tu voluntad, porque una vida no es suficiente."

La madre y el bebé lo superaron espléndidamente y, en dos días, estaban de vuelta en su pequeño apartamento. Un hogar donde antes había dos, ahora había tres. Ninguno de ellos durmió mucho durante los dos días siguientes. Coy ayudó en lo que pudo con su esposa e hijo, todo mientras estudiaba cuidadosamente el libro y desenredaba su memoria.

Coy se despertó a su hora habitual cinco días después, alrededor de las 5:00 a. m., y salió a dar un paseo matutino a paso ligero, lo que realmente sirvió como una llamada de atención para su cuerpo, así como su tiempo a solas para pensar y meditar. Esta mañana utilizó el tiempo para su preparación final. Le encantaba la frescura del aire de la mañana, una cualidad que había obtenido y aprendido años antes en el centro turístico del lago Esquagamah.

Juntos decidieron que Coy se tomaría unos días libres del trabajo para ayudar en la casa después de la llegada del bebé, pero tuvo que admitir que en realidad no era de mucha ayuda. Pasó cada momento durante esos cinco días ayudando lo suficiente para mantener feliz a su esposa y tratar de darle descansos momentáneos de la maternidad temprana mientras su mente se preguntaba entre convertirse en padre de un hijo y el libro.

Juntos, decidieron que Coy iría solo al funeral, ya que era un poco rápido llevar a un recién nacido en un viaje por carretera. Ambos tenían sentimientos de temor y, sin embargo, la prudencia anuló y ayudó a tomar la decisión.

La mayor parte de su energía durante los cinco días previos a subirse a su camioneta Chevy de 1972 y hacer el viaje de dos horas y media a la iglesia que la nota decía que él sabría, la invirtió en leer el libro que no había visto en diez años. Muchas veces, entró en su memoria, pensando en el libro y escribiendo pensamientos claros que había leído diez años antes. Recordó haber recitado frases y pensamientos una y otra vez durante sus años formativos de adolescencia. Coy siempre sintió que el libro que leyó años antes podría haber sido una descripción de la vida de un hombre o algo así como una Biblia. Analizó las notas manuscritas y las pequeñas hojas de papel suelto con fechas, horas y nombres de personas. Siguió llegando a secciones del libro que recordaba, lo que lo mantuvo aún más interesado a medida que se revelaba el misterio. Anhelaba tener una mayor comprensión del misterio y obtener respuestas a las preguntas que lo perseguían ocasionalmente durante los tiempos muertos debido a las presiones de su vida adulta. Había llegado a la conclusión de que algunos misterios podrían seguir siendo misterios por una razón.

Coy leyó poderosamente el libro dos veces, ya que quería grabar permanentemente las palabras en su mente. Se dio cuenta de que no había pedido ayuda y en el segundo día de su preparación decidió que debería estar orando por respuestas y guía para iluminación y bendición. Dejó el libro en el sofá, fue a su dormitorio y agarró su Biblia, que guardaba en el estante de la mesita de noche junto con su libro de memorias. Coy abrió su desgastada Biblia personal con todas sus notas y papeles sueltos y le pidió a Dios que lo guiara, y se lo proporcionó. A partir de ese momento, Coy siempre terminaba su tiempo de oración con: "Y hágase tu voluntad, porque una vida no basta, según Tu voluntad, amado Señor". Se estaban dando y recibiendo respuestas.

Capítulo 25
El Momento Era Ahora

Coy ya había regresado de su paseo temprano en la mañana del 17 de julio de 1983.

Su esposa y su hijo recién nacido dormían plácidamente en el dormitorio. Preparó en silencio un par de tostadas y tomó algunos filetes de pescado del refrigerador que quedaron de la noche anterior. Se sentó en el sofá, dijo una oración de acción de gracias por todo lo que Dios le había dado y comió su desayuno.

Cuando terminó de comer y limpiar, su familia estaba despierta. Estaba feliz de no tener que despertarlos porque era hora de que hiciera su viaje al servicio conmemorativo y quería despedirse. Su esposa lo siguió mientras atravesaba la puerta y se detuvo en lo alto de las escaleras fuera de su pequeño apartamento. El rellano era parte de una escalera de acero montada externamente de trece escalones que descendía hasta la acera. Su joven esposa, con su bebé en brazos, salió al rellano. Coy le dio un beso cariñoso a su esposa y la abrazó como si fuera la última vez para despedirse y volver a abrazarla. Ella estaba sosteniendo a su hijo, y su bebé estaba apretado entre ellos. Dio un paso atrás y le entregó el niño. Coy le dio un cariñoso abrazo y le plantó besos con la misma exuberancia a su hijo. Sintió un amor que nunca antes había sentido. Esta era una nueva vida. Esta era una persona con la que tenía algo que ver, y un inmenso peso de responsabilidad caía sobre sus hombros cada vez que miraba a su esposa e hijo. Se sintió parte del proceso de nacer de nuevo. Donde antes había dos, ahora había tres y le encantaba todo y sabía que la vida nunca volvería a ser la misma. No tenía idea de por qué le gustaba. El amor de Coy por su esposa e hijo no tiene fin.

Bajó las escaleras y cuando salió a la acera, los miró. Para él, era una vista pintoresca de una escalera con acceso directo al cielo. Una vista maravillosa Su mente estaba llena de recuerdos pasados, ya que le recordaba mirar hacia arriba de una escalera en Jordan's Bay muchos años antes. Esta vez sintió una visión directa y pintoresca del cielo. "Adiós Teresa. Adiós, Nicolás. Habló en voz baja para sí mismo mientras caminaba hacia su camioneta. Las buenas despedidas podrían ser atemporales.

Coy se sentó al volante y colocó su pequeño bolso de mano que tenía sus notas, el libro y la Biblia personal en el asiento del banco del lado del pasajero. Calculó el kilometraje y el tiempo que tardaría en llegar a la iglesia. No quería tener prisa y quería absorber toda la experiencia del viaje. No había duda de dónde estaba ubicada esa iglesia. Quería sentir y disfrutar toda la experiencia como si tuviera doce años otra vez. Condujo por todas las carreteras antiguas y se mantuvo fuera de la autopista, conduciendo a través de las ciudades que habrían sido exactamente la misma caminata que su familia habría recorrido cuando él era más joven. Mientras vigilaba de cerca el camino, trató de contar los postes de la cerca como lo haría con Sparky, el perro de su familia en su regazo, cuando su familia se dirigía al lago. La última vez que volvió a casa del lago, no tuvo que contar ningún poste de la cerca.

Alrededor de las 8 o las 8 y media de la mañana del 17 de julio de 1983, Coy giró el volante de su camioneta en lo que recordaba era Robinson's Corner en la autopista 169. El viejo edificio Robinson había desaparecido, y ahora había una nueva tienda de conveniencia con surtidores de gasolina. El nombre en el letrero justo en la esquina era "Claire Bear". Se detuvo allí brevemente para observar el lugar y notó el letrero debajo de la puerta que decía: "Donde la esperma se encuentra con la carretera". Coy salió del auto. mucho y ahora conducía por el viejo camino de grava hacia el lago Esquagamah. Se dio cuenta de que el letrero en la carretera era Claire Road, que era un nombre nuevo, pero era la misma vieja carretera destartalada. Sabía que estaba a sólo un par de millas del destino. Disminuyó la velocidad a diez o quince millas por hora en el camino de grava, ya que quería volver a ser ese joven Coy que vivía y sentía la anticipación de ver el lago por primera vez. Su afán por ver el lago nunca se había ido de su memoria.

Pasó por delante del pequeño edificio blanco de la iglesia y bajó la colina para ver el viejo complejo. No había estado allí durante diez años. Solo tenía una imagen en su mente de cómo debe haber cambiado y crecido en el mundo. Rodó cuesta abajo lentamente con anticipación y buscó el pequeño camino de entrada al resort y lo encontró fácilmente. Cuando miró hacia arriba para encontrar a Little Mora, las cabañas, las personas, los botes, los motores y todo lo relacionado con el resort, se dio cuenta de que el resort ya no estaba. Coy había escuchado a través de la vid familiar que el complejo había sido demolido y que las cosas habían cambiado en el lago Esquagamah. No quería creerlo y una vez más, las apariencias confirmaron la historia. Nunca quiso admitirlo o incluso pensar que todo el complejo se había ido, muerto.

Un atisbo de un recuerdo volvió a él cuando recordó lo que su tío Hilb le dijo una vez mientras limpiaban pescado juntos en la antigua pescadería una tarde de verano. "Tímido, a menudo aprendemos que cuando regresas a algún lugar importante de tu pasado y donde no habías estado en mucho tiempo, notarás cuánto crecen los árboles y la vida alrededor de los recuerdos". Coy se detuvo en su camino ya que esto fue un cambio completo. Los árboles y la vida no solo habían crecido alrededor de sus recuerdos. Todo lo que quedó fue el recuerdo.

Se construyó una nueva casa cerca del lugar donde había estado el antiguo cobertizo, construida con un estilo que parecía darle a toda la zona un aspecto de renacimiento. Había nuevo revestimiento, techo y ventanas. El paisaje y el césped estaban impecables, lo cual fue muy agradable para Coy. Pero cuando giró hacia la antigua entrada al resort, se dio cuenta de que seguramente ya no era ese Coy de doce años. Miró la casa y sospechó que no había nadie, ya que parecía en silencio y no había vehículos alrededor.

Detuvo su camión justo en la antigua entrada del complejo, que se había convertido en nada más que el camino de entrada a una nueva casa. El pequeño camino de aterrizaje ya no terminaba en el lago, ya que fue diseñado como una entrada y salida para las personas que vivían en la casa. La única advertencia agradable era que toda la escena era serena. Los árboles estaban perfectamente arreglados, un césped recién cortado cubierto donde una vez hubo cabañas y una vez se vivió la vida. Para Coy, un paisaje increíblemente bien cuidado y un hermoso césped subían y rodeaban Chelsea Brook con puentes peatonales cruzados cuidadosamente construidos. El lago se veía más o menos igual, ya que ahora podía ver toda la costa desde la carretera sin bloqueo de la vista causado por cabañas o personas y vida.

Coy estacionó y apagó la camioneta, abrió la puerta y salió del vehículo. Decidió caminar y tratar de tener una idea. Quería estar muy preparado esta mañana y sintió que su preparación final debía comenzar con estar en presencia de algo, aunque no tenía idea de cómo o ningún conocimiento de lo que podría ser.

Caminó la cantidad estimada de pasos desde la entrada del resort hacia el este para encontrar la ubicación de la Cabaña Little Mora y mientras caminaba, sintió que su abuelo caminaba justo a su lado. Caminó a cada una de las ubicaciones de las cabañas y recordó a las personas con las que se había hecho amigo. Caminó y dejó que su mente fluyera con recuerdos del pasado. Quería que el Señor lo detuviera y le diera algunos pensamientos y paz cuando fuera el momento adecuado.

Después de deambular durante unos quince minutos, se detuvo, miró a su alrededor y encontró un árbol caído e inclinado. Se dio cuenta de que era el árbol donde estaba colgado el columpio. Había caído hacia el camino tirado de lado y aún no había sido cortado, obviamente todavía vivo y muerto al mismo tiempo. Coy calculó rápidamente la distancia adecuada desde el árbol hasta donde habría estado la casa de los peces y se sentó en el tronco justo donde habría estado la casa de los peces. Tan tonto como pensó que estaba actuando, miró a su alrededor como si estuviera en la casa de pescado con Growler y respiró hondo, con la esperanza de captar el olor del cubo de tripas de pescado.

Agarró con cuidado el libro que había puesto en el bolsillo de su abrigo. Pensó que este sería el mejor lugar del mundo para su preparación final. Murmuró una breve oración y le pidió a Dios que abriera el libro en el lugar exacto donde debía finalizar sus pensamientos y, lo más importante, tranquilizar su mente.

Abrió el libro y, como había descifrado durante los últimos días, había varios lugares dentro del libro donde había recitaciones y palabras escritas de pasajes de la Biblia, siempre en la versión King James. Su dedo índice aterrizó en un título: 1 Corintios, Capítulo 15. Los primeros cuatro versículos habían sido marcados, y una pequeña nota escrita al costado en letras mayúsculas: ESTE ES EL EVANGELIO.

Coy comenzó a hablar en voz alta mientras leía:

"Además, hermanos, os declaro el evangelio que os he predicado, el cual también habéis recibido, y en el cual estáis firmes; por lo cual también sois salvos, si guardáis en la memoria lo que os he predicado, a no ser que creáis en vano. Porque os he enseñado primero lo que también recibí, que Cristo murió por nuestros pecados según las Escrituras; y que fue sepultado, y que resucitó al tercer día, conforme a las Escrituras."

Se detuvo, inclinó la cabeza y supo que un vistazo de Cristo era todo lo que necesitaba y, tal vez, Growler era el vistazo que necesitaba y en el momento justo de su vida.

Coy siguió leyendo en voz alta. "Un profeta es un mensajero de Dios, la palabra en hebreo significa 'uno que habla por otro'. Puede ser rico o indigente, educado o ignorante, de rango noble o del campo". En ese momento, Coy tuvo una epifanía y pensó que tal vez un chico de veintidós años de Minneapolis, Minnesota, podría cumplir con los requisitos aunque no fuera digno o no estuviera listo. Esta mañana y para siempre, Coy se dio cuenta de que era hora de aceptar que una vida era suficiente.

Capítulo 26
No Cuentes Con Tu Tiempo. Que Tu Tiempo Cuente

Diez minutos después de leer y recitar, Coy recordó que necesitaba orar y pedirle a Dios que lo guiara. Continuó unos cuantos minutos más y decidió que era hora de regresar a su camioneta, ya que ahora eran alrededor de las 9:15 a. la zona turística. Giró a la derecha y condujo colina arriba unos trescientos metros hasta la entrada de la iglesia. Mientras doblaba hacia el estacionamiento del edificio blanco en la cima de la colina, que siempre supo que era una iglesia, sintió que el pasado cobraba vida como si todavía estuviera escondido en la zanja en busca de respuestas. De repente, un eco de la memoria se apagó, y recordó a su antiguo entrenador de fútbol del pasado decir: "Muchachos, este equipo vivirá de acuerdo con el tiempo de Vince Lombardi, y cumpliremos con esta regla: quince minutos antes llegas a tiempo, quince minutos tarde y serás olvidado. Coy hizo un voto el día que escuchó esta sabiduría y siguió viviendo con esa premisa. En esta mañana extraordinaria, quería vivir con el doble del tiempo de Lombardi, por lo que pensó que cuarenta y cinco minutos antes del servicio serían apropiados.

El letrero de invitación en el camino decía: Bienvenido a la iglesia en la cima de la colina al otro lado de Jordan's Bay: la Iglesia Bautista JORDAN'S.

Pensó que la iglesia tenía un nombre apropiado. Sin embargo, lo recordaba como Hilltop Church, o algo así. Incluso el nombre de la iglesia había cambiado.

Coy se detuvo lentamente en el área de estacionamiento y vio que solo había un par de vehículos. Decidió estacionarse en el lado noroeste del lote donde estaría lo suficientemente lejos y donde posiblemente podría mirar hacia el lago Esquagamah. Estacionó la camioneta, se sentó allí en un silencio solemne y se apoyó en el volante mientras apagaba el motor. Su curiosidad estaba en alerta máxima, como si estuviera en modo detective otra vez y tuviera doce años. Miró cuidadosamente a su alrededor desde detrás del volante. Le tomó menos de diez segundos cuando sus pensamientos sobre su querida esposa e hijo entraron en su mente. Fue justo cuando supo que ya no era ese niño de doce años. Sin embargo, le recordó que el niño de doce años todavía estaba presente. Sus primeras impresiones vinieron de las hojas polvorientas de la vibrante vida de verano de los árboles que rodeaban el estacionamiento de la iglesia. Las hojas colgaban del árbol como si fueran grises y sin vida, aunque tuvieran color. Sin embargo, el sol de la mañana apenas llegaba a la copa de los árboles, que recordaba le darían color y vida a todo.

Miró sobre el lago Esquagamah hacia la orilla oeste y recordó esas claras tardes de verano cuando los rayos del sol poniente brillaban a través de los picos más altos de los árboles más altos de la costa con tonos rosados y dorados. Le daría y todos discernimiento esperanza. El color de los árboles y las hojas que rodeaban la iglesia volvió a la vida cuando el sol brilló y se volvió vibrante ante sus ojos. Recordó esas mañanas de domingo en Jordan's Bay con Growler y cómo los sonidos de la vida y el aire fresco de la mañana derramaban vida sobre ellos con un brillo radiante.

Se separó de sus pensamientos mientras estaba sentado detrás del volante y comenzó a darse cuenta de que la historia y los pensamientos nunca podrían estar completos, por lo que decidió dar un paseo y dar un paseo para ayudar a despejar su mente. Abrió la puerta de su camioneta en silencio y salió suavemente como si tuviera miedo de que alguien pudiera notarlo o escucharlo. Quería caminar y echar un vistazo al ambiente de todo el escenario y mirar el edificio de la iglesia, así como la hermosa vista de la bahía de Jordan y el lago Esquagamah desde lo alto de la colina y comprobar si la escalera todavía estaba allí. . Inmediatamente caminó hacia la empinada costa y miró hacia el lago Esquagamah. Se dio la vuelta y, por primera vez, miró la iglesia desde el lado norte y no desde la bahía del Jordán, ya que solo había visto este lado de la iglesia desde la bahía en un pequeño bote de pesca. Estaba bien mantenido y pensó que el edificio debía haber crecido, ya que parecía mucho más grande de cerca. Pensaba que la vida era igual: parecía mucho más grande cuando la miraba de cerca. La escalera estaba allí y un pequeño bote estaba amarrado al muelle. No había botes en la Bahía de Jordán, pero podía escuchar un motor fuera de borda que venía desde la dirección del cuerpo principal del lago hacia el oeste. Se dio cuenta de que la iglesia estaba casi directamente al oeste del estrecho pasaje del cuerpo principal de agua y sobre la costa suroeste de la Bahía del Jordán.

Coy pensaba y caminaba con confianza a pesar de que iba a tener lugar un evento de cierta solemnidad e importancia. Su experiencia y su voz pasada hablaban en voz alta en su mente de adulto joven y conocía este lugar y se sentía cómodo. Se preguntaba si esta mañana estarían reunidos los dolientes que empatizarían con la falta de vivienda o el misterio del difunto. Coy sabía que había mucho más. Sabía que el difunto ensalzaba en hipérbole algo que sugería una vida fuera de lo común. Podía sentir desde lo más profundo de su alma la fe, la esperanza y el amor. El corazón de Coy latía con una esperanza solitaria de ayudar a compartir la comprensión.

Volvió a darse la vuelta y miró hacia el lago Esquagamah. Vio la torre de radio en la orilla norte del cuerpo principal de agua, sobre la parte superior de la línea de árboles. Volvió a la memoria y se vio a sí mismo con Growler esos domingos por la mañana en Jordan's Bay.

Coy negó con la cabeza y trató de recordar algo de la historia después de dejar el resort ese día de finales de verano de diez años en su pasado. Recordó al tío Hilb contándole cierta información en un picnic familiar un par de años después de haber estado en el resort.

Martha murió la primavera del 74. El complejo murió en el 75. El abuelo murió en la primavera del '79. El verano del 74 no funcionó para que Coy pasara tiempo en el balneario. Fue a un campamento bíblico durante una semana, a un campamento de lucha durante otra semana y luego a un campamento de béisbol. A principios de agosto, comenzó la práctica de fútbol y nunca volvió a subir al lago Esquagamah ese verano o nunca más antes de que demolieran el complejo. En la primavera de 1975, se demolieron las últimas cabañas y se despejó el terreno para dejar pasto cuidadosamente cortado con algunos posibles campamentos vacíos. No había acceso al lago, ni casa de pescado, ni cabañas, ni nadie, solo historia y recuerdos. La nueva vida continuó y la vieja vida desapareció. Recordó una vez más que simplemente no quería creer que todo había cambiado y que el resort ya no estaba.

Caminó hasta el área de entrada de la iglesia y, una vez más, quedó muy impresionado por el mantenimiento y el paisaje. Se acercó al área de la puerta principal y se sobresaltó cuando un hombre abrió la puerta justo cuando se paró frente a ella. Coy calculó que el hombre tendría poco más de cuarenta años. Salió de detrás de la puerta para saludar a Coy sin dudarlo. Se pararon juntos frente a la entrada de la iglesia. Coy se sobresaltó, pero sintió que podría haber sido diez años antes cuando vio esta misma acción desde la zanja mientras un joven saludaba a Growler. Se estrecharon cálidamente las manos, y Coy lo miró a los ojos y creyó que reconocía y conocía al hombre.

"Te he estado vigilando toda la mañana. Te vi, a través de la ventana de mi oficina, en el momento en que te detuviste en el área de estacionamiento. Yo soy el pastor aquí. Solo sabía que tenías que ser tú. Una vez que te vi caminar, supe que eras tú. Caminas con tal propósito y de puntillas como si el próximo paso fuera siempre importante. De alguna manera, sabía que para ser una cualidad tendrías. Imaginé que echarías un vistazo rápido y ahora estás aquí. ¿Me recuerdas o me conoces?"

El pastor le dio la bienvenida y guió a Coy a través de la puerta principal de la iglesia.

"Sí, lo creo, creo". Coy respondió tímidamente. "¡Gracias por encontrarme, no sé cómo lo hiciste, pero muchas gracias y que Dios te bendiga!" Coy habló en su tono y dicción normales.

"Dios te bendiga mi amigo. Nuestro Padre que está en los cielos los quiere aquí", transmitió el pastor con un tono amable.

"Realmente quiero estar aquí", respondió Coy.

"¡Gracias a Dios! Es una gran bendición cuando uno quiere estar justo donde Dios quiere que estemos", respondió el pastor.

"Es muy bueno que llegues temprano. No estoy seguro de cuántas personas estarán aquí esta mañana, pero enviamos bastantes avisos a través de nuestra pequeña congregación y pusimos información en los periódicos locales hasta Duluth. Por favor, entremos a mi oficina por unos minutos, donde podemos orar juntos y preparar nuestros corazones", dijo el pastor con un tono cariñoso y suave.

"Gracias, pastor", respondió Coy con un tono sincero. Coy siguió al pastor a la oficina y se dio cuenta de que nunca antes había estado dentro del edificio. La oficina estaba bien decorada con una pared de estantes llenos de libros. Coy no pudo evitar mirar las estanterías llenas de libros con asombro y deleite.

"¿No es extraño lo que sucede con los libros antiguos? Ellos te eligen. Hace unos años, un donante anónimo envió cajas llenas de estos preciosos libros a nuestra iglesia. Los libros parecen tender la mano cuando es necesario y decir: Hola, aquí estoy, llévame contigo. Es como si estuvieran vivos", dijo el pastor, mientras Coy miraba los estantes llenos de libros.

Coy solo pudo responder con un tímido "Sí". Recordó haber mirado el sobre que le enviaron con el libro de Growler una semana antes y notar que solo se anotaba el nombre de la iglesia y dirigió su atención al pastor. Se dio cuenta de que no sabía el nombre real de este hombre, recordando que la carta estaba firmada por el pastor J.

Sin embargo, antes de que Coy pudiera hacer una pregunta, el pastor preguntó: "¿Coy es tu nombre completo y tienes un nombre completo?" Se sentó detrás de un escritorio de roble cuidadosamente organizado e invitó a Coy a sentarse en el cómodo sillón de cuero frente al escritorio.

El pastor rompió el hielo con la primera pregunta de sondeo en la soledad de una conversación entre dos almas unidas. Cada uno de ellos se sentía un poco como si estuvieran siendo cortados como un par de peces en la mesa de limpieza con tripas y sangre vertida en las manos del limpiador, pero el pez indefenso todavía tenía algo de vida y se movía. Coy escuchó la pregunta y con honor y respeto. Quería dar una respuesta adecuada.

"Mi nombre completo es Timothy Coy".

"¿Tú eres Timoteo?" el pastor respondió con una leve sonrisa, pero con una mirada encantada.

"Sí, ¿por qué parece que estás encantado?" Coy continuó.

"Oh, por favor, perdóname si parezco incómodo; Realmente estoy un poco desconcertado, pero por alguna razón no me sorprende", dijo el pastor mientras le indicaba nuevamente a Coy que se sentara.

"Yo, bueno, diré que me siento muy bendecido y estoy muy contento de que estés aquí hoy", continuó el pastor.

Cuando Coy se sentó, metió la mano en su traje apropiado para el funeral y muy bien recortado y agarró el libro que le habían enviado.

"Obviamente, recibiste el paquete. ¿Estás listo para dar algunas ideas esta mañana? preguntó el pastor.

"Lo soy", reconoció Coy.

"Gran respuesta." El pastor se rió entre dientes, agarró su pañuelo, se frotó la sien y se secó una pequeña lágrima del ojo derecho.

"¿Estás bien?" preguntó Coy.

"Oh nada. Por favor, no leas nada en mis acciones, a veces muestro emociones muy rápido", dijo mientras soltaba una risita ahogada. "Dios mismo no podría haber respondido mejor esa pregunta, Coy, oh, me refiero a Timoteo".

Coy no supo muy bien cómo responder. Estaba más pensando en cómo iba a corregir la información de su nombre. Fue conocido como Coy durante toda su vida hasta el momento, pero siempre estuvo en el fondo de su mente que su verdadero nombre era Timothy.

Coy reflexionó por un momento, recordando cómo terminó siendo conocido como Coy. Su hermana Debbie luchó inmediatamente con su nombre, ya que tenía poco menos de dos años cuando él nació. Al principio, ella se había convertido en su portavoz y en su mejor amiga. A Coy le decían a menudo que no tenía que hablar hasta los cuatro o cinco años. Debbie se comunicó y habló por los dos. Ella era su cuidadora y animadora, y lo amaba mucho. Ella siempre lo llamó Coy y una vez que comenzó a hablar y comunicarse verbalmente, le gustó el nombre. A toda la familia le gustó, así que se convirtió en Coy. Además, amaba mucho a su hermana, ya ella le gustaba saber que ella era la responsable de darle su nombre. Le gustaba que ella se sintiera especial, porque lo era.

"Bien entonces." El pastor rompió el silencio de treinta segundos ya que ambos habían estado en diferentes lugares por unos momentos. "¿Estás listo? El servicio comienza en unos treinta minutos más o menos.

"Sí, creo que estoy... bueno, me esforcé mucho para prepararme, y espero y oro para que Dios cumpla con nosotros y, lo que es más importante, con él", respondió Coy con un poco de confianza.

"Tienes mucha razón, Timothy. Necesitamos orar juntos antes de seguir adelante. Nosotros, en la iglesia, estamos muy contentos de que esté preparado y se preocupe. El discernimiento y la evidente admiración del Sr. C. J. Storeslight hacia usted y su vida parece, como se esperaba, estar en lo cierto", continuó el pastor.

"¿Qué? Sé que no tenemos mucho tiempo, pero ¿habló contigo sobre mí, o habló con alguien o con algo? preguntó Coy.

"Oh no, nadie escuchó una sola palabra salir de su boca, a pesar de que muchos querían que hablara y dijera algo y nos diera información o nos dijera algo o simplemente para ayudar a resolver la maravilla y el misterio. Nunca habló, pero se comunicó tan generosamente de muchas maneras", respondió el pastor.

"¿Wow Qué?" fue todo lo que Coy pudo decir en respuesta, y el pastor se saltó esa respuesta.

"Pues bien, antes de orar, es hora de que comparta con ustedes algo que recibimos en el papeleo del hospital. Es una breve instrucción de una página que escribió y le dio al personal del hospital el día antes de fallecer. Oremos de alguna manera para que podamos completar este rompecabezas". El pastor dejó de hablar y buscó en su Biblia que estaba en el lado derecho de su escritorio, la abrió y sacó un sobre de aspecto formal y una hoja de papel. "Esto es para ti, Coy. La nota me dice explícitamente que le entregue este sobre para que lo abra el día de su funeral. También dice que la información en este sobre es específicamente para usted".

Le entregó a Coy la nota y el sobre. Coy estaba estupefacto y sin palabras.

"Ese libro que tienes en tu mano parece ser el patrimonio material restante de este hombre. Realmente quería que lo tuvieras. No solo estábamos bastante estupefactos, sino muy agradecidos por toda su generosidad. En los últimos diez años, su vida tocó tantos corazones mucho más allá de cualquier vida que cualquiera de nosotros haya conocido. Sin embargo, aparte de sus escritos y ese libro en tu mano, dejó este mundo sin oro, sin plata, sin tierra, sin manuscritos, sin obras de arte, y sin posición de autoridad o título de su vida, en la medida de lo posible. de nosotros sabíamos. Dio todo lo que tenía en los últimos diez años. Por alguna razón más allá de nuestro entendimiento, fue especialmente amable y generoso con esta familia de la iglesia y conmigo personalmente y con mi familia. Pero ya lo habrías sabido, supongo. Dio su vida para ayudar a otros a encontrar la vida". El pastor dejó de hablar, volvió a tomar su pañuelo y se secó las lágrimas de ambos ojos.

Coy se sentó allí y escuchó cada palabra con atención, mientras que al mismo tiempo su corazón estaba lleno de asombro, emoción y alegría.

"Hemos estado abrumados por el agradecimiento a lo largo de los años, ya que de alguna manera Dios proveyó para nuestra familia en el momento justo cada vez. Y hasta el día de hoy, no comprendemos la generosidad que recibimos de este hombre misterioso".

El pastor se detuvo de nuevo y miró a Coy directamente a los ojos. Coy miró atentamente hacia atrás y vio ojos por los que la gente empuñaría la espada y los seguiría.

"Sabíamos que su salud estaba empezando a fallar, y fui varias veces en los últimos dos meses y oré por él y por él. Nunca me respondió verbalmente, pero su mirada era de puro agradecimiento. El hospital nos informó de su muerte, y todo lo que tenía consigo era ese libro, su Biblia personal, instrucciones escritas, un sobre dirigido a mí y uno para usted dirigido a la iglesia. Nosotros, en la iglesia, revisamos sus escasas pertenencias y notas escritas y cuando encontramos ese libro, nos sentimos abrumados por nuestro descubrimiento. Cuando encontramos esta información, empezamos a darnos cuenta de quién era, y seguimos cuidadosamente la información con instrucciones específicas para encontrarlo y entregarle este libro.

Cuando hojeamos el libro, encontramos este sobre dirigido a nuestra iglesia, que estaba envuelto alrededor de un sobre sellado que guardé antes de enviarle el libro. En el reverso del sobre, hay una nota escrita a mano que debo entregarle personalmente este sobre sellado. Nosotros, en la iglesia, no podemos esperar a ver qué hay en este sobre".

Cuando el pastor terminó, metió la mano en el bolsillo de su abrigo y sacó una hoja de papel y el sobre sellado, todo lo cual parecía formal.

"Sus notas tenían instrucciones específicas para mostrarle esto justo antes del servicio conmemorativo, si es que iba a haber un servicio. Nosotros, en esta iglesia, de ninguna manera no íbamos a tener un servicio conmemorativo para este querido hombre", dijo el pastor.

"Guau", fue todo lo que Coy pudo decir.

El pastor le entregó a Coy la hoja de papel y el sobre sellado y, mientras lo hacía, se puso de pie y caminó alrededor del escritorio y le dio a Coy un abrazo cálido, amoroso y cristiano. Se separaron del abrazo.

El pastor dijo: "Necesitará unos minutos. Déjanos rezar,"

Se tomaron de las manos en armonía mientras ambos inclinaban la cabeza al unísono y el pastor pronunció una oración.

"Padre Dios, hágase tu voluntad como en el cielo, danos nuestras provisiones diarias y perdona nuestros pensamientos carnales de la vida aquí en la tierra. Como Tú nos dijiste, perdonamos a los demás. Danos tu voluntad, y hágase tu voluntad". La breve oración del pastor lo dijo todo.

Coy sintió la presencia de Dios después de su oración de unión privada. El pastor salió de la oficina para darle a Coy unos minutos para reflexionar y revisar la información y preparar su corazón con pensamientos finales antes del servicio.

Coy leyó la nota y luego miró el sobre y lo abrió. Estaba asombrado pero iluminado por lo que estaba escrito en la parte superior de este papel formal que parecía una copia de un certificado de nacimiento. Coy oró por la guía de Dios y se sintió abrumado por la respuesta y la responsabilidad que tenía ante él.

Después de diez o quince minutos, decidió que era el momento. Dijo una breve oración pidiendo guía y salió de la oficina. Se encontró con unas cuantas personas reunidas a la entrada del santuario. Había una pequeña foto de Growler en un bonito marco en un caballete casero en miniatura en la entrada del santuario. Coy miró y dedujo que la foto había sido tomada en un pasado no muy lejano y notó cómo Growler había envejecido desde que lo había visto. Reflexionó pensando en el aspecto que debe haber tenido Growler cuando tenía treinta o cuarenta años y todavía estaba bastante vibrante y lleno de vida en algún lugar lejano en el tiempo. Growler había sido incinerado, y el pequeño contenedor con sus restos era del tipo más simple y muy probablemente construido por alguien en la iglesia. Las cenizas de Growler se colocaron en una pequeña mesa centrada en el frente de la iglesia. La pequeña iglesia albergaba cómodamente a unas ochenta personas. Coy miró brevemente hacia el santuario y miró directamente a la pequeña caja colocada sobre una mesa frente al atril. El ambiente del momento y la escena con el contenedor y la imagen apenas era lo suficientemente grande como para ser un funeral decente, dando una presencia y un sentimiento muy humildes, pero apropiados para Coy.

Coy continuó ordenando sus pensamientos en preparación mental, y deambuló por el área de bienvenida de la entrada trasera fuera del santuario. Miró por la ventana hacia la puerta cochera que ahora sabía que estaba sostenida por vigas con una viga transversal que simbolizaba "La Cruz". Era la misma cruz desde el otro lado que vio desde la zanja años antes. Esperaba que sus comentarios fueran duraderos y apropiados mientras pensaba en el obituario que había encontrado en el periódico local de Duluth. Lo había recogido cuando se detuvo en el pueblo de Palisade por gasolina antes de salir a la iglesia. Esperaba que hubiera algún obituario bien escrito sobre

Growler pero, por supuesto, sabía que no encontraría ninguno, ya que nadie conocía realmente a Growler. Y también sabía que Growler no era su verdadero nombre, por lo que examinó todos los obituarios.

"En memoria", escribió el autor de un obituario, "lamentamos saber tan poco de la historia de este distinguido extraño. Los hechos de su vida eran en gran parte desconocidos y, aparentemente, no confiaba en nadie... Coy no pudo evitar pensar que se trataba de Growler, pero luego se dio cuenta de que todas las personas podían ser declaradas un misterio, según el punto de vista. Era el obituario de un ex ejecutivo minero de grandes plataformas de Hibbing, Minnesota.

Coy tuvo diez años para encontrar comprensión, y los pensamientos sobre Growler y su experiencia juntos siempre lo acercaron a Dios y Cristo. Recordó que los hechos de la vida de Growler estaban tan ocultos en su vida temprana, donde las semillas de una tragedia eran mucho más profundas de lo que nadie podía comprender, como si su vida se hubiera vivido en otro mundo y se hablara en otro idioma. Desde lejos, la impresión era de inquietante soledad, anonimato y misterio. Sin embargo, si alguien hubiera conocido al verdadero Growler, era Coy. Al menos, eso era lo que pensaba y esperaba.

Coy sintió la carga del momento. Tenía que contar una historia veraz, al menos un vistazo.

Capítulo 27
De Vuelta al Muelle, 1973

"La ausencia no hace que el corazón se vuelva más cariñoso." Growler terminó su diatriba respondiendo a la primera pregunta de Coy.

Coy estaba estupefacto y desconcertado, su primera pregunta ahora estaba respondida. El mundo volvió a la vida.

Growler y Coy habían estado pescando en Jordan's Bay durante casi dos horas la mañana del domingo 8 de julio de 1973, y eran alrededor de las 11:30 am. Growler había hablado durante casi una hora sin pausa. Explicó muchos detalles de su juventud junto con sus antecedentes familiares inmediatos. Coy se sentó, escuchó, apenas dijo una palabra y reconoció lo que escuchó con asentimientos y gestos. La pesca terminó una hora antes. Coy se enteró de que Growler nació en Thief River Falls, Minnesota, donde se encontraban su familia y la granja familiar. Su familia vivía en una granja de 120 acres, tres millas al suroeste de Thief River Falls. Cultivaban alrededor de ochenta acres de tierra, pastoreaban un pequeño rebaño de vacas, tenían un rebaño de veinte ovejas y, por supuesto, una cría de pollos. Vivían en una pequeña casa de campo de dos habitaciones sin agua corriente ni baño.

La tierra en la que se asentó la granja era autosuficiente con un pequeño suministro de agua dulce, buena agua subterránea y un lugar de ensueño para cazar venados, urogallos, perdices, ardillas y conejos. La tierra abastecía bien a la familia, pero la vieja granja nunca fue rentable. Growler le dijo a Coy que durante su juventud, antes de entrar al servicio, no recordaba haber usado ropa o zapatos nuevos.

El día de su decimoctavo cumpleaños, se fue y entró al servicio sin dudarlo ni cuestionarlo y se despidió estoicamente de su juventud. Rápidamente se dio cuenta por primera vez que estaba en una rutina de tres buenas comidas sólidas al día, ropa nueva, botas y dirección de vida. Growler declaró claramente que este momento de su vida era como entrar en una mini forma de un nuevo cielo.

Growler nació en 1917 justo en uno de los dormitorios de su casa, el tercero de seis hijos de tres niños y tres niñas. Más adelante en esta vida, escuchó sobre los locos años 20, pero nunca experimentó nada del rugido. Experimentó los años 30, la Depresión y todos los tiempos de vida de supervivencia apretados. Tuvo que crecer rápido y por necesidad, se hizo autosuficiente como todos los demás en todo el país fuera de los que experimentaron el rugido y, francamente, no supieron nada diferente. El ejército de los Estados Unidos fue más que un descanso de la existencia pasada. Sintió que entró en una vida nueva y mejor. Sin embargo, expresó recuerdos bondadosos y buenos de su infancia y familia. No obstante, estar en el servicio fue una bendición. Le gustaban la ropa y las botas nuevas y, lo que es más importante, el propósito sostenido.

Growler le dijo a Coy que sus padres eran inmigrantes directos de Alemania con fuertes creencias religiosas protestantes y que de alguna manera terminaron en una pequeña comunidad en el noreste de Minnesota. Toda la comunidad estaba llena de católicos y luteranos del Sínodo de Missouri. Durante su infancia, nunca escuchó hablar de música ni festividad ni nada separado de sus creencias y actividades religiosas. La vida era una. El horario familiar giraba en torno a las actividades de la iglesia, como picnics familiares, pesca y, lo más importante, caza. La caza fue la base del vínculo familiar que encendió su ímpetu y su fuerte y abrumador deseo de sobresalir en la puntería. Quería ir con el gobierno cuando lo recogieron en su decimoctavo cumpleaños. Le dio la bienvenida y esperaba con ansias el desafío.

Growler enfatizó una y otra vez durante las conversaciones con Coy que quería saber por qué pensaba que una vida no era suficiente. La vida siempre estaba en transición de un lugar a otro. Los amigos eran pasajeros. La familia quedó atrapada en la memoria.

Le dijo a Coy que cuando tenía seis o siete años, se dio cuenta de que Dios le había dado un regalo especial y que era disparar un rifle y luego una pistola y, francamente, cualquier dispositivo asesino que le pidieran que manejara y superara. Coy escuchó todo sobre los antecedentes de sus habilidades de puntería cuando era joven, ganando concurso tras concurso. Cuando cumplió doce años, todos en el condado sabían de él. Ganó todas las competencias estatales a las que la familia pudo llevarlo. El ejército de los EE. UU. lo persiguió y comenzó a comunicarse con la familia cuando tenía quince años. En su decimoctavo cumpleaños, la gente del Ejército lo recogió en la granja, y su familia y su vida en la granja terminaron.

Growler vivió durante los siguientes seis años hasta el comienzo de la

La participación de EE. UU. en la Segunda Guerra Mundial no pudo contactar o comunicarse con su familia mientras perfeccionaba sus habilidades con un entrenamiento intenso. Sin embargo, en la primavera de 1941, a la edad de veinticuatro años, finalmente se le dio la oportunidad de volver a casa. Todavía era propiedad del gobierno de los Estados Unidos.

Durante el verano de 1941, se enamoró de una joven en el camino. Incluso tuvo la oportunidad de ir a la casa de su familia en el noreste de Minnesota para verlos y asegurarse de que supieran que todavía estaba vivo. Una vez allí, descubrió que todo había cambiado. Descubrió que su padre había fallecido y que su madre había perdido la granja y estaba en la última etapa de algo que llamaron demencia senil. Se enteró de que uno de sus hermanos vivía en Chicago vendiendo seguros. El otro hermano perdió la vida en un accidente automovilístico. Su hermana mayor estaba en St. Paul, casada y feliz con un par de niños. Su hermanita vivía en Thief River Falls, trabajaba en el hospital como enfermera y se convirtió en la cuidadora de su madre. En realidad nunca vio a ninguno de ellos. Pasó por delante de la antigua casa y sus recuerdos solo estaban exasperados por el dolor y la pérdida, lo cual era inevitable con una vida transitoria.

Growler conoció a su esposa en su restaurante favorito una noche mientras cenaba solo durante un ejercicio de entrenamiento del ejército cerca de Kansas City, Missouri, en el otoño de 1940.

Las tensiones estaban en alerta máxima en Estados Unidos con la Segunda Guerra Mundial en Europa. Sin embargo, había cumplido su condena y parecía que su período con el ejército podría estar llegando a su fin. Enamorarse no estaba en los planes. Pero el amor sucede, y se casaron y decidieron mudarse a un pequeño apartamento en Minneapolis, Minnesota, donde planeaba conseguir un trabajo como maquinista o trabajar en uno de los molinos a lo largo del río Mississippi cerca del lado norte de Minneapolis. Su pequeño apartamento estaba justo al lado de Hennepin Avenue y 3rd Street, cerca de las prósperas fábricas. Había oportunidades de trabajo en Minneapolis, y estaba enamorado y listo para comenzar una nueva vida gratificante con su amada joven esposa. Le dijo a Coy cuánto adoraba y amaba a su esposa. Su voz se quebraba y se tambaleaba en la descripción de su vida con su esposa.

Le dijo a Coy lo preocupado que estaba por su entrenamiento con el gobierno y el servicio armado. Sabía que fue entrenado como un asesino. De hecho, sintió que posiblemente era el asesino mejor entrenado del gobierno de los Estados Unidos. Con eso, tenía en mente que nada se construye, entrena, esculpe y desarrolla sin tener la oportunidad de ser utilizado. Mientras le decía a Coy, se volvió más y más agitado y bullicioso como un arma completamente cargada lista para ser usada. Aunque no quería ni siquiera pensar en estar lejos de su esposa y su familia, el impulso de ser útil y necesitado se volvió abrumador. Tenía hambre de demostrar su valía.

¡Ocurrió! Inmediatamente después del 7 de diciembre de 1941, Growler fue recogido justo en la puerta de su pequeño apartamento sin previo aviso y, literalmente, arrancado de los brazos de su esposa muy embarazada. Sin ninguna explicación de adónde se dirigía, se lo llevaron para que formara parte del esfuerzo bélico. No sabía y realmente no quería imaginar que nunca podría volver a su amor. Vivía con órdenes estrictas de vivir en secreto y no tener contacto con ningún amigo o familiar y, específicamente, con su esposa. Le dijeron que si alguno de los enemigos sabía de su esposa, ella estaría en peligro y probablemente no podrían protegerla a ella ni a su hijo recién nacido. Estaba, en realidad, entrenado como asesino certificado, espía y propiedad del gobierno.

Growler le dijo a Coy, con ambas cejas levantadas: "¡Quería ser el mejor y lo fui, y todavía puedo decir que fui y soy uno de los mejores de todos los tiempos! Nunca pedí la voluntad o las habilidades, pero mientras esta fuera la voluntad y la habilidad, estaba obligado por el deber hacia Dios, el país y yo mismo a conformarme y ser el mejor". Growler miró hacia el edificio blanco y se sentó en silencio.

Nada se perdió desde el momento, que se calmó. Un vistazo a la vida fue lo que necesitó para liberar a Growler cuando permitió que la historia y la memoria fueran algo que no se olvidara. La cantó maravillosamente para la audiencia de uno.

Coy no hizo preguntas mientras Growler desparramaba su historia como un dique de agua roto que necesita más espacio. Coy recibió un vistazo de la vida de este hombre, y fue tentador. A pesar de que era un hombre joven en un viaje con otro, Coy de alguna manera sabía cuándo detenerse y simplemente escuchar y absorber.

La pesca se había detenido y cada uno de ellos ya había metido cuidadosamente sus cañas en posición junto a los remos. Coy estimó que juntos tenían diez o doce buenos cuidadores de bluegill. Growler levantó el ancla y enjuagó con cuidado el lodo viscoso antes de subirlo al bote. Coy encendió el motor y se dirigieron hacia el este y salieron de la estrecha y estrecha entrada a la bahía de Jordan. Growler gritó por encima del sonido del motor y habló por última vez en ese día: "Bueno, aquí vamos al este de Eden otra vez".

Coy maniobró el bote y se dirigió directamente de regreso al Muelle 1 y, como de costumbre, el complejo bullía de vida; los niños nadaban en el muelle 3 en la balsa anclada a unos seis metros de la bahía. Hubo risas, gritos y chapoteos. Coy pudo ver a Gary y Jimmy en el muelle 7, mojando una línea e intentando pescar.

Coy inspeccionó toda la costa del complejo cuando estaban a unos cientos de metros de la costa. Pensó que era una gran vista, al menos la vida que Coy podía considerar. Vio un automóvil que ingresaba al complejo y se dirigía detrás de las cabañas, y pudo ver que eran las personas de la cabaña 7. Todos estaban atascados en su camioneta y regresaban de alguna parte. Ahora, más que nunca, Coy necesitaba ir a conocer y saludar a esa gente. Quería saber por qué alguien dejaría el resort en una hermosa mañana de domingo.

El barco fue atracado con facilidad y precisión. Se sentaron en el bote en el muelle, y Coy miró a Growler y descubrió que el misterioso Growler estaba presente nuevamente, pero ahora con una respuesta misteriosa.

Growler saltó primero del bote y se paró en el muelle, observando el lago con una mirada de complicidad. Vislumbró a Coy e inmediatamente se dio la vuelta y agarró el balde de cinco galones en el extremo del muelle y lo llevó de regreso al bote. Coy todavía estaba sentado en el asiento trasero del bote y vació la canasta de pescado. A pesar de que ya había contado los peces por costumbre, contó una docena de panaderos de agallas azules de la canasta y los puso en el cubo y terminó la tarea. Salió del bote. Growler estaba parado justo al borde del agua al lado del muelle, lavándose las manos. Hicieron contacto visual cuando Coy salió del muelle y se dirigió en dirección a la pescadería, y Growler lo siguió. Coy no pudo evitar pensar que a pesar de las apariencias, Growler no podía ser juzgado como un pesimista, ya que su rostro estaba formado con una sonrisa natural, incluso si no era una sonrisa.

Para Coy, juzgar algo diferente sería esencialmente una pérdida total de fe en la condición humana. Con todo lo que Coy había escuchado y aprendido esta mañana, Growler podría haber nacido sin ningún juicio que perder.

Entraron en la pescadería y, con eficiencia y sin mediar palabra, limpiaron el pescado. Esta vez, Growler hizo la limpieza final junto al fregadero pequeño, puso el pescado en un balde más pequeño y lo lavó de nuevo. Sin reconocimiento, Growler abrió la puerta de la casa de pescado y comenzó su viaje de regreso a Little Mora. Coy limpió la pescadería, agarró la pequeña barra de jabón que estaba junto al fregadero y se lavó las manos. Se echó agua en la cara hasta que se sintió renovado mientras trataba de averiguar en qué hora del día se había convertido. Antes de que terminara sus pensamientos, las campanas comenzaron a sonar con un propósito.

Los domingos al mediodía, las campanas del edificio blanco en la colina hicieron su toque final. Coy escuchó las campanas antes, pero esta vez cuando escuchó el sonido, sus oídos zumbaban y su corazón se sentía. Siete toques de campanas con la melodía de "Jesús me ama, yo lo sé". Coy cantaba.

Capítulo 28
A la Cabaña 7

Coy decidió que era el momento de detenerse y subirse al columpio del árbol y ordenar sus pensamientos. Sabía lo que buscaba su mente. No pudo evitar pensar que lo que acababa de suceder en su vida era de gran alcance y abrumador. Nunca nadie le había arrojado tanta información de una sola vez. Pensó en lo que debe ser como ser viejo. Reflexionó sobre lo que podría llegar a ser y qué dirección tomaría su vida. Lo más preocupante de todo era que deseaba tener una habilidad conocida como la que Growler tenía en su juventud, y esperaba que no se tratara de matar. Se quitó los zapatos, liberó los pies y se recostó en el columpio para estirarse y relajarse. A pesar de que su cuerpo comenzó a relajarse, su mente se agitaba como los peces en la Bahía del Jordán, removiendo el lodo y creando la nubosidad en el agua.

Se dio la vuelta y notó la parte trasera de la camioneta que había visto entrar al complejo. Estaba estacionado detrás de la Cabaña 7. Estaba complacido consigo mismo porque tenía razón en que se trataba de la gente de la Cabaña 7. Bueno, el tiempo estaba en movimiento, y era hora de pasear y echarles un vistazo.

Saltó del columpio con su energía mental de vuelta y comenzó a caminar hacia la Cabaña 7. Empezó a preocuparse, ya que necesitaba tener una razón para ir allí. Necesitaba alguna razón para invadir su tiempo y espacio en caso de que El no estuviera allí.

Se le ocurrió la idea de revisar la estufa Franklin y decirles que vendría para asegurarse de que todo funcionaba bien.

Deambuló entre las cabañas 6 y 7 y pudo ver a algunas personas sentadas alrededor de las mesas de madera frente a las cabañas. Estaba caminando entre las cabañas y miró atentamente a su alrededor para ver si podía ver a Emmanuel. No lo vio, pero el señor mayor sentado en el otro extremo de la mesa frente a la Cabaña 7 vio a Coy.

"Hola, hijo, ¿cómo estás esta mañana?" Los buenos caballeros mayores hablaron en un tono de bienvenida.

"Estoy bien. Ah, ah, vine a revisar algo en la cabaña. ¿Estaría bien que lo revise?" Coy se tambaleó en respuesta, pero su preparación funcionó y su pregunta tuvo éxito.

"Por supuesto, joven. Las damas y Emmanuel están en la cabaña. Continúe y entre", respondieron los amables caballeros.

"Gracias", respondió Coy.

Coy miró al hombre y sintió una presencia elegante. Caminó frente a la mesa y se dirigió a la puerta de la Cabaña 7.

La puerta interior de madera estaba abierta, pero la puerta mosquitera estaba cerrada. Coy llamó tres veces al mismo tiempo que abrió la puerta, dio unos pasos en la cabaña y anunció: "Negocios del resort, estoy aquí para ver algunas cosas". Pasó por delante del sofá delantero y dobló la esquina hacia el área de la cocina y se encontró con una mujer mayor que se preparaba para hacer un poco de café en la pequeña estufa. Inmediatamente le preguntó si le gustaría una taza de café. Una mujer más joven estaba de pie detrás de una de las sillas de la cocina, donde una niña de unos ocho años estaba sentada y riendo mientras su cabello estaba siendo peinado suavemente con moños en la mano.

"Hola, bellas damas. Mi nombre es Coy. Soy un representante del resort, aquí para revisar su estufa de leña en la esquina. ¿Funciona todo bien con la estufa? preguntó Coy, hablando con un tono claro y preciso.

"Pues sí, está funcionando bien, joven", respondió la mujer mayor junto a la estufa.

"Bueno, está bien, entonces, ah, ah… ¿sabes dónde podría estar Emmanuel?" preguntó Coy.

"Está en el dormitorio quitándose la ropa de la iglesia", respondió la joven. Mientras ella contestaba, Emmanuel salió de detrás de la puerta de chapa del dormitorio trasero.

"Hola Coy, ¿qué pasa?" preguntó Emanuel.

"Hola, amigo, solo comprobaba si quieres pasar un rato y divertirte". Coy cambió su proceso de pensamiento mientras respondía con su voz del comité de bienvenida del resort.

"Esta es mi madre y mi abuela, y sentada aquí está mi hermana, Mary". Los presentó mientras miraba cálidamente a cada uno de ellos.

"Encantado de conocerlos a todos, y perdón por la intrusión. Me alegro de que tu estufa esté funcionando bien. En realidad, solo quería conocerlos a todos. Emmanuel, ¿quieres lanzar el Frisbee o jugar a atrapar o algo así? Coy preguntó con confianza.

"Sí, eso sería divertido", respondió Emmanuel mientras miraba a Coy.

Coy se sintió bienvenido y tenía un buen presentimiento sobre Emmanuel. Emmanuel sintió lo mismo.

"¿Estaría bien, madre?" preguntó Emanuel.

"Por supuesto, diviértete. Pero antes de que ustedes dos se vayan, ¿quieren un sándwich o algo de comer? Debes tener hambre ya que han pasado pocas horas desde el desayuno antes de ir al servicio de la iglesia", dijo su madre.

"Tengo un poco de hambre. ¿Qué hay de ti, Coy? Miró a Coy mientras preguntaba.

Coy se dio cuenta de que él también tenía hambre, pero no quería ser una molestia, pero respondió: "Sí, sí, tengo hambre".

"Genial, madre, ayúdame a hacerles un par de sándwiches a estos hermosos caballeros jóvenes", dijo, mientras miraba a la mujer mayor junto a la estufa.

Esta fue la primera vez que Coy comía algo dentro de una de las cabañas con alguno de los huéspedes del resort. Fue invitado y le gustó Emmanuel.

Se comieron a toda prisa los deliciosos sándwiches de jamón y queso con pan de centeno tostado con ensalada de patata alemana y un vaso de leche fría. Fue el primer almuerzo sólido de Coy desde que estuvo en el resort, y estuvo delicioso.

Terminaron y Emmanuel le preguntó a su madre si podían excusarse. Su madre respondió. "Por supuesto, vayan y diviértanse, muchachos".

Salieron de la cabaña. Coy quedó impresionado y pensó en la buena familia de la que formaba parte Emmanuel y, por un momento, extrañó a su mamá y papá y, especialmente, a su hermana Debbie.

Caminaron frente a la cabaña y Emmanuel le presentó a Coy a su abuelo y a su hermano menor, Joseph, quienes estaban jugando al cribbage. El trasfondo de la vida de Emmanuel se hizo más grande. Emmanuel le pidió a Coy que le mostrara el complejo.

Capítulo 29
La Caminata

"Recuerda llamarme El", fue lo primero que dijo cuando los dos amigos salieron de la cabaña fuera del alcance del oído.

"Oh, sí, está bien, seguro", respondió Coy.

Muéstrame los alrededores, Coy. Cuéntame una historia, tal vez tu historia", pidió El.

"¿No quieres simplemente lanzar la pelota de fútbol o un Frisbee? ¿Qué tal si vamos y nos balanceamos desde ese gran árbol hacia el agua en el Muelle 2? Coy respondió.

"Sí, tal vez, pero muéstrame los alrededores primero. Demos un paseo y tú puedes ser mi anfitrión personal", continuó El.

"Bueno está bien. No sé todas las respuestas, pero para empezar bien, diríjase al extremo oeste del complejo junto a los campistas". Coy señaló hacia el oeste mientras hablaba.

Se dieron la vuelta y caminaron detrás de las cabañas hacia el extremo oeste del complejo. Aquí estaban, un par de personas sin ninguna preocupación real en el mundo.

"Nunca antes había conocido a un Emmanuel, oh, me refiero a El. ¿Oye, De dónde eres?" preguntó Coy, mientras se adelantaba un par de pasos a El.

"Nuestra familia es de Chicago. Tanto mi madre como mi padre vivían en un vecindario muy cerca y al noroeste del Aeropuerto Midway. Mi padre trabaja en contabilidad para una empresa cerca del aeropuerto, y mi madre tiene una buena educación y decidió ser ama de casa. Cuida a otros niños durante el día y trabaja en la farmacia Rexall de la esquina una noche a la semana y los domingos por la noche. Vivimos al noroeste de Chicago y un poco fuera del vecindario negro". El continuó hablando mientras se acercaban al bosque en el extremo oeste del complejo.

"¿Qué quieres decir con barrio negro?" preguntó Coy.

"Ya sabes, donde casi todas las personas son negras", respondió El.

"¿Qué quieres decir con negro?" Coy continuó.

"¿No ves que somos negros? ¿Supongo que vives en un barrio de blancos? El preguntó.

"No, no realmente, vivimos en un vecindario católico, porque la iglesia católica del Sagrado Corazón está justo al final de nuestra calle", respondió Coy.

"¿Eres católico?" El preguntó.

"No, pero la mayoría de mis amigos lo son. Somos luteranos, y mi tía abuela Edna le recuerda eso a mi papá cada vez que estamos en los picnics familiares. Ella siempre lo mencionará y dirá: 'Sabes, joven, somos luteranos creyentes del Sínodo de Missouri y no del Sínodo de Wisconsin'. Realmente no sé qué significa todo eso, ¿y sabes qué, El? Realmente no me importa", agregó Coy. "¿Qué son ustedes?"

"Bueno, somos creyentes en nuestro Salvador Jesucristo, y vamos a una iglesia bautista donde los servicios son ruidosos y divertidos. Pero vamos a diferentes lugares cuando vamos de vacaciones. No creo que seamos demasiado exigentes con todo eso tampoco", dijo El, mientras caminaba justo al lado de Coy y lo rodeaba con el brazo.

"¿Qué es un bautista, de todos modos?" preguntó Coy.

"Realmente no sé toda la historia. Creo, creemos que parece que lo entendemos más que los católicos y los luteranos, supongo, o debería decir la gente del Sínodo de Missouri". El se rió entre dientes mientras lo decía y continuó. "Pero eso probablemente no sea cierto y no sea agradable decirlo".

"Probablemente." Coy terminó la conversación a pesar de que no tenía idea de por qué respondió de esa manera. "Bueno aquí estamos. La tierra se extiende unas cien yardas más allá en esos bosques en lo alto de esa colina. Esto también es lo más lejos que querían llegar las personas que despejaron esta tierra para el complejo. Si miras directamente a través de los árboles, la maleza y esas cosas y subes esta colina, casi puedes ver el edificio blanco en la cima de la colina. Está muy bien ubicado, por lo que da a la bahía de allí." Coy estaba hablando, describiendo y señalando todo al mismo tiempo.

"Te refieres a la Iglesia Hilltop, ¿verdad? Creo que así se llama", preguntó El.

"¿Así es como llaman a ese edificio ahí arriba?" Coy respondió con una mirada aturdida, a pesar de que sabía el nombre de la iglesia. Todavía se sentía un poco avergonzado por cómo descubrió que el edificio blanco en la cima de la colina era una iglesia. Sin embargo, pensó que el nombre era apropiado.

"Antes de continuar, ¿puedo hacerte una pregunta personal, Coy?" El continuó.

"Bueno, sí, pero no demasiado personal, supongo", respondió Coy.

"No estoy seguro de si esto es demasiado personal, pero aquí va… ¿Cómo es ser una persona blanca?". El preguntó con reticencia.

Coy se giró y miró a El de pies a cabeza, lo miró a los ojos y examinó cuidadosamente a su nuevo amigo.

"Supongo que debes tener el mismo sentimiento, ya sabes… una persona blanca más oscura", respondió Coy con una pequeña risita.

"Vaya, nunca lo había pensado de esa manera. Sabes que somos diferentes y yo soy negro, ¿verdad, Coy? El preguntó.

"Por supuesto, noté que tienes la piel más oscura que yo, pero Dios nos dice que no juzguemos a los demás y especialmente que no juzguemos por las apariencias externas. Eso fue algo que mi líder de la clase de confirmación nos dijo esta primavera, y mi madre también me lo dice constantemente. Creo que todo tiene mucho sentido. No quiero que nadie me juzgue. ¿Tú?" preguntó Coy, mientras miraba a El a los ojos.

"Bueno no. Pero lo hacemos, ¿no? El dijo.

"Supongo, pero no a menos que queramos, y yo no quiero", dijo Coy, mientras miraba hacia otro lado.

"Sabes, Coy, me gustas. Tampoco quiero verte como una persona blanca o juzgarte diferente por eso. De todos modos, no teníamos elección sobre el tono de color de nuestra piel. Mi madre me dijo una vez que alguien le preguntó por qué era negra y ella respondió que bebía demasiado café". El se rió de nuevo mientras respondía.

"Sabes, El, me gustas. Mi madre me dijo una vez que le preguntaron por qué su piel era tan clara y blanca, y ella respondió que no tenía otra opción y que si la tuviera sería mucho más oscura. ¡Y con eso podemos pensar en nosotros mismos como hermanos de diferentes madres!" Coy rodó y se rió con El.

"De todos modos, este lago se llama lago Esquagamah, y en realidad estamos en el municipio de Palisade, Minnesota. Los indios que vivieron aquí hace mucho tiempo llamaron así al lago porque era el último lago. No estoy seguro de qué significa todo eso, pero es la historia que me contaron sobre cómo el lago obtuvo su nombre. Es alimentado por un río y un pequeño manantial en la costa noroeste de esa bahía, que se llama la Bahía del Jordán". Coy habló con autoridad y continuó.

"La cabaña en la que vive mi abuelo y donde me quedo ahora mismo por un par de semanas más se llama Little Mora. Fue la primera cabaña construida justo después de la Segunda Guerra Mundial, alrededor de 1949. Debe haber sido bastante duro volver a ese entonces. Solo piensa en todos los árboles que tuvieron que quitar de este lugar. Luego se construyeron todas las demás cabañas, una tras otra, a medida que más personas comenzaron a venir y pescar aquí. La cabaña 7, en la que se encuentra su familia, es la más nueva y se terminó a mediados de los años sesenta. Esta área despejada aquí es para los campistas y las tiendas de campaña", continuó Coy mientras señalaba y describía.

"La vieja casa de allí es la de Martha. Algunas personas la llaman Goldie. Nadie entiende el apodo ya que tiene el cabello castaño oscuro y rizado. Su familia fue la propietaria original de esta tierra, y ella es la última persona viva de su familia. Está muy ocupada y se esfuerza mucho por llegar al resort, pero tiene que trabajar en la fábrica de pavos en Aitkin durante el día, así que no la vemos mucho. Ella es un poco tosca y apenas puede hablar inglés, más mitad alemán y mitad inglés y tal vez un poco de idioma indio o algo así.

Es divertido escucharla", dijo Coy mientras terminaba la explicación. "¿Qué otra cosa?" El preguntó.

"¿Qué más, qué?" preguntó Coy.

"¿Qué más hace que este lugar sea tan especial?" El preguntó.

A estas alturas, los dos jóvenes caminaban mientras hablaban y disfrutaban tanto de la compañía del otro que ya se habían abierto camino detrás del gran granero hacia la esquina suroeste del claro.

"No sé mucho, El. Mi familia de alguna manera estuvo aquí, supongo. ¿Qué tal tu familia?" preguntó Coy.

"Bueno, nos enteramos de esta área por nuestro tío Ed, quien se enteró de este lugar a través de su jefe en la planta de Chrysler en Belvidere. Le dijo a Ed que la pesca estuvo genial, y Ed nos lo dijo. Él está con nosotros ahora. Creo que lo conociste —continuó El—. "Lamento haberte preguntado cómo fue ser una persona blanca, porque no me gusta cuando recibo esa pregunta sobre mí… bueno, ya sabes, ser negro y todo eso".

"No hay problema, hombre, no hay problema. Este es el granero donde se guardan la cortadora de césped, el tractor y un montón de chatarra que ayuda a mantener este complejo en funcionamiento. Ese es el camino de grava". Coy señaló mientras se reía, dándose cuenta de lo tonto que era ese comentario. "Oigan, ¿adónde fueron esta mañana? Los vi a todos regresar al resort en su camioneta.

"Fuimos a la iglesia, ya sabes, Hilltop allá arriba. El pastor es un hombre bastante joven, pero, hombre, para ser un hombre blanco puede predicar. A mi madre le gustó mucho su mensaje de hoy sobre 1 Samuel, capítulo 16, y a mí también. Sabes, los humanos miran las apariencias, pero Dios mira el corazón", continuó El.

"Estoy totalmente de acuerdo", agregó Coy.

"Fue divertido", prosiguió El, mientras miraba al otro lado de la carretera las flores moradas entremezcladas en la hierba de la zanja.

"Vaya, nunca escuché a nadie describir la iglesia como divertida", dijo Coy.

El se volvió hacia Coy y lo miró a los ojos mientras decía: "Supongo que depende de cómo definas diversión. Entonces, déjame hacerte una pregunta, Coy. ¿Cuál es tu definición de lo opuesto a la diversión?

Coy se sorprendió un poco y dijo: "Nunca lo pensé de esa manera. Pero déjame pensar…" Vaciló. "Supongo que aburrimiento o miseria o algún otro tipo de palabras que no puedo pensar".

"¿Vas a adorar o simplemente vas a la iglesia, Coy?" El preguntó.

"Bueno, no sé cómo responder. Vamos a la iglesia cuando se supone que debemos o podemos. Especialmente ahora, ya que estoy terminando mi clase de confirmación. Mamá y papá quieren asegurarse de que me confirmen. A veces, de camino a casa desde la iglesia, papá dice: 'Bueno, ya terminamos eso'". Coy miraba hacia abajo mientras terminaba sus pensamientos.

"¿Qué estás confirmando, Coy?" El preguntó.

Los muchachos se sentaron en el terraplén de la zanja y, mientras lo hacían, Coy comenzó: "Bueno, ya que estoy casi confirmado, debería saber esa pregunta. Déjame pensar…" Vaciló y luego continuó. "Se supone que debo confirmar que ahora tengo la edad suficiente y debo saber de qué se trata. ¡No, espera! Estoy confirmando que ahora soy capaz de resolverlo todo debido a mi edad y madurez. ¡No, espera! Estoy confirmando Mm, Mm…" Se detuvo, y su mente siguió dando vueltas a los pensamientos.

El no dijo nada y dejó que Coy lo pensara por un rato.

"Está bien, lo tengo. Estoy confirmando mi bautismo en la creencia o algo así", finalizó Coy.

"No está mal, Coy. ¿Tú crees?" El preguntó. "Sí, por supuesto", respondió Coy.

"Entonces, ¿por qué vas a la iglesia entonces?" El preguntó.

"Porque mamá y papá van, y quieren que mi hermana y yo también, supongo", respondió Coy.

"Ir a la iglesia no es una obligación ni un juego, Coy. ¡Es donde adoramos a Dios y a nuestro Salvador con alabanza y disfrutamos y nos divertimos!"

El sabía que era hora de dejar el tema. Se puso de pie y cuando lo hizo, Coy también lo hizo. Ambos sabían que en realidad no habían terminado ni decidido nada. No obstante, se miraron y ambos supieron que estaban mirando a un alma gemela, a pesar de que eran muy diferentes en antecedentes y apariencia.

"Oye, ¿quieres lanzar la pelota de fútbol?" preguntó Coy. "Sí, eso sería divertido", respondió El.

Se rieron con ganas juntos cuando ambos entraron en acción exactamente al mismo tiempo

Capítulo 30
De Vuelta al Mundo de Growler

Unos días después, Coy volvió a su trabajo de detective programado regularmente.

Estaba de vuelta solo en Little Mora otra vez, con ganas de leer más del libro de Growler. Coy descubrió las rutinas diarias del abuelo y Growler y sabía los momentos en que tendría la oportunidad de hacer su trabajo de detective solo en Little Mora. Como de costumbre, pensó que era mejor y divertido ser fortuito y dejar que el libro se abriera a lo que Dios quería que aprendiera. Este día aterrizó en…

La duda nos lleva, y la fe nos devuelve. Mi observación concluye que vivimos con hábitos en un mundo lleno de simplones. Esta vida parece estar llena de gente que valora lo que no tiene valor y desprecia lo que no tiene precio. La gente guiña un ojo ante la perversidad y se estremece ante la moralidad. Hombres y mujeres abrazan lo necio y rechazan la verdadera sabiduría. Vivo con la preocupación de que estamos diseñados naturalmente para ser todos ignorantes con la diversidad.

A veces me siento como un hombre en una historia que se mira en un espejo y no ve ningún reflejo, o a veces como un hombre en un sueño que extiende una mano hacia los objetos visibles y no siente el tacto. ¿Soy uno de los ignorantes?

Coy sabía que tenía una pequeña ventana de tiempo ese día, y la verdadera razón por la que estaba en la cabaña era para ordenarla un poco. Sin embargo, la curiosidad de Coy sobre Growler se despertó varias veces al día, y especialmente durante el tiempo a solas durante las tareas del hogar. Una de las tareas del día era ordenar la cabaña, abrir las dos pequeñas ventanas y ventilarla. El hedor de la cocina de la sartén y la pequeñez y la sala de estar confinada siempre dejaban un olor encantador y familiar. Sabía que tenía al menos unos minutos para echar un vistazo. Growler estaba en la cortadora de césped y el abuelo estaba trabajando en un motor Mercury de cinco años y medio junto al cobertizo junto al garaje al otro lado del complejo.

Miró a su alrededor y no detectó nada y trató de seguir leyendo, pero sus pensamientos vagaron. Recordó haber estado sentado junto al fuego la noche anterior con Growler, el abuelo y algunos clientes del resort. Coy razonó, mientras observaba y escuchaba, que la mayoría de los adultos y, en realidad, todas las personas vivían en un estado de falsedad o falsedad. Lo que dijeron y muchas de sus acciones fueron para impresión y esperanza de algún tipo. A menudo, en conversaciones uno a uno, una pequeña confesión iría en la dirección de Coy en la vieja declaración de "Lo que ves y escuchas, Coy, en realidad no es lo que realmente soy..." Coy estaba tan confundido por el abrumador deseo de la gente de no ser quienes debían ser todo el tiempo.

"¿Por qué la gente no quiere ser quien es?" murmuró Coy, mientras revisaba la pequeña pila de una pulgada de páginas y notas destartaladas en el libro que Growler había escondido no tan discretamente junto a su cama en el estante del candelabro.

En algún lugar de la pila de notas y el pequeño libro en su mano había un montón de vida que Growler anotó y quería hacer.

Seguro que anotó y transmitió una realidad. Coy tenía más que una necesidad ordinaria de ver, sentir y saber. Tenía la misión de despertar sacudiendo su esencia de ser que no se podía dejar sola.

Coy siempre leía el libro de Growler pensando que podría ser una de las últimas veces que podría leerlo cada vez que tenía la oportunidad. También sabía que el tiempo siempre era esencial. Nunca supo si Growler escondería mejor el libro o simplemente lo mantendría con él. Coy hojeó las páginas rápidamente, con la esperanza de encontrar una joya, con la esperanza de que encontrara la última moneda. Se sobresaltó cuando escuchó un movimiento de pies y una voz o algo afuera, y temió que alguien entrara a la cabaña. Si no es Growler, solo alguien que busca al abuelo o algo así. Entonces, la misión, como de costumbre, estaba bajo presión.

Luego se detuvo en una página. El título en la parte superior de la página decía: Cómo ser feliz.

Capítulo 31
Cómo Ser Feliz

La escritura estaba rota y un poco desordenada, como si hubiera sido escrita en diferentes momentos y bajo la nube de la ansiedad. Coy se preguntó qué estaba pasando en el mundo justo en el momento en que Growler decidió escribir estos pensamientos.

Salmo 19:8 dice: *"Los estatutos de Jehová son rectos, que alegran el corazón"*.

Coy quería encontrar una Biblia de inmediato para ver si esto era de la Biblia y por qué diablos estaría escrito aquí.

"La palabra de DIOS convierte—entonces me hace sabio— OH ¿POR QUÉ, POR QUÉ?" fue escrito muy descuidadamente y obviamente bajo algún tipo de coacción. Tal vez, como pensó Coy, *oculto en algún lugar del mundo*, ya que su corazón estaba lleno de pensamientos románticos y prometedores.

"Solo vas por ahí una vez, así que ve por el niño gusto... engáñame una vez, qué vergüenza, engáñame dos veces, qué vergüenza". Luego terminó con una declaración:

"¡Por favor, haz que mi corazón se regocije!"

Coy se detuvo allí mismo, volvió a colocar con cuidado las páginas en su lugar, rellenó las notas exactamente como las había encontrado y colocó e libro fielmente en el estante del candelabro donde había estado antes de que él entrara en su mundo. Luego terminó las tareas de la cabaña arrojando el cubo de agua debajo del fregadero por la puerta. Dejó abierta la puerta exterior de madera, pero cerró la puerta mosquitera y salió al mundo exterior y al otro mundo Growler.

Coy estaba empezando a ver que la vida de un hombre podía describirse con palabras y pensamientos. Aun así, eso no lo hizo más fácil.

Capítulo 32
Entonces, ¿Cuantos Peces Piensas que Hay en el Lago?

Los sentidos de Coy estaban en alerta máxima cuando salió por la puerta de Little Mora.

Sus oídos se aguzaron cuando escuchó la música de la radio colocada en el alféizar de la ventana, que se colocó inteligentemente para que pudiera escucharse claramente desde el interior de la cabaña, y el área inmediata alrededor de la cabaña, incluido el lado norte de la cabaña donde el dos soportes improvisados eran para montar motores fuera de borda para reparaciones.

"Ese fue el gran éxito de George Hamilton IV en 1967, 'Break My Mind', y el siguiente es Lefty Frizzell con 'If You Got the Money'", dijo el DJ de radio en voz baja a su audiencia de radio, incluido Coy.

Coy no tenía idea de qué se trataba la canción. Sin embargo, tenía una melodía pegadiza y comenzó a cantar suavemente. "Rompe mi mente, rompe mi mente, oh Señor… porque si te vas, vas a dejar atrás a un tonto balbuceante… Rompe mi mente…"

Los pensamientos de Coy estaban en un modo literalmente alucinante, distraído del misterio de Growler y no tenía idea del trasfondo de la canción de amor. También saltó sin razón por el sonido familiar de la puerta mosquitera al cerrarse. Él escuchó el cortacésped apagado en la distancia. Sabía que ahora era el momento de un poco de Coy. Empezó a caminar lentamente hacia el lago como si hubiera un tirón hacia el refrigerio. Decidió dirigirse al muelle 1, donde solo quería sentarse al final del muelle para pensar y relajarse. Estaba feliz de encontrar el muelle vacío de personas. El bote Little Mora estaba amarrado en el lado este del muelle como de costumbre. Una vez junto al lago, miró hacia el oeste para ver qué estaba pasando con el complejo. Todos los demás muelles tenían gente y conmoción que superar, como niños pequeños pescando peces luna o mujeres de mediana edad tomando el sol. Sin embargo, algo realmente llamó su atención mientras miraba hacia los muelles. Se dio cuenta, en el muelle frente a la Cabaña 2 al oeste del muelle del abuelo, la joven belleza con la que había jugado Scrabble sentada sola en el extremo del muelle y colgando sus pies dentro y fuera del agua. Parecía hipnotizada y absorta en sus pensamientos.

Coy normalmente pasaría por alto la posibilidad de conocer y saludar después de su reveladora investigación de Growler. Preferiría irse y estar solo por un tiempo para relajarse y ordenar sus pensamientos. Pero ella era linda, y él sintió la necesidad de ser solo Coy, y estaba interesado.

Tomó un desvío y caminó hacia el muelle 2 y entró con cuidado en el muelle desde la costa, de forma encubierta, para no ser detectado. Ella no levantó la vista y pareció no darse cuenta. Caminó suavemente, se inclinó, se quitó los zapatos y se sentó junto a ella a unos pocos pies y comenzó a balancear los dedos de los pies en el agua. Era refrescante, pero tenía preocupaciones que superar y estaba distraído.

Miró hacia abajo en el agua y pudo ver peces luna y percas nadando y, como de costumbre, siempre se preguntó si Moby Dick estaría en las profundidades del agua. Tenía un ligero miedo al agua, algo que heredó de su querida madre. Estaba hipnotizado al observar los peces, y el clima era una temperatura perfecta de mediados de los setenta. Sin embargo, había un olor agradable muy notable proveniente de la joven sentada a su lado que ingresaba a su espacio. Seguía mirando sus pies mientras tocaban la superficie del agua y movía el agua con los pies. Notó el cabello negro oscuro que crecía desde la parte superior de los dedos gordos de sus pies. Sus pensamientos estaban agrupados y seguían regresando con asombro, pensando en lo que le estaba pasando a su cuerpo a medida que el cabello crecía en nuevos lugares. Además, notaba algunas veces al día que tenía problemas para hablar y, de vez en cuando, salía un sonido extraño al hablar. La gente seguía diciendo: "La voz de Coy está cambiando..."

Todo estaba cambiando, como este sentimiento divertido recién descubierto mientras estaba sentado al lado de una chica. No tenía idea de lo que estaba pasando. A pesar de que su nombre quedó grabado para siempre en su alma, murmuró: "Oh Dios, ¿cuál es su nombre otra vez? Dios mío, debería recordar y saber. Murmuró suavemente, esperando que ella no lo escuchara.

"Mi nombre es, bueno… déjame hacerte adivinar. Recuerda que jugamos Scrabble juntos hace unos días. No te culpo por no saberlo, estabas rodeado de todos nosotros, y debe haber sido raro ser el único chico", respondió dulce y suavemente.

"Hola, ah, ah, gracias, gracias. ¿Recuerdas mi nombre?" preguntó con una especie de mansedumbre recién descubierta.

"Por supuesto", respondió ella. "Mi mamá y mis tías te llaman cariñosamente 'el chico lindo que deberías conocer mejor'". Habló con una inteligencia suave y dulce.

Por alguna razón, Coy sintió un calor que lo impregnaba todo. Incluso el cabello negro recién descubierto en la parte superior de los dedos gordos de sus pies se puso firme. Se dio cuenta de que estaba en un mundo absolutamente nuevo. Recordó a su abuelo y a sus tíos cuando le decían: "No tengas miedo de saltar al fondo de vez en cuando, Coy". De alguna manera, ni siquiera tuvo que saltar al fondo, aterrizó allí desde el espacio exterior y justo al borde de este muelle con una linda chica que conocía sus pensamientos, idioma, sentimientos y nombre.

"Di la verdad que llevas en tu corazón como un tesoro escondido", recitó hacia Coy, esperando que pudiera murmurar una respuesta inteligente.

Coy se sentó en silencio y escuchó su dulce voz. Se consideraba a sí mismo como un joven brillante. Siempre le fue muy bien en la escuela. Leía más y tenía muchas más ansias de conocimiento que sus amigos, pero no era un verdadero lector. Le gustaban los libros, pero no había muchas lecturas abiertas ni discusiones en casa con su madre y su padre. Su madre leía novelas por placer, pero no era el tipo de lectura que una madre discutía con su hijo. La única lectura que vio hacer a su padre fue revistas de motocicletas o revistas sobre mecanizado. Estando en las clases de confirmación la primavera pasada, se vio obligado a leer la Biblia, pero otras veces, cuando tomó la Biblia, fue principalmente para quitarla del camino.

Esta joven junto a la que estaba sentado, en un viejo y destartalado muelle de madera en el norte de Minnesota, era una lectora evidente y, para Coy, un verdadero intelecto. Instintivamente supo que tendría que tener cuidado de no exponerse como un tonto más o, peor aún, como un Pojken más. Era algo así como un dilema para Coy, ya que se suponía que las mujeres de su familia inmediata no eran intelectuales. Eran los cocineros, los lavanderos, los hacedores y para mirar. Esta joven debe ser ese enigma que el abuelo pensaba que todas las mujeres tenían el potencial de ser. Solo unos meses antes, el líder de su clase de confirmación, un hombre recién casado de unos treinta años, estaba explicando la igualdad intelectual de hombres y mujeres en la sociedad y diciendo que es mejor que los hombres se den cuenta. Ese tema simplemente golpeó a Coy en la proa y comenzó una danza palpitante que afloró en su frente.

Es curioso cómo los recuerdos saltan a los momentos del tiempo. Un comercial, una conversación, una conferencia escolar o una canción en la radio parecía despertar un interés o un pensamiento muchos días o años después, pegándose como el olor a tripas de pescado en las manos después de limpiar el pescado durante una hora. El olor del pescado no desaparecía fácilmente. Coy se miró las manos y notó que estaban un poco sucias y, probablemente, olían un poco por sus tareas anteriores. Entonces, se inclinó y se lavó rápidamente en el agua fría del lago y se secó las manos en la camisa. Estaba tratando desesperadamente de refrescarse sin que ella lo notara.

Ella habló para romper el silencio. "¿Necesitas una toalla o algo?"

Coy murmuró una respuesta con una mirada tímida. "Oh no, estaré bien, Mm, Mm, gracias".

"¿Lees mucho, Coy?" Ella habló inquisitivamente con esperanza y anticipación. Aparentemente, la respuesta era obvia, pero tenía esperanza. Ahora recordaba de su clase de confirmación y comenzó a recitar en silencio mientras miraba hacia el lago, 1 Samuel 16:7: "Pero Jehová dijo a Samuel: No mires a su aspecto, ni a lo grande de su estatura, porque Yo lo he desechado: porque Jehová no mira como mira el hombre; porque el hombre mira lo que está delante de sus ojos, pero Jehová mira el corazón." o algo así, ya que esperaba que un personaje tipo David estuviera sentado a su lado.

Tess era una joven muy inteligente. Tenía el apoyo amoroso y afectuoso de un padre que amaba con caridad, trabajaba y vivía con la expectativa de una vida eterna y no solo una vida ahora. Juntos, leían a Shakespeare, Chaucer, Melville, Joyce y una letanía de otros grandes, y pasaban horas discutiéndolos. Un tiempo de unión madre-hija fue invaluable y duradero para siempre.

"El hombre malvado vive después de ellos. Los buenos a menudo se entierran con sus huesos". Volvió a hablar con confianza, mirando hacia afuera, pero con la esperanza de que la audiencia participara. Tess realmente no esperaba mostrar supremacía, y eso era lo último que quería en la tierra o en el cielo. Esperaba desesperadamente un compadre, además de su madre, con quien pudiera tener una conversación inteligente. Todos sus primos y amigos simplemente no eran divertidos para hablar, y sus juegos mundanos, tareas y juegos de chicas disfrutarían de una típica niña de trece años. Ella deseaba algo más y algo diferente.

Coy no escuchó las palabras con claridad porque estaba distraído por su agradable olor y otras cosas. Fue lo suficientemente brillante como para decir: "Ah, Bach, o... Mm, una de esas personas realmente inteligentes..." Y cuando terminó, se dio cuenta de lo estúpido que debe haber sonado.

Después de ese tropiezo inicial, continuó con: "Por favor, di eso de nuevo, eso fue genial". Coy habló con un poco más de dominio.

A pesar de que sabía que obviamente estaba superado aquí, seguramente no iba a dejarlo pasar, especialmente porque ella era una niña. Mostrar debilidad desde el principio podría darle una galleta caliente temprana, pero podría devorarlo y enterrarlo a largo plazo cuando se trata de una discusión intelectual. Coy no tenía idea de por qué, cuándo o incluso cómo conocía este concepto. Tenía que haber sido puesto de forma latente en él desde el comienzo de la vida.

"Esperar." Coy impidió que la joven belleza inteligente continuara con su diatriba de prueba. Solo su aparente reconocimiento de la situación y el momento tomó a la joven por sorpresa y la impresionó.

"Está bien..." dijo lenta y claramente con un poco menos de autoridad. "¿De qué o cómo o cuándo o lo que sea que te gustaría hablar, Coy?" dijo ella con un poco de temor.

"Bueno, para empezar..." Se detuvo como si pensara cuidadosamente en sus próximos pensamientos, cuando en realidad se detuvo solo porque parecía lo correcto. "Sé absolutamente que tu nombre es Tess. ¿Cuántos peces crees que hay en este lago?" Habló con una voz más cálida y clara, asegurándose de evitar contratiempos o cualquier daño en la presencia.

Ella rió. Luego se detuvo asombrado. Realmente se estaba preguntando si él era tan inteligente, o simplemente no lo suficientemente inteligente como para pasar a su nivel, o si solo estaba tratando de detenerse.

Cada escenario tenía posibilidad, y sin dudarlo, desde lo más profundo de su alma encontró asombro en la conversación con este joven, en su espacio, sentado a su lado. Tal vez pensó que sería mejor averiguar algunas cosas sobre él. Siendo tan bien instruida por las mujeres en su vida, sabía cómo, como un buen escultor, suavizar las asperezas para ver y sentir lo real.

"Muchas gracias por recordar mi nombre. Sin embargo, creo que esa pregunta sería imposible de responder, Coy", respondió ella.

"Tal vez, pero preguntarse si el mal vive después de la muerte también parece una pregunta bastante difícil", respondió con confianza.

Los pelos de la nuca se despertaron como si algo o alguien de otra vida le soplara aire frío y caliente al mismo tiempo. Ella no podía creerlo; él la escuchó, y había desviado la conversación y respondió con una respuesta incontestable.

"¡Este juego está en marcha!" Se puso su sombrero imaginario de Sherlock Holmes y habló con el mejor acento inglés que pudo reunir. Podemos disfrutar de los juegos cuando nos adherimos estrictamente a las reglas. Pero se preguntó profundamente si ella o él conocían el juego en el que realmente estaban.

"Seguro que hace calor hoy. Es un bonito día de verano, ¿no crees? Coy continuó.

En algún lugar del pasado o, tal vez, era solo un talento oculto incorporado, sabía cómo controlar una conversación y cómo desviar su destino. También sería un completo tonto si subestimara a esta joven sentada a su lado en el muelle mientras colgaban los pies en el agua fría lo suficiente como para tocar sus dedos en el agua y, de vez en cuando, sumergir todo el pie para refrescarse.

"Seh… Seh, quiero decir sí, sí, seguramente es un agradable y cálido día de verano", respondió ella.

"Entonces, ¿cuántos peces realmente crees que hay en este lago?" Coy continuó con una pregunta que sabía que era imposible de responder. Comenzó a sentir una sensación de amabilidad en algún lugar profundo. No sabía de dónde venía ni qué tan profunda era la bóveda. No tenía idea de cómo se metió en él, pero cada vez que ella hablaba con su voz suave, alta y dulce, tenía un afecto que confundía su proceso de pensamiento. Las palabras que ella dijo se convirtieron en palabras con poco significado, y él se dio cuenta de que necesitaba prestar mucha más atención. Toda la escena y la conversación fueron un tesoro para Coy, y se dio cuenta de ello en cada momento.

"No tengo idea de cómo responder esa pregunta y, de hecho, creo que la pregunta no tiene respuesta". Hablaba con autoridad y cualidad de maestra. No estaba lista para eludir el desafío.

"Lo más probable es que tengas razón con esa respuesta. Señora, ¿le gustaría comer bollos ahora? Coy apenas podía terminar de decir 'crumpets' sin reírse y como dirían algunas personas cercanas a él, esa endiablada mirada satisfecha heredada.

Sin embargo, él no quería ser esa persona con ella. Quería ser real y realmente averiguar quién era ella. Este era un momento nuevo y un sentimiento que nunca antes había sentido con una chica. Quería ver si podía llegar a conocerla a un nivel diferente. ¿Quién era ella realmente? Su mente estaba pensando y dando vueltas mientras trataba de ser un poco menos tímido. Sin saberlo, estaba interpretando algo así como una escena de la vida que se desarrollaba ante él como viñetas de una novela de misterio, y no tenía idea de si era un autor, un lector o una audiencia. Simplemente le gustaba ser parte de todo.

"No tienes que responder a esa pregunta, y lamento haber iniciado ese curso de acción, pero juguemos un pequeño juego e iremos de un lado a otro y veamos quién puede hacer la pregunta o preguntas más difíciles de responder. La mía será la cuestión del pescado y ahora te toca a ti, Tess. La llamó por su nombre por primera vez y la miró directamente a los ojos. Para él eran de un color y matiz que no se podía describir, aparte de que eran profundos, hermosos y eternos.

Empezaba a pensar que todas las demás chicas que se cruzaban en su camino por el resto de su vida serían comparadas con la mirada directa en los ojos de Tess mientras estaba sentado en un viejo muelle destartalado, mirando un lago muy regular en El norte de Minnesota, mientras metía sus pies de doce años en el agua fría junto con los de ella.

"Está bien, sabelotodo, déjame hacerte esta pregunta: ¿una madre tiene que amar a su hijo?" preguntó con mucha menos autoridad y con una voz profunda y quebrada.

"Bueno, sí, sí, bueno, creo que sí", respondió Coy con un tono de preocupación y sin tiempo para dudar y pensar en ello. Amaba mucho a su madre y sabía que su madre lo amaba y se preocupaba por él, y no habría otra respuesta aceptable que pudiera salir de su boca. Recordó que su profesor de inglés le dijo la primavera pasada que masticara un poco más antes de escupir las respuestas en clase. Esto ahora se había convertido en uno de sus deseos de aprender, pero Coy todavía luchaba con la vacilación.

"Necesito hacer una pregunta de seguimiento antes de que podamos considerar que es una pregunta sin respuesta. ¿Estaría bien?" Él la miró, pero no la miró directamente cuando hizo la pregunta.

"Bueno, está bien entonces. ¿Cuál es su seguimiento y, tal vez, necesitamos algunas reglas básicas? ella respondió como si quisiera recuperar el control.

Ni siquiera la había mirado realmente más que a los ojos o incluso se dio cuenta de que era una joven muy impresionante de unos doce o trece años. Y, por el primer momento tangible en su vida y en ese momento exacto, Coy finalmente se adhirió a juzgar por la apariencia interna y no la apariencia externa en todas las demás relaciones con amigos y enemigos en su vida. Ella era mucho más que un símbolo del sexo opuesto; ella era su perspectiva.

Un momento de bendición que trasciende el tiempo puede convertirse en el momento del tiempo en el que uno se da cuenta de que está viviendo con ideales arraigados profundamente implantados por Dios. Coy estaba empezando a comprender las bendiciones, pero seguramente no tenía ninguna interpretación de una bendición atemporal. Se le dio algo esta mañana, sentado en un muelle en el norte de Minnesota, que estaría con él por la eternidad.

"Está bien, entonces...". Coy vaciló porque realmente tenía dos preguntas, y estaba muy consciente de que hacer la pregunta correcta era de suma importancia.

"¿Por qué la madre? ¿Qué tal el amor del padre? se atragantó antes de tener la oportunidad de retractarse.

Tess se volvió y miró directamente a Coy. "¡Esa es una pregunta injusta!" "¿Por qué?" Coy respondió con poca emoción.

"Bueno, ya sabes, ya sabes, mi papá ya no está aquí para tener la oportunidad de mostrar su amor, bueno, ya sabes..." Tess tartamudeó sus pensamientos con un estallido emocional.

Coy se dio cuenta de que a pesar de que el agua tenía solo medio metro de profundidad bajo sus pies, de alguna manera había saltado al fondo sin salvavidas. No tenía idea de lo que estaba haciendo o incluso por qué estaba en la conversación.

Sin embargo, se detuvo y dudó un poco, principalmente porque no podía pensar en qué decir.

"Bueno, está bien, si tu papá estuviera aquí, ¿sabrías que te amaba?" le preguntó mientras miraba hacia el agua.

"¡Sí, por supuesto!" Ella no dudó ni un segundo. "¿Cómo lo sabes?" el respondió.

"Solo lo sé." Tess habló, pero mientras hablaba cada palabra fue pronunciada lentamente y con quebrantamiento.

"¿Puedes sentir a tu papá ahora mismo? ¿Tienes una imagen de tu papá en este momento en tu mente?" Coy se recompuso e hizo lo impensable y tocó la parte superior de su mano justo cuando terminó su pregunta. "Y si lo sientes aquí contigo en este momento, ¿tienes fe en cómo te amaría?"

"Sí", dijo suavemente.

Coy y la joven no dijeron una palabra más durante dos o tres minutos. Golpearon el agua con los pies y la ligera brisa los refrescó. Eran alrededor de las 10:30 a. m. y el complejo estaba a tope, las radios sonaban en cada cabaña, las puertas se cerraban de golpe y las libélulas zumbaban y devoraban mosquitos. A Coy no le gustaban las libélulas en absoluto, pero el hecho de que minimizaban el horrendo suministro del verdadero insecto del estado de Minnesota (mosquitos), estaba más que dispuesto a que le gustara algo que realmente no entendía o que no le gustaba e ir con él.

Tess rompió el silencio. "Él siempre estaba feliz cuando me escribía y siempre me abrazaba y me decía que me amaba. Podía sentirlo. Todo el mundo siempre diría que soy un reflejo femenino de mi papá, físicamente, con mis ojos, el color de mi cabello y la personalidad".

"Pero tienes algo de tu madre en ti. ¿Sientes lo mismo por tu mamá?". Coy continuó.

"No en realidad no. Siempre está ocupada y sobre todo desde que recibimos las malas noticias sobre papá. Ella nunca sonríe y me mira raro".

A Tess le caía una pequeña lágrima del ojo izquierdo por la mejilla y Coy lo notó.

"Oye, ¿cuántos peces crees que hay en este lago, señora?

Hablaba con su perfecto acento inglés entrecortado.

Tess soltó una risita y el momento pasó. Habló con un tono de risa y dijo: "Novecientos cincuenta y tres mil ciento trece", respondió mientras miraba hacia el oeste. Quiero decir doce; Jimmy acaba de atrapar uno en el Muelle 5.

Poco sabía Coy que todos los hombres en la vida de Tess a partir de ese momento se convertirían en una yuxtaposición de Coy.

Capítulo 33
Rema, Rema, Rema Tu Bote

"**O**ye, veo el bote de remos de la Cabaña 2 por allá, y parece que tiene agua de la lluvia y las olas de anoche. ¿Estarías dispuesto a ayudarme un poco bien?

¿Ahora?" Coy señaló entre el Muelle 1 y el Muelle 2.

"Qué, qué… quiero decir ya, ya, ah, ah, quiero decir sí, ayudaré, algo que hacer…" Tess respondió torpemente y algo vacilante mientras el globo del silencio y el peso del mundo estallaban.

Se pusieron de pie y, por primera vez, Coy la miró directamente y notó que tenía más o menos la misma altura, tenía un hermoso cabello castaño perfecto, olía muy bien y, por supuesto, tenía los ojos de color más hermosos que jamás había visto. . En la boda de su primo mayor hace unos años, dijo una oración en silencio de camino a casa, orando para que Dios encontrara a la chica adecuada para él algún día, cuando fuera mayor. No tenía idea de por qué ese pensamiento apareció en su mente. Sin embargo, pensó que si este era el primer intento de Dios, sabía que Dios debía estar escuchando. Esto fue definitivamente más que un golpe de base.

Notó por alguna razón otra vez que no olía muy bien. Su camisa no estaba metida y recordó que necesitaba cepillarse los dientes. Un recuerdo de su madre hablando con él vino a él. Se estaba dando cuenta de que casi todo lo que su madre le pedía que hiciera todas las mañanas mientras se preparaba para ir a la escuela estaba dando sus frutos más pronto e inesperadamente. Su mente estaba llena de recuerdos en este momento inoportuno de todo lo que mamá le había estado diciendo que hiciera durante años.

"Asegúrate de que estás prestando atención, joven", siempre terminaba. Tragó un poco de saliva un par de veces, se metió torpemente la camisa y su única resolución ante el olor fue olvidarlo y echarle la culpa a la pescadería si surgía el tema.

Ambos se levantaron, se pusieron los zapatos y salieron del muelle en fila india con Coy a la cabeza. Saltó los últimos metros hasta la orilla. No sabía por qué, pero tenía que demostrar que podía hacerlo. Ella se dio cuenta y corrió un poco más, y superó a Coy por dos pies. Él, por supuesto, se dio cuenta, pero ocultó sus pensamientos para que ella no lo hiciera ahora que miró y notó su hazaña ganadora. Coy era muy consciente de que las niñas y los niños de doce y trece años podían ser muy parecidos atléticamente. Coy lo sabía muy claramente, ya que había obtenido un segundo lugar en la carrera de 600 yardas en la clase de gimnasia antes de que terminara la escuela para el verano. La persona que obtuvo el primer lugar fue una chica llamada Lisa. No sabía si alguna vez le volvería a gustar alguna chica llamada Lisa.

Despreciaba a esa chica y, como esperaba, ella se burlaba sin descanso de que había perdido ante una chica, que ahora consideraba como una cualidad de "Lisa". Coy esperaba que toda la experiencia finalmente se recordara como un momento de enseñanza en el tiempo. A pesar del nuevo mundo en el que estaba ingresando con sentimientos desconocidos hacia las niñas, todavía sentía algo muy profundo, donde creía que en todos los aspectos, las niñas y los niños eran iguales ante los ojos de Dios. Sin embargo, Coy no creía que la igualdad significara ser exactamente iguales. Las niñas eran niñas y los niños eran niños, y Dios tenía razones para ambos. Podía vivir con eso, y decidió vivir solo con eso, pero la herida seguía allí.

Coy notó que Tess era fuerte y estaba en forma y no quería juzgarla a ella ni a nadie de ninguna manera, pero estar en forma decía algo. O, como diría el abuelo, "Ella es una de las buenas. Ya sabes, ¡uno ronco! O podría decir: "Ella viene de una buena cosecha". Coy supo en ese mismo momento que esta joven obviamente provenía de una muy buena cosecha.

El muelle 1 se construyó para estar un poco apartado, y se necesitó un poco de esfuerzo para prestarle atención. El muelle 1 era el muelle del abuelo, donde estaba atracado su bote en el lado este. A menudo, el bote de la Cabaña 1 estaba amarrado al muelle en el lado oeste. La bahía en la que se encontraba el complejo tenía forma de luna creciente, de pie en el extremo de cualquiera de los muelles permitía una vista de todos los extremos de cada uno de los siete muelles. Los muelles 2 al 7 tenían dos pequeños botes Lund de catorce pies adjuntos, y los botes se tiraban a tierra y se volcaban cuando no estaban en uso o cuando no había ocupantes en las cabañas. Ahora mismo, todas las embarcaciones se encontraban en el agua, ya sea en uso o amarradas a sus respectivos muelles y asociadas a los ocupantes de las cabañas. Porque allí con algunos botes propiedad de los patrones, el Muelle 1 también se usaría para otros botes además del del abuelo.

Coy supuso que la mayoría de la gente traería un pequeño motor fuera de borda para su bote camarote, ya que a veces era más fácil que tirar de un bote. Sin embargo, algunas de las personas más serias tendrían un buen bote con un motor más grande de quizás veinticinco o cuarenta caballos. El abuelo alquilaba uno de sus motores fuera de borda más viejos que estaba pegado al costado de la cabaña de Little Mora cuando era necesario o como respaldo.

Otros dejaban los botes pequeños para los niños más pequeños como botes de remos y dejaban los motores apagados, lo que funcionó muy bien porque las bahías a ambos lados estaban llenas de hermosos peces luna de agallas azules y remaban brevemente y anclaban cuidadosamente en los nenúfares en aproximadamente cuatro pies. de agua trabajada. Un par de personas podrían llenarse de pescado en una hora más o menos.

"Oye, ¿cuánto mides, Coy?" le preguntó, justo después de saltar del muelle a la orilla.

"Bueno, déjame ver…" Coy comenzó a pensar y murmurar para sí mismo en el cálculo al mismo tiempo que comenzó a caminar hacia el Muelle 1. Redujo el paso y pensó brevemente por qué ella estaría haciendo esta pregunta. Pero decidió ser específico y abierto. "Cinco pies incluso, y peso 98.9 libras", replicó.

"Vaya, eso es bastante específico, y ¿cómo sabes tú peso exacto?" preguntó cortésmente.

"Bueno, acabo de terminar el campamento de lucha libre y nos pesaron y midieron. Mi objetivo general es crecer hasta aproximadamente un metro sesenta y no pesar más de 145, tal vez 150 libras. Para mí, ese es el tamaño perfecto para un hombre. Sería lo suficientemente fuerte para hacer cualquier cosa", respondió Coy con pasión.

El campamento de lucha le trajo otra lección de vida a Coy, ya que aprendió en el fondo y en el cuerpo que realmente no le gustaba pelear. El peso y el tamaño de un hombre no se podían medir verdaderamente.

"Eso seguro es específico. ¿Así de grande es tu padre, o cómo obtuviste esa información? preguntó ella mientras ambos esquivaban un área de la costa áspera que se había convertido en un agujero de esguince en el tobillo debido a la erosión.

"Simplemente me parece correcto", respondió.

"Bueno, Dios podría tener algo que decir al respecto, sin embargo, ¿no crees?" ella dijo.

"Por supuesto, pero ¿no podemos querer algunas de las cosas que Él quiere para nosotros?" dijo en voz baja, sabiendo que solo decirlo no se sentía ni sonaba bien.

Coy notó lo agradable que se estaba poniendo el día mientras caminaban hacia el Muelle 1. Eran alrededor de las 11:00 a. m., setenta grados con un cielo azul claro con algunas nubes altas. No sabía por qué eso le venía a la mente. Siempre estaba consciente, y su mente siempre se movía y operaba en varias direcciones, y funcionó para él. Desafortunadamente, algunos de los maestros de la escuela intentaban constantemente que se concentrara en una tarea a la vez. Coy decidió ir con su habilidad dada por Dios para realizar múltiples tareas y dejar que sucediera. El hábito de pensar en múltiples niveles y con múltiples propósitos y tareas al mismo tiempo no era solo una habilidad, era en lo que se estaba convirtiendo. Despreció a esos maestros y supo que era una cualidad fabulosa poseer en alguien con un deseo de aprender de por vida. Luchar contra algo que era tan natural fue un desafío. Coy se preguntó por qué debería luchar contra eso.

Coy caminó deliberadamente los suficientes pasos por delante de ella para liderar, pero con seriedad y sin intención de liderar. Siempre deseó ser el primero en todo. Sin embargo, quería asegurarse de ser el primero solo por propósito, no por razón.

Todos sus sentidos estaban en alerta máxima y podía distinguir la música y la canción que provenía de la radio que se encontraba en la ventana delantera de la Cabaña 2. La canción le resultaba familiar y reconoció que era "Bad, Bad Leroy Brown" de Jim Croce. ." Coy conocía bien la canción. Él y su amigo Tommy en casa lo escuchaban en la radio en la piscina comunitaria del edificio de apartamentos de Tommy aproximadamente cada treinta minutos mientras estaban allí nadando y divirtiéndose.

Comenzó a cantar las palabras con un tono profundo, "Bad, Bad, Leroy Brown..." Coy estaba cantando mientras miraba hacia otro lado, ya que estaba un poco avergonzado por su incapacidad para tener un tono. Sabía que era sordo al tono, pero no a la música.

Los sentidos de Tess también estaban en alerta máxima, y ella, por supuesto, lo escuchó. Era como si tuvieran antenas de alerta a juego.

"Oye, me gusta esa canción", dijo con convicción.

"Qué, qué, oh, lo siento, me gusta la canción y la conozco, pero no me di cuenta de que la estaba cantando lo suficientemente alto como para ser escuchada. Mi voz interior es tan buena como la de Elvis, pero mi voz exterior necesita mucho trabajo y, tal vez, nunca funcionará tan bien", dijo con una sonrisa avergonzada.

Ella entendió al instante y pudo escuchar y ver la incomodidad de Coy y con empatía dijo: "Suenas genial. No seas tan duro contigo mismo.

Coy aceptó el comentario con poco análisis y, una vez más, solo por ese momento quiso que fuera verdad.

"Pues gracias, querida. eres muy amable Tal vez algún día no me importe que me escuchen", respondió.

Recordó algo que le dijo el abuelo la noche anterior a la hora de la cena. "Coy, el tiempo es el supervisor de todas las cosas". Siempre recordaría al abuelo diciendo eso y estaba orando y esperando entender. Poco sabía él, ese comentario transitorio lo llevaría a través de tanto en la vida.

"Bueno, tal vez con un poco de ayuda, un poco de suerte y trabajo duro, podré cantar como mínimo algún día. Pero por ahora, solo el mundo exterior tendrá que sufrir mis incapacidades". Se rió mientras hablaba con su sonrisa burlona.

Tess se rió. A Coy le gustaba esta persona comprensiva a su lado. No era una afición porque era una chica en forma, linda como la mierda y olía muy bien, sino porque era bastante ordenada y entendía las cosas.

Comenzaron a caminar por la costa donde el bote estaba medio en el agua y medio en la orilla. Coy ya estaba calculando cómo iban a completar la tarea de sacar el agua del bote y volcarlo boca abajo en la orilla. Parecía estar alrededor de un tercio lleno de agua y pesado. En la primera inspección, la situación del barco parecía bastante desalentadora. Sin embargo, le vino a la mente un flashback de una semana antes de la hora del resort, mientras estaba en la pequeña biblioteca en la esquina de Hubbard Avenue y 42nd Avenue. Leyó una cita de afirmación en la pared: "Tanto si crees que puedes como si crees que no puedes, tienes razón".

La cita llamó la atención de Coy mientras caminaba caprichosamente por el área de libros infantiles, en busca de algo divertido para leer, ya que estaba en ese momento intermedio de la vida entre las cosas para niños y las cosas para adultos. Tenía que ver quién lo dijo, ya que pensó que debía haber venido de una de esas personas mayores y realmente sabias que inventaron todo una o dos vidas del pasado. He aquí que era de Henry Ford, que hizo que a Coy le gustaran las camionetas Ford, a pesar de que su familia era una familia Chevy. Era solo otra cosa que tenía que guardar para sí mismo. Recordó estar allí de pie mirando y analizando el pensamiento de Henry Ford y preguntándose cuánto de su vida se estaba desarrollando a partir de los hábitos de sus padres, y si alguna vez le permitirían crear sus propios hábitos y deseos, como algo tan simple como una marca de automóviles. .

Lo primero que se consideró fue obvio. Coy nunca podría hacer esta tarea del barco solo. Inmediatamente tuvo un buen presentimiento, sabiendo que tenía ayuda. Pensó: "Creo que puedo", y luego se dio cuenta de que en realidad debería estar pensando: "Creo que podemos". Su mente daba vueltas mientras saltaba al lago para ver más de cerca el bote y ver si podía empujarlo hacia la orilla. Se preguntó si era posible, había encontrado a su doppelgänger femenina, pensando exactamente lo que estaba pensando en ese mismo momento.

Pensó que era muy poco probable, pero no sabía si le gustaba que pudiera haber alguien como él viviendo en la tierra. Seguramente Tess no podría ser su doble de todos modos porque era una niña, pero fue bueno tenerla allí para ayudar. La idea doble surgió la noche anterior en la pescadería con la gente de la Cabaña 6 cuando Coy ayudó a limpiar un poco de pescado con ellos.

Miró a Tess, que todavía estaba de pie en la orilla esperando algunas instrucciones y notó lo genial que sería conocer a su doppelganger. Por otro lado, una vida era suficiente a veces.

Qué tema tan extraño en el que estar pensando. Una de las grandes ventajas de ser un niño en un resort era tener cosas que hacer, actividades para despejar la mente durante el día y la noche. Coy sabía y sentía una singularidad individual sobre sí mismo, ya que su mente no se detenía y simplemente no podía apagar sus procesos de pensamiento.

"Oye, Tess, ¿crees que podrías guiar y levantar ligeramente la parte delantera del bote mientras lo empujo fuera del agua para llevar la mayor parte del bote a la orilla que podamos juntos?" preguntó Coy con un tono de liderazgo y autoridad en su voz.

"¿Qué, cómo me llamaste?" ella respondió de inmediato. "Tess. Ese es tu nombre, ¿verdad? respondió de Inmediato.

Ella reflexionó y lo miró directamente mientras decía con una mirada atenta: "Me gusta cuando me llamas por mi nombre".

"Tengo mis maneras y, como dirían algunas personas en mi vida, estabas en mi radar". Él la miró mientras respondía.

"Eso es muy bueno", dijo con una mirada un poco torcida. No pudo evitar sentirse un poco desconcertada y un poco enamorada.

Coy se dio cuenta de lo cuidadoso que había sido al exponer cualquier historia o deseo a su manera, pero en el momento del trabajo en equipo y el esfuerzo, simplemente sucedió.

"Está bien, listo y en tres, intentemos mover el bote hacia la orilla juntos. Listo, oh espera un segundo, ¿no es gracioso que ninguno de nosotros estaría aquí sin el agua del lago y, a su vez, aquí estamos tratando de deshacernos del agua del lago del bote? Coy preguntó con una risita, solo sabiendo que podría haber sido una de esas preguntas sin respuesta que estaba buscando, pero también sabiendo que no era algo muy importante en ese momento.

"Está bien, uno, dos y tres…" Y cuando golpeó la cuenta de tres, lucharon. Sin embargo, trabajando juntos, pudieron guiar el bote hasta la mitad de la orilla, pero el bote todavía estaba medio en el agua. Coy allí mismo se confirmó a sí mismo que esto seguramente le dio un toque de dureza inesperado por lo que podía decir. Solo un pequeño empujón y el bote estaba en una posición en la que podían volcarlo hacia un lado y vaciar el agua. Coy salió a la orilla mientras miraba fijamente a Tess y le sonrió. Ella se rió como si supiera que acababa de mostrarle algo.

Coy vació el bote de todos los escombros, remos y el ancla y con facilidad y sin instrucciones verbales, volcaron el bote y lo volcaron en la orilla.

"Bueno, eso debería bastar por ahora, lo dejaremos como está. Muchas gracias, señora, por su ayuda", dijo cortésmente Coy mientras tocaba su antebrazo derecho, sin entender realmente las implicaciones físicas que sucedía con un toque.

"Por favor venga a nuestro resort pescado frito y fogata esta noche. Nos vamos mañana por la tarde. Habló a su manera mientras lo miraba a los ojos.

"Ah, ah, ya, ¿tú qué? —Allí estaré —respondió.

Coy se giró y miró al otro lado del lago y dirigió su mirada hacia la costa, y notó que el pequeño bote llegaba al Muelle 6. "Oye, ¿sabes qué? Creo que lo comprobaré", dijo mientras señalaba el barco que llegaba y atracaba en el muelle 6. "Espero verte más tarde y que tengas un gran día, Tess", dijo cortésmente y la miró directamente.

Mientras lo hacía, ella se derritió en silencio por dentro y mantuvo su sonrisa con una postura severa y erguida. "Yo también… espero verte más tarde, amigo. Nos vamos", dijo mientras retrocedía como si fuera su decisión seguir adelante.

Estaban parados entre el muelle y el gran árbol que se inclinaba hacia el lago y daba sombra a aproximadamente la mitad del Muelle 1 y el Muelle 2 y tenía el columpio atado. Coy estaba mojado de la cintura para abajo y decidió caminar hacia el muelle 1 primero para despejar su mente y secarse, ya que el sol tenía el resplandor y el calor de media tarde. Reconoció que su tiempo y energía agotaron su pensamiento, y reaccionar y hablar con otras personas tenía límites de tiempo. También sabía que si continuaba con este curso, sus debilidades desconocidas sin explotar saldrían a la superficie. Coy tenía un reloj incorporado que indicaba cuándo se le acababa el tiempo y cuándo tenía que seguir adelante. Siempre sintió que algunas personas pensaban que era una descortesía cuando era hora de cortarlo. Pensó que valía la pena la llamada descortesía, ya que controlar una situación era mucho más valioso que mostrar cualquier forma de vulnerabilidad o debilidad. Seguramente no quería que Tess viera ese lado de él.

Tess todavía estaba junto a la costa y miró hacia atrás en dirección a Coy. "Oye, por cierto, joven caballero, algún día podría dejar que alguien más además de mi padre me llame Teresa". Tess habló lo suficientemente alto para que Coy la escuchara. Él no sonrió esta vez mientras miraba en su dirección. Tenía una cálida mirada de bienvenida en su rostro y respondió con un asentimiento.

Se dio la vuelta y caminó hacia el muelle 1. Ella se dio la vuelta y caminó en la dirección opuesta. Pisó el muelle y miró hacia el Muelle 6. La gente estaba amarrando su bote y asegurándolo al muelle. Se sentó en el extremo del muelle y se volvió para ver si todavía podía ver a Tess. Había regresado al área de la cabaña de su familia, donde había varios miembros de la familia en sillones disfrutando del sol y la conversación de la mañana. Teresa le devolvía la mirada al mismo tiempo.

Capítulo 34
Tiempo a Solas

"Coy sintió que era bueno tener la oportunidad de estar solo con solo sus pensamientos para luchar y sin juegos de conversación con nadie. Notó que le bajaba el sudor de la frente y se preguntó si era por el sol o por sus pensamientos de lo que pasó en su vida los últimos treinta minutos. Esperaba desesperadamente que fuera el sol, pero percibió en el fondo que podría provenir de otro lugar. Nunca recordaba que alguien le gustara tan rápido y sintió desde algún lugar profundo dentro del pozo de la niñez que la virilidad temprana estaba saliendo a la superficie más allá de su control. Realmente le gustaba Tess o como su alma le decía, le gustaba lo que ella representaba. Tess era una representante del lado femenino que realmente disfrutó y entendió. Lo que ella tenía; no lo pudo explicar. Simplemente sabía que allí había algo especial y atractivo.

Sin hacer que pareciera que la estaba siguiendo, fingió mirar el muelle 1 en busca de imperfecciones y algún tipo de detalles de trabajo ocupado que harían parecer que tenía un propósito para estar allí, cuando en realidad era un tiempo fuera inducido por Coy. Sabía que necesitaba un descanso de ser Coy.

Salió lentamente del muelle, pero no pudo evitar mirar en su dirección. Ella estaba de vuelta dentro de los límites de su familia y amigos y parecía no importarle realmente lo que él estaba haciendo. Decidió dar un gran salto desde el muelle hasta la costa como si fuera un atleta olímpico de salto de longitud cuando realmente sabía que ni siquiera era un atleta de salto de longitud en la escuela primaria. Le molestó de inmediato que estuviera actuando como un niño y que estuviera actuando sin pensar en lo que estaba pasando. Algo lo controlaba y no podía explicarlo. Otra vida dentro de su vida.

Coy comenzó a caminar hacia la parte trasera de la cabaña 2. Volvió a intentar mirar hacia donde estaba Tess y, por supuesto, estaba justo cuando ella lo miraba. Aceleró el paso y se escondió detrás de la cabaña y caminó por el largo camino alrededor de la parte trasera de las cabañas para llegar al Muelle 6.

Capítulo 35
Los All-Americans

Growler estaba en la cortadora de césped John Deere, cortando el césped cerca del terraplén de la zanja en la entrada del complejo. Coy podía oír el motor. El abuelo estaba trabajando en un viejo motor fuera de borda Johnson bajo el voladizo en Little Mora. El resort y todas las personas pertinentes en la vida de Coy en ese momento estaban haciendo lo que él sentía que debían hacer. Sin embargo, Coy tenía la profunda sensación de que no estaba siendo significativo y necesitaba hacer algo. Fue uno de esos momentos durante el día en que los humanos sintieron que necesitaban estar haciendo algo y seguir moviéndose, o crecería musgo en su cerebro o en áreas externas, físicas, no tan discretas. Con eso en mente, Coy tenía la sensación persistente de que tenía un propósito que lograr. Fue una intuición lo suficientemente fuerte que podría haber causado gotas de sudor corriendo por su frente. Pero por el momento, parecía que no había nada mejor que hacer que limpiar algunos pescados para la gente de la Cabaña 6.

Coy caminaba detrás de las cabañas en dirección a la cabaña 6 cuando escuchó un fuerte golpe y un ruidoso traqueteo proveniente de la dirección de la entrada del resort donde Growler estaba cortando el césped a lo largo de la zanja. Miró en dirección a Growler y dedujo que aparentemente había golpeado algo sólido. El motor del cortacésped rugió sin resistencia y luego dejó de funcionar después de un fuerte golpe inicial. Los planes de Coy cambiaron en un instante, y se fue hacia Growler. Sin embargo, sus oídos se despertaron mientras cambiaba de dirección y escuchó desde la radio en la ventana trasera de la cabaña 4.

"Y cuando muera… bueno, que se acerque el momento…" El locutor de radio indicó que la canción que sonaba era un éxito de 1969 de Blood, Sweat, and Tears.

"¡Guau!" Coy farfulló en voz alta. "Qué nombre tan perfecto para un grupo". Habló claramente mientras se acercaba para ver si podía ayudar a Growler.

Coy, ahora con más concentración, caminó hacia Growler. Cuando lo alcanzó, estaba fuera de la podadora y sentado en el terraplén de la entrada del resort con una mirada melancólica hacia el cielo sobre la Cabaña 6 y en dirección a Jordan's Bay. Coy notó y pensó que Growler estaba sentado muy cerca de donde él y El se sentaron y hablaron sobre lo divertido que era.

Coy supo de inmediato que tenía que entrar en la zona de contacto directo con Growler. Growler estaba en el modo de pensamiento misterioso en otro lugar, y sabía que se necesitaría paciencia y pensamiento cuidadoso para estar con él. Muchas veces, ya menudo con Growler, la comunicación comenzaba y terminaba con un fuerte silencio. El ruido del mundo a su alrededor nunca superó la comunicación real. Coy observó cuidadosamente los procesos de comunicación en las fogatas nocturnas y observó atentamente a Growler para ver qué se estaba comunicando. Coy pasaba a otra tarea o persona, ya que su mente nunca podía calcular si había pasado algo, cuando en realidad se expulsaba mucha información. Por la mirada de enfado en el rostro de Growler, Coy sintió que podría ser uno de esos momentos.

Coy entró en el espacio y el mundo de Growler. Pensó en cuántos juegos de cartas de gin rummy y reyes en la esquina habían jugado juntos en el último par de semanas. De alguna manera, en las últimas dos semanas, mientras construían una relación, Coy y Growler habían desarrollado una fuerte relación conversacional, incluso cuando no se decían palabras. Entonces, a menudo, después de una o dos horas de jugar a las cartas, el misterio de quién era Growler alcanzaba su punto máximo. La motivación de Coy para descifrarlo y descubrirlo se convirtió en una obsesión y no solo en un deseo, y Growler se lo concedió a Coy y siguió el juego. Después de todo, se necesitaba algo de comunicación verbal, pero Coy disfrutó el desafío. Fue divertido.

El abuelo intervenía de vez en cuando y periódicamente, a través de consejos experimentados y conocimiento previo, le había advertido a Coy que habría momentos durante el día en que la mente y el espíritu de Growler estarían en otro universo o tiempo. Coy pensó que todo el concepto era un poco inquietante. Las respuestas al misterio de averiguar dónde estaba Growler o qué estaba pensando superaban con creces cualquier otra cosa para Coy mientras avanzaban los días de verano. Pero, como de costumbre, Growler tuvo momentos que fueron abrumadores para Coy, ya que nunca había visto reflexionar desde más allá del alma de nadie más en su vida.

Coy estaba vivo y bien en su mundo con curiosidad y la mente de un joven inquisitivo. Aparentemente nació con un chip de empatía incrustado en algún lugar profundo que siempre estaba al acecho de un acuerdo. Este verano se instaló con Growler. Sin embargo, Coy tenía un sentimiento profundo de que todas las personas eran superficiales y sin sustancia y en una batalla continua de vivir otra vida en un mundo que no era antes que ellos. Growler era diferente, ya que en realidad no vivía en el mundo actual y no en esa otra vida pasada o en la nueva vida futura que se avecinaba, sentado en el terraplén de este antiguo complejo con una mirada ominosa en un lugar y un tiempo lejanos.

Coy desesperadamente no quería ser una persona superficial y no era una persona superficial. Sin embargo, había una superficie muy difícil de romper. Coy deseaba ser la misma persona en todas las ocasiones. Quería vivir en el presente y no vivir una vida falsa de querer siempre ser alguien más o en otro lugar. No quería ser falso, como la calma del mundo justo antes de que una gran tormenta cruzara el lago mientras un completo diluvio de lluvia y viento azotaba el resort y toda la gente intentaba encontrar refugio. La escena era como la calma antes de una tormenta, lo que llevó a la gente asustada en todas las situaciones. Sin embargo, a menudo era en la calma donde sucedía la realidad de la vida. Entonces, para Coy, Growler podría haber sido un enigma y tal vez necesitaba un pequeño Growler en su vida para descubrir en qué era realmente la vida de Coy y en qué podría convertirse.

Coy ahora estaba de pie frente a Growler y lo miraba a la cara. Después de mirar, supo que Growler estaba en ese otro mundo, en una vida diferente, una vida con solo unidad. El rostro de Growler tenía una mueca enrojecida de odio y furia, como la máscara primitiva de nativos americanos que Coy había visto en el Museo de Arte de Minneapolis cuando su clase de estudios sociales de sexto grado fue de excursión la primavera pasada. Lo que hizo que la máscara fuera tan escalofriante para Coy no fue la apariencia, sino la razón detrás de la apariencia.

"¿Qué pasa, Gruñidor?" Coy habló con una inclinación empática y calma. Intentaba entrar en el espacio y la vida de los Growler, sentado junto a la silenciosa cortadora de césped a la entrada de este oscuro complejo lacustre en el norte de Minnesota. Un resort que quizás solo 500 personas o menos en todo el mundo sabían que existía. Coy entendió que, aunque este era un lugar y un momento geniales para estar en este resort en comparación con todo lo demás en el mundo, no era más que una gota de agua muy pequeña en contraste con toda el agua que había bajado del cielo. . Coy de alguna manera y de alguna parte tenía un talento dado por Dios de no permitir que el entorno a su alrededor pareciera demasiado grande o demasiado pequeño, pero a menudo lo frustraba al no permitir que el entorno fuera más grande de lo que realmente era. Sin embargo, a veces pasaban momentos importantes sin previo aviso, y luego reconoció el gran momento que se perdió. Coy tuvo problemas para hacer las cosas demasiado grandes. Quería que las cosas fueran reales todo el tiempo. Pero comprender lo real a menudo requería tiempo, experiencia, sazón y, a veces, memoria.

Coy miraba directamente a Growler y estaban cara a cara. La mirada de Growler estaba en blanco, y no se dio cuenta de que Coy estaba ahora en su espacio y tiempo.

"¡Oye, oye!" Coy habló con un poco más de fervor. Growler rompió con el espacio y el tiempo del que formaba parte y volvió al presente o al futuro.

"¿Qué pasa, amigo? ¿Qué pasó con el cortacésped? inquirió Coy. Desde la posición en que Growler estaba sentado en el terraplén de la zanja, bajó la mirada del cielo y ahora podía mirar al frente y directamente a Coy. Coy supo de inmediato que incluso si no hubiera estado allí en ese lugar exacto, la mirada de Growler lo habría atravesado de todos modos.

"¿Estás bien, amigo? ¿Necesitas ayuda aquí? Coy preguntó con el espíritu más gentil que pudo reunir.

"¡No, ah sí!" Growler dijo con su acento inglés mitad alemán, mitad noruego del norte de Minnesota, tan diferente de la dicción perfecta en inglés que Coy lo escucharía hablar en Jordan's Bay. A Coy le encantó el tono y tenía muchas ganas de saber cómo un hombre podía haber llegado al punto de no tener una voz que no fuera la de un lote mixto de masa para galletas que sabía mejor como masa que como galletas horneadas para hablar. Aunque Coy estaba bastante feliz, ya que era la primera vez que Growler le hablaba sin estar en el agua.

Coy esperaba un asentimiento o un guiño y no esperaba una respuesta verbal; se sorprendió cuando escuchó hablar a Growler porque no estaban en el lago en un bote. Esta fue la primera vez que Growler habló con Coy en tierra.

"¿Cómo puedo ayudarlo señor?" Coy dijo con una presencia formal y preocupante.

"Oh, oh, estoy bien, hijo mío, volví… la correa o algo se salió, y tenemos que llevar la máquina al cobertizo de herramientas y repararla. Échame una mano y empujémoslo para allá". Growler habló ahora con un tono mucho más educado. El cambio de los llamados sin educación a una presencia vocal formal solo se sumó al misterio. Coy notó lo cuidadoso que era Growler con su dicción.

Coy miró en dirección a la pescadería y el cobertizo de herramientas, al sur de la pescadería, e hizo una rápida estimación del esfuerzo que iba a requerir. Pensó que tenía la posibilidad de ser un poco complicado. Sin embargo, también pensó que trabajar junto con Growler valdría la pena el esfuerzo y la recompensa. Coy agarró el antebrazo derecho y la manga de la camisa de Growler y ayudó al hombre mayor a ponerse de pie. Una vez que Growler se puso de pie, dio un paso atrás, levantó la ceja izquierda, miró a Coy y reconoció en silencio el pensamiento y el esfuerzo que estaba haciendo este joven. Growler había vivido muchas veces una vida solitaria y recibir un poco de ayuda de otra vida era bienvenido.

El aire era denso mientras que el clima del día se volvía más cálido. Hubo un breve silencio incómodo; era como si ambos se dieran cuenta de que estaban sudando a pesar de que en realidad no habían hecho mucho esfuerzo físico. Coy tomó la delantera de Growler y se colocaron detrás del cortacésped. La correa de transmisión se soltó cuando Growler golpeó una superficie sólida o una roca expuesta en el terraplén de la zanja en un ángulo extraño. Empujar la máquina fue bastante fácil sin la resistencia del motor. El calor del verano estaba llegando como de costumbre esta mañana, y definitivamente estaban sudando mientras empujaban la máquina en dirección al cobertizo. Sin embargo, la experiencia única de personas trabajando juntas, sudando juntas, respirando fuerte juntas y avanzando con y por una causa y propósito común se convirtió en una experiencia de unión natural.

"Growler, ¿puedo hacerle una pregunta, señor?" Coy habló desde la parte trasera de la máquina mientras empujaba.

Growler guiaba el volante y empujaba desde el lado derecho. Estaban muy cerca pero no en el espacio personal del otro. Coy también tenía un problema con la intrusión en el espacio personal como seguramente lo tenía Growler.

"Sí, puedes", respondió Growler. Su respuesta fue con un tono perfecto, y con un inglés educado e impecable. Coy notó de inmediato que cuando Growler bajaba un poco la guardia, parecía un hombre muy culto y educado.

El momento y la ocasión podrían haber sacado a Coy de su juego mientras reflexionaba sobre este pensamiento y la observación obvia de Growler desde la primera vez que lo conoció en el mismo instante en que lo dejaron en el resort. Coy no podía sacarse de la cabeza por qué este hombre, que obviamente era muy inteligente y con algún tipo de pasado vasto e interesante, querría ser un Growler e identificarse como un estúpido o pariente ficticio distante, sin aparente vida discernible o interés pasado para nadie.

"¿Growler es tu verdadero nombre?" preguntó Coy con una mirada pensativa.

"No, no, no lo es, ¿por qué lo preguntas?" Growler murmuró en su habla mixta de Growler de mitad alemán y mitad noruego del norte de Minnesota.

"Solo me preguntaba, supongo..." fue todo lo que Coy pudo reunir en respuesta.

Estaban en la puerta basculante entreabierta de entrada al cobertizo de herramientas. Growler soltó la rueda y dio un paso atrás, luego se dirigió hacia el cobertizo para buscar algunas herramientas. Coy dejó de empujarlo y lo siguió al interior del desgastado edificio parecido a un granero, que medía alrededor de siete metros de ancho por doce de largo. El edificio estaba lleno hasta el techo con viejas piezas de motores fuera de borda, herramientas de jardinería, salvavidas viejos, cortadoras de césped decrépitas, viejas sillas de jardín destartaladas y un montón de chatarra. La impresión predominante fue el olor a gas que había envejecido con un ligero matiz de olor a trementina, suciedad y vejez. Pero para un niño de doce años, el cobertizo era un día de campo de exposición a una vida pasada.

Caminaron casi uno al lado del otro con Growler un pequeño paso adelante. Llegaron a la puerta corrediza de madera del frente y, juntos, empujaron la puerta para abrirla.

Mientras trabajaban juntos para abrir la puerta, Coy dijo: "¿Por qué, Growler?"

"Es mi designación monónima de distinción, joven", respondió con un inglés claro.

Coy no sabía lo que eso significaba. Estaba empezando a pensar que Growler tal vez ni siquiera sabía su propio nombre.

"Mi nombre es Coy, y es un placer conocerte, Growler, o joven mayor, o cualquiera que sea tu verdadero nombre", respondió Coy con una sonrisa de complicidad.

Growler gruñó y ahogó una risita y luego se echó a reír a carcajadas.

"Detrás de la casa de pescado hay un par de bloques de madera. Por favor, vaya a buscarlos, para que podamos bloquear el costado de la cortadora de césped y ver la situación de la correa". Growler habló con un inglés claro.

"No hay problema." Coy agradeció el agradable proceso de preguntar y respondió mientras salía por la puerta lateral del cobertizo y se dirigía a la pescadería ubicada a solo veinticinco o treinta pies al norte del cobertizo.

Coy agarró un par de piezas de madera que tenían unas doce pulgadas por doce pulgadas. Pudo llevarlos, uno en cada mano y debajo de sus brazos. Eran pesados, pero no iba a permitir que hubiera alguna dificultad para completar la tarea que tenía delante. Cuando se puso de pie con la leña, notó que algunas personas caminaban hacia la pescadería con un par de canastas de pescado y sartenes para la pesca limpia de la mañana. Coy asintió en su dirección, sonrió y regresó al frente del cobertizo. Se dio cuenta de que acababa de hacer un "Growler". Coy se dirigió a la cortadora de césped y Growler todavía estaba en el cobertizo, buscando cuidadosamente algo. Coy dejó caer los bloques junto al cortacésped y volvió al cobertizo.

"Oye, ¿qué estás buscando?" inquirió Coy.

"Buscando si hay cinturones de repuesto por si el cinturón está roto o empalmado", respondió Growler y unos segundos después habló en el espacio sin apartar la vista de su búsqueda, mirando hacia las paredes y los estantes. A ver si puedes localizar algo que parezca un cinturón.

"Está realmente desordenado aquí. Tendremos que indagar un poco. Seguro que parece que los estantes de diferentes tamaños, así como el banco, se construyeron justo donde se necesitaban en un momento dado, incluido el banco. Parece que las cosas se dejaron en su lugar y se colocaron justo donde era conveniente o se completó una tarea", dijo Coy con un tono bajo e inquisitivo mientras miraba a su alrededor.

"Lo más probable es que tengas razón, hijo. Quiero decir Coy, si ese es tu verdadero nombre", respondió Growler.

"Gracias", dijo Coy con un tono cariñoso.

Coy se sorprendió, ya que era la primera vez que Growler pronunciaba el nombre de Coy en voz alta. Estaba aturdido y pensó en las muchas horas sentado en el bote a solas con Growler, o en el fuego en las noches con la multitud, o las horas fuera y en el bote, o jugando juegos de cartas juntos, o todas las tareas y deberes. lo habían hecho juntos, y ahora Growler dijo su nombre. A Coy le gustó y ahora se sentía parte de la existencia y la vida de Growler.

"Como estoy seguro de que sabe, tengo más o menos un millón de preguntas, señor. Comencemos con solo uno o dos de nuevo", escupió Coy, mientras seguía mirando alrededor del cobertizo con suficiente claridad y pensamiento para sacar sus pensamientos a Growler.

"Está bien, está bien, pero empecemos con preguntas filosóficas. De esta manera puedo probar y descubrir quién eres también", dijo Growler con claridad.

Coy no sabía cómo responder y estaba confundido por lo que significaba el cuestionamiento filosófico. Sin embargo, no quería mostrar ningún tipo de desaliento o debilidad. "Eso funcionará, señor, pero es posible que tenga que empezar". Coy respondió sin siquiera saber cuán inteligente fue desviar el cuestionamiento hacia Growler. Coy miró a Growler y lo atrapó sonriendo. "Oye, ¿por qué estás sonriendo?"

Bueno, ¿quieres mirar eso?" Growler dijo mientras señalaba hacia arriba y hacia la pared lateral sur.

"¿Qué?" Coy respondió.

"Ese viejo trineo que cuelga de ese viejo dos por cuatro", dijo Growler.

"¿Así que cuál es el problema?" replicó Coy.

"¿Ves las palabras pintadas en la parte superior de ese viejo trineo?" Growler continuó.

"Claro, creo", dijo Coy, entrecerrando los ojos. "Creo que dice Rosebud.

¿Es eso lo que dice?"

"Sí, eso es lo que dice y aparentemente solo Kane lo sabe realmente". Growler se rió mientras respondía.

Coy no tenía idea de qué se trataba todo eso.

"Oye, mira allá arriba sobre ese estante con la vieja lata de aceite Evinrude, justo a la izquierda de la abertura de la ventana. ¿Es eso un cinturón o algo así? Coy gritó emocionado.

"Sí, sí, creo que lo es. Busquemos algo para que suba allí y podamos echar un vistazo", respondió Growler.

Coy notó un viejo taburete de cocina con el respaldo cortado junto al viejo y decrépito tractor John Deere B, que estaba estacionado en la parte trasera del cobertizo.

"Oye, eso debería funcionar". Lo señaló con orgullo para su compadre trabajador.

"Sí, tráelo aquí", dijo Growler.

Coy pasó por encima de un triciclo viejo, saltó sobre una pila de chalecos salvavidas viejos, levantó el taburete y esquivó una llanta vieja mientras buscaba el camino hacia el taburete. Miró a Growler y encontró un viaje más directo de regreso al área donde el cinturón potencial estaba colgado en la pared. Colocó el taburete aproximadamente donde tenía que estar para que Growler se parara y echara un vistazo para ver si el cinturón que colgaba del clavo podría funcionar para su tarea en cuestión.

Growler se apoyó en Coy para apoyarse y se subió al viejo taburete. Funcionó, agarró el cinturón y lo miró fijamente mientras deducía rápidamente su posibilidad. Growler gruñó un poco en dirección a Coy sin ninguna comunicación verbal. Coy sabía lo que quería decir el gruñido y lo siguió. Se abrieron paso a través de la carrera de obstáculos hecha por el hombre en el cobertizo y salieron del edificio. Ahora era el momento de bloquear la cortadora de césped y echar un vistazo para averiguar y estimar las necesidades antes de que se hicieran muchas más excavaciones en el cobertizo.

"Recogeré el lado derecho de la cortadora de césped, ya que el tapón de drenaje está en el lado izquierdo. Siempre es lo correcto volcarlo en sentido contrario porque si no lo hacemos, posiblemente el aceite llene un cilindro y ensucie una bujía cuando volvamos a arrancar el motor. Por lo que puedo ver, probablemente no haya enchufes nuevos o decentes en el cobertizo", dijo Growler, mientras miraba fijamente a Coy.

"Luego, coloca un bloque o dos debajo mientras lo levanto para que podamos mirar debajo del área de la cuchilla y la transmisión".

"Me parece bien, señor", respondió Coy, y cumplió todo con un solo movimiento.

Coy apreció la información sobre el motor, el aceite y la bujía y, hasta la fecha, se dio cuenta de que la explicación probablemente era la mejor aclaración de una situación sobre cualquier tema que surgió de Growler desde que se conocieron, ya que explicó el problema potencial y la solución. en una declaración. Juntos trabajaron en el cortacésped con suave precisión y, a medida que pasaba cada minuto,

El cariño de Coy por Growler creció. Nunca había conocido a un hombre adulto que lo tratara como un amigo, un ayudante o un compadre sin ninguna insinuación de que era un niño. Coy se sentía como si fuera una persona más para Growler.

Growler dio la vuelta al lado de Coy y se tumbó en el suelo para poder ver bien debajo de la cortadora de césped. "Esto no debería ser tan malo. La correa de transmisión se soltó y parece estar bien. Otra victoria para el equipo", dijo con un proceso de pensamiento y respuesta sucinto y claro.

La curiosidad de Coy por Growler continuó a medida que avanzaba el esfuerzo y la conversación. Su mente estaba vacía de tratar de descifrar el misterio y solo quería que fueran amigos.

A ver, necesitamos una llave de ¾ de pulgada para quitar las cuchillas, y parece de 9/16 de pulgada para quitar la protección", dijo Growler desde debajo de la cortadora de césped, y como solo para sí mismo.

Coy inmediatamente habló. "Estoy seguro de que las llaves están en el banco. Iré a echar un vistazo. ¿Necesitas destornilladores, alicates o algo más?

Growler se arrastró hasta la mitad de debajo del cortacésped y giró la cabeza para poder mirar directamente a Coy y respondió con su distintiva mirada levantada con la ceja derecha. Coy sabía que cuando jugaban juntos a las cartas, esta era la señal para que Coy hiciera su próximo movimiento. "Es agradable tenerte cerca, Coy", dijo Growler, mientras Coy ya se había puesto de pie y giraba en dirección al cobertizo.

Coy retrocedió sin darse la vuelta y caminó hacia atrás en el cobertizo completamente asombrado por el comentario. Era como si Growler supiera exactamente qué decir y cuándo decir las cosas y, aunque Coy no quería que fuera una distracción, lo era.

El gato del granero o del cobertizo maulló y salió disparado de debajo del banco y asustó a Coy cuando retrocedió hacia el cobertizo. Sin embargo, ni siquiera eso fue suficiente para distraer a Coy del momento que estaba teniendo con Growler. Dio una vuelta rápida y se golpeó el codo izquierdo contra el costado de la mesa de trabajo, pero su adrenalina era tan alta que incluso un golpe en el hueso de la risa en su codo izquierdo no fue una molestia, aunque le dolió.

Coy estaba en lo correcto. Encontró el juego de llaves desorganizado y disperso y encontró las llaves que Growler pensó que necesitaba y tomó un destornillador de cabeza plana, un destornillador de cabeza Phillips y una llave inglesa de tamaño mediano junto con un trapo de banco de trabajo. Regresó a Growler. Dejó el trapo de dieciocho por dieciocho pulgadas sobre la entrada delantera del cobertizo, mitad grava, mitad hierba, y dispuso las herramientas con cuidado para que su amigo y técnico comenzaran a trabajar en la máquina.

Growler miró las herramientas y no dijo una palabra, ya que había química entre estas dos almas que no necesitaban comunicación. Ninguno de los dos, tan temprano en su relación, se dio cuenta de que se basaba en una vida de necesidad y descubrimiento y no en palabras y acciones.

Growler echó un vistazo rápido debajo de la unidad y pidió la llave de 9/16 pulgadas. Coy obedeció, tomó la llave inglesa y se la entregó.

"¿Cuál es la primera tarea?" preguntó Coy.

"Bueno, necesitamos quitar la protección de la correa para descubrir la transmisión por correa, luego podemos inspeccionar la transmisión para ver si hay algún daño que pueda haber causado que la correa se salga", respondió Growler con un inglés claro.

Coy asintió, aunque Growler estaba mirando debajo de la unidad y no podían verse. Coy supo que su respuesta fue escuchada, aunque no fue vista. En el mundo de la comunicación, esta era la forma de comunicación más poderosa, como le explicó Growler una y otra vez durante el resto de la aventura de verano. El primer ejemplo sería que Growler nunca hablaba en voz alta cuando había gente alrededor. De hecho, Coy no sabía si Growler hablaba con alguien más. Coy se dio cuenta en ese momento que la comunicación no tenía que ser vista ni escuchada y, de hecho, podía trascender el tiempo y la presencia.

"Entiendo. La tuerca finalmente se soltó y se está moviendo", dijo Growler. "Parece que la transmisión está bien, pero tal vez sería una buena idea una inyección de grasa en el inserto mientras retiramos la cubierta y antes de volver a instalar la correa. Oiga, joven, ¿viste esa pistola de grasa colgada en ese clavo a la izquierda de la pequeña puerta de entrada en el cobertizo? preguntó Growler, mientras intentaba mirar a Coy.

"Sí, sí, lo hice. Iré a buscarlo, no hay problema", respondió Coy con entusiasmo. Sintió una conciencia y una semejanza con Growler como si se estuviera mirando en el espejo cincuenta años más o menos en el futuro. Cincuenta años para un niño de doce años era más que toda una vida e inconcebible, pero Coy tenía un presentimiento.

Se levantó de su rodilla mientras observaba atentamente a Growler hacer el trabajo debajo de la cortadora de césped, dio media vuelta y caminó hacia el cobertizo. No podía dejar pasar esta vez con Growler sin hacerle la pregunta que quería hacerle ya que estaba en su modo de reflexión en el Muelle 1 una hora antes. Coy preguntó mientras caminaba hacia el cobertizo, mirando directamente a Growler cuando sus ojos se encontraron. "¿A quién ves cuando te miras en el espejo, Growler?" Coy pronunció.

De alguna manera y desde algún lugar profundo en el alma de Coy, entendió que a menudo en la vida solo hacemos las preguntas importantes a otras personas importantes en nuestras vidas, en nuestros pensamientos y en el tiempo de refrito después de separarnos. Y desafortunadamente, a menudo más tarde, cuando tuvimos la oportunidad de reunirnos con personas con las que teníamos relaciones, olvidamos por completo lo que dijimos, preguntamos o inferimos, por lo que reprimimos nuestros pensamientos e hicimos malas suposiciones de lo que pensamos que habíamos dicho. . A menudo asumimos que preguntamos todas las cosas correctas con las respuestas y conclusiones apropiadas.

Coy no se dio cuenta del maravilloso impulso y la capacidad que Dios le había dado para hacer las preguntas que se le habían dado cuando era necesario, y era verdaderamente una forma natural dentro de su personalidad.

Growler salió de debajo del cortacésped, se sentó y miró con perspicacia mientras comenzaba su respuesta con su entrecortado medio alemán, medio noruego del norte de Minnesota, y luego volvió a cambiar a su perfecto inglés claro. "Veo muchas vidas y muchas veces… me veo entonces, cuándo, dónde y con quién, y me veo como ese niño de doce años sin la vida que siguió. Veo cada error, cada orden, cada cosa mala entregada directamente a mí…"

Se detuvo y dejó caer la llave inglesa y el trapo de su mano. Su frente estaba cubierta con grandes gotas de sudor. Miró directamente a Coy. Coy nunca había visto a alguien con esa expresión en toda su vida. Era tan profundo y oscuro, como mirar directamente a la luna, y lo único visible era la oscuridad en el medio.

Coy percibió muy rápidamente que había tocado una nota con Growler. Se dio la vuelta y se dirigió al cobertizo. "Oye, encontré la pistola de engrase. Dame un segundo, necesito encontrar un taburete o algo así para poder alcanzarlo". Coy habló agudamente con toda la alegría posible en medio de un momento infernal.

"Muy bien, joven. Me tomaste un poco por sorpresa con esa pregunta. Growler habló con su inglés claro. "Muy bien hecho, Coy, nos metiste directamente en la filosofía. No soy un filósofo de sillón de ninguna manera. Mi pensamiento proviene de la vida y la experiencia. Veo que eres tan interesante como deduje la primera vez que nuestros caminos se cruzaron de este lado del cielo. Te he observado y escuchado con mucha atención durante las últimas semanas. Sabía que había y hay algo allí". Growler dejó de hablar y se detuvo para reflexionar.

"Los hombres malvados viven después de ellos. Los buenos a menudo se entierran con sus huesos…", dijo Growler con calma y con un inglés perfecto y continuó: "Ese Shakespeare era y es un tipo bastante inteligente". Growler respondió con su lenguaje entrecortado a la mitad de la recitación de Shakespeare, como si estuviera hablando desde dos perspectivas.

Coy no supo cómo responder. La incongruencia con el discurso y el patrón de pensamiento de Growler sería una lucha para un profesor universitario experimentado. Coy sabía que solo tenía que escuchar y dejar que sucediera y descifrar lo mejor posible. No tuvo elección. Realmente ni siquiera sabía lo que realmente significaba la palabra filosofía. Lo dejó ir por un minuto, cuando encontró un balde viejo con un poco de suciedad en el fondo, vertió el contenido y lo inclinó para pararse sobre él y alcanzar la pistola de engrase. Terminó la tarea y comenzó a caminar hacia Growler. Se dio cuenta de que Growler estaba en otro mundo y no estaba presente.

"Oye, oye, ¿estás conmigo, hombre?" Coy habló con autoridad.

"Thoreau dijo algo sobre la satisfacción de dejar el camino trillado, y tiene la intención de encontrarlo...", murmuraba Growler, aparentemente en respuesta a Coy, pero más hacia el mundo.

"¿Qué diablos significa todo eso, y quién es Thorward, o quien sea que dijiste que había dicho eso?" Coy habló ahora de pie cerca de Growler.

Ese es Thoreau, hijo mío. Escribió un librito increíble hace muchos años sobre un lugar llamado Walden Pond. De hecho, yo también estoy buscando el estanque Walden en mi vida..." Growler, ahora hablando con perfecta dicción en inglés, se detuvo para continuar con su pensamiento. Era como si pensara que había ido demasiado lejos.

Coy escuchó atentamente mientras Growler hablaba, tratando de escuchar cada joya de sabiduría posible. Pensó que el anciano parecía preocupado y feliz al mismo tiempo. El momento fue como cuando el pez solo parecía realmente golpear y morder cuando el clima estaba llegando o cuando el lago estaba agitado y tal vez la atención adicional ayudó a la captura.

"¿Growler?" Coy comenzó a hablar, dándose cuenta de que se estaba sintiendo cómodo con su nombre, bueno al menos el nombre que la gente le decía. No hubo respuesta del anciano. Coy esperaba no haberlo ofendido de ninguna manera.

Pero luego el anciano se enderezó y miró a Coy con la ceja izquierda levantada y dijo: "¿Por qué me llamaste Growler?"

"¿No es ese tu nombre?" Coy respondió.

"Mi nombre es C. J. Stores…" Respondió Growler sin completar el pensamiento y el nombre.

"Si ese es tu nombre, ¿por qué la gente te llama Growler?" Coy preguntó con un corazón valiente y esperaba sinceramente una pista sobre el misterio.

"Es solo un símbolo de ruido para mí y para mis oídos", respondió Growler. "Bueno, terminemos este trabajo y pongamos en marcha esta cortadora de césped nuevamente, para que pueda terminar de cortar el césped en la parte trasera de la casa y la pieza final detrás de la Cabaña 7", continuó con un tono entrecortado.

"¿Qué? ¿Cómo es que estoy cortando el césped ahora? preguntó Coy.

"Bueno, tú eres el que causa la demora con todas estas preguntas e investigaciones. Bienaventurado el hombre que tiene algún trabajo agradable, alguna ocupación en la que pueda poner su corazón." Growler volvió a hablar con un inglés perfecto. Lección enseñada y aprendida.

Se arrodilló y metió la mano debajo de la plataforma del cortacésped, y en solo unos minutos el trabajo estaba completo. Trabajaron juntos como si fuera una sociedad que había existido desde siempre. No dijeron una palabra más hasta que todas las herramientas fueron devueltas al cobertizo. El cortacésped estaba funcionando con las cuchillas en movimiento y todas las acciones de la máquina estaban en orden.

"Coy, eres un joven muy interesante. Veo mucho de mí en ti. Deseo mucho lo mejor para ti y tu futuro. Planeemos salir a Jordan's Bay por la mañana y recoger a una pareja para desayunar.

Es tan pacífico e importante para mí salir los domingos por la mañana. Quiero compartir y aprender más contigo. Te dejo este pensamiento: la verdadera prueba para saber si tu misión en la tierra ha terminado es si estás vivo. no lo es. Habló tranquilamente con Coy, alzó la ceja izquierda, y sin decir nada más se volvió en dirección a Little Mora y echó a andar y dejó a Coy con la cortadora de césped en marcha.

"Que tengas un buen día", dijo Coy, pero no lo suficientemente alto como para que Growler lo escuchara. Saltó sobre la cortadora de césped y se dedicó a la tarea de terminar de cortar el césped.

Completó el trabajo unos treinta minutos más tarde. Su camisa estaba empapada de sudor, pero para Coy valió la pena. Tuvo tiempo para recordar y realmente preparar su corazón y su mente para su próximo encuentro cara a cara con este hombre misterioso al que ahora podía llamar amigo.

Coy recordó haber hablado con el abuelo, diciéndole durante un juego de cribbage que la clave para mantenerse joven era mantener la sangre fluyendo, y este definitivamente fue uno de esos días que mantuvo la sangre fluyendo. Coy necesitaba un poco de tiempo a solas otra vez y terminar de cortar el césped cumplía los requisitos. En ese corto período de tiempo, Coy cortó perfectamente la parte final sin siquiera tener que pensar en cómo, dónde o cualquier detalle. Era como no tener que decirle a la boca que masticara, simplemente lo hizo.

Un recuerdo reciente de la escuela apareció en la mente de Coy durante su tiempo de corte, y fue un recuerdo abrumador de la clase de educación física con el Sr. Nelson el otoño pasado. El Sr.

Nelson también fue el entrenador de baloncesto de la secundaria y ex jugador universitario de baloncesto estadounidense de la Universidad de Minnesota. Era uno de los maestros favoritos de Coy en la escuela. Este tipo era simplemente un tipo agradable que sabía exactamente qué decir y cuándo decirlo. El Sr. Nelson comenzó con la clase de niños y niñas y animó la clase con una pequeña parte de su historia, enseñanza y logros deportivos pasados y actuales. Continuó enseñando a la clase que todos pensaban que podían ser lo que quisieran y que todo lo que tenían que hacer era desearlo y trabajar para lograrlo.

Luego dijo: "Las gradas están llenas de All-Americans".

Coy recordó y notó nuevamente que comenzaba a brotarle cabello desde la parte superior de los dedos gordos de los pies y en otras áreas de su cuerpo. En esa otra área de su cuerpo, notó que algo sucedía cuando estaba cerca de chicas atractivas o incluso de mujeres jóvenes atractivas, y las punzadas se sentían diferentes debajo del cinturón de vez en cuando. Y, por supuesto, las chicas comenzaron a parecerse un poco más a las mujeres mayores en el cuerpo, y muchas de ellas pensaron que limpiarse y ponerse un poco de maquillaje o algo así era lo normal. Jugar a la lucha libre con Lisa, la vecina de la calle de regreso a casa, no era lo mismo que cuando tenían nueve años y se colgaban de un juego de gimnasia en la escuela para ver quién soltaba primero.

Pero lo que es más importante, la diferenciación de los talentos físicos y mentales comenzó a surgir realmente en esta etapa de adulto joven. El entrenador Nelson sabía exactamente qué decir y cuándo decirlo, y Coy esa mañana de otoño lo escuchó. Durante su tiempo en la cortadora de césped, Coy analizó sus pensamientos y realmente comenzó a comprender.

Todos teníamos algo. Necesitaba ser evaluado honestamente y trabajado en ello. Aunque las personas tenían talentos naturales dados por Dios, había más que solo decir: "Puedo hacerlo". Tomó esfuerzo, mucha práctica, suerte, ganas y muchos otros factores. Coy empezaba a darse cuenta de que se necesitaba más y más que el deseo interior. Se necesitó ese deseo interior para ser lo suficientemente fuerte como para que la acción no viniera de un deseo, sino que simplemente sucediera. Era un poco como terminar de cortar un área y ni siquiera saber cómo o cuándo se terminó. Lo acaba de hacer. El esfuerzo se volvió sin esfuerzo. Algunos días se sentían tan largos, y luego pensabas que el tiempo pasaba tan rápido y luego te diste cuenta de que estabas en una zona en la que los días pasaban rápido y el tiempo se ralentizaba.

Coy miró la hierba recién cortada y las líneas limpias que había dejado la cortadora de césped. Pensó en las líneas desordenadas de Growler y la limpieza de un pequeño recorte que podría ayudar.

Aparcó la cortadora de césped en el cobertizo y miró a su alrededor, observando todos los estantes y ganchos llenos de equipos, tuercas, tornillos, motores a medio construir, montones de proyectos a medio terminar, y se preguntó cuántos All-Americans a medio terminar quedaban en el cobertizo.

Capítulo 36
Uno de Los Chicos

Coy se dio cuenta mientras se quitaba la camisa que había sudado bastante.

Incluso podía oler un ligero hedor que rodeaba su personalidad. Decidió hacer una línea recta al Muelle 1 y tomar un baño de resort por la tarde.

Echó a andar hacia el Muelle 1 y caminó ruidosamente detrás de la Cabaña 2 y escuchó la radio en la ventana. Esta vez era una canción de Johnny Horton, y sabía que la radio estaba en la estación KKIN. Reconoció a Johnny porque su papá y el tío David de Hibbing tocaron el álbum con esta canción en la sala de estar después de la cena de Navidad del año pasado. A Coy le gustaba mucho la música de Johnny Horton. Cantó: "Cuando sea primavera en Alaska, estaré a seis pies por debajo…" Caminó alrededor de la esquina de la Cabaña 2 y el hombre de la radio dijo: "Ese era Johnny Horton. Es una lástima que murió demasiado joven". Coy imaginó y pensó en morir demasiado joven y lo horrible que fue que Johnny muriera joven. Sin embargo, se sintió bien acerca de cómo sus canciones siguen vivas y se siguen tocando.

Se dirigió al Muelle 1 sin siquiera saber cómo llegó allí. Decidió darle una buena carrera y saltar desde el extremo del muelle al agua de cuatro pies de profundidad. En el instante en que golpeó el agua; estaba renovado. Flotó sobre esta espalda durante tres o cuatro minutos y simplemente disfruté del enfriamiento. No fue un gran baño, más bien un chapuzón refrescante. Saltó de nuevo al muelle y se acostó para secarse. No tardó mucho en quedarse dormido. Disfrutó de una refrescante siesta vespertina.

Se despertó con una sorpresa, ya que tres jóvenes estaban en la orilla y lo miraban fijamente. Se sentó, miró hacia arriba, las reconoció y dijo: "Bueno, hola, buenas damas. ¿Cómo están?"

Se rieron, y Tess habló y le dijo nuevamente que se asegurara de ir al fish fry y la fogata entre las cabañas 4 y 5 y que estuviera allí alrededor de las 7 en punto.

"Asegúrate de traer a tu abuelo y a tu amigo mayor con el que sales todo el tiempo", continuó Ruby.

"No estoy seguro de poder hablar por ellos, pero estaré allí", respondió Coy.

"Hasta luego", dijeron al unísono mientras giraban y comenzaban a saltar, cantar y tararear mientras regresaban a su área familiar.

"Está bien, entonces", respondió en voz alta.

Coy sabía que sería imposible continuar con su descanso ahora que estaba despierto. Además, tenía un caso muy grave de tener miedo de perderse algo todo el tiempo. Vivía con miedo a perderse algo, y dormir y descansar siempre era un desafío, especialmente durante el día. Estaba casi seco de todos modos, así que decidió levantarse y dirigirse a Little Mora y tratar de ponerse al día con el abuelo o Growler y tal vez jugar a los reyes en la esquina o cribbage.

Esta vez, mientras caminaba por la Cabaña 2, la radio estaba tocando la canción "Time in a Bottle" de Jim Croce. Coy se detuvo y escuchó. No pudo evitar pensar en lo hermosa que era la poesía de la letra, y pensó que era muy diferente de la canción "Bad, Bad Leroy Brown" que había memorizado. Miró hacia Little Mora una vez que la canción terminó. El abuelo estaba en una silla de jardín con las piernas cruzadas, luciendo sereno y descansado. No vio a Growler, pero sabía que estaría por ahí en alguna parte y vio a Growler saliendo del hoyo de dos hoyos detrás de Little Mora mientras comenzaba a caminar de regreso a donde estaba sentado el abuelo.

Coy saltó sobre Chelsea Brook y estuvo al alcance del oído del abuelo.

"No está mal, chico. Tres chicas todas mirándote bien", dijo el abuelo.

"¿Qué? Se estaban asegurando de que supiéramos sobre el pescado frito y la fogata del resort esta noche y querían asegurarse de que fuéramos", replicó Coy.

"Por supuesto, Growler limpió dos veces una sartén llena hace un par de minutos para el pescado frito. Esta es tu primera fritura de pescado y tienes tres fechas, no está mal para un Pojken. Sabes qué, todavía haremos de ti un hombre", continuó el abuelo.

Growler estaba agarrando otra silla de jardín y la colocó junto a él cuando el abuelo terminó con ese comentario. Miró a Coy y sonrió mientras se sentaba. Coy entendió la comunicación no verbal como "Estoy de acuerdo con él, pero no lo tome demasiado en serio".

"Tú también, ¿eh?" Coy dijo, mientras miraba a Growler. "Oye, ¿quieres jugar un juego de cartas?"

Growler se levantó de la silla y miró a Coy con una ceja levantada y caminó unos pasos hacia la puerta mosquitera. Volvió a mirar a Coy, y Coy supo que la respuesta era sí. Pretzel, como de costumbre, como por un deseo instintivo, estaba acostado en el suelo al lado izquierdo del abuelo. El abuelo miró en dirección al lago mientras se sentaba relajado y lo acariciaba. Pretzel tenía una personalidad cálida y amistosa y siempre respondía con una sonrisa y meneando la cola.

Coy se dirigió a la cabaña. Growler había sacado el tablero de cribbage y las cartas listas. Jugaron tres juegos y Growler ganó dos. Growler nunca dijo una palabra en todo el tiempo que jugaron. Coy siempre verificó dos veces el conteo de Growler y nunca encontró un error. No se dijo nada durante la hora de juego pero se comunicó mucho. Coy se estaba encariñando mucho con Growler. Growler se estaba encariñando mucho con Coy.

Después de que terminaron de jugar, Growler recogió el tablero y lo colgó en el clavo de la pared. Coy guardó las cartas en el pequeño estante junto a la hielera. Salieron juntos de la cabaña y descubrieron que el abuelo se había quedado dormido en la silla. Hacía una temperatura muy agradable a la sombra, y la ligera brisa del viento del norte que soplaba desde el lago era relajante. Coy entendió. Se sentó en uno de los tocones de los árboles. Se sentaron juntos durante otra media hora más o menos hasta alrededor de las cinco.

El abuelo despertó. Rompió el silencio y dijo: "Bueno, tal vez deberíamos dividirnos y revisar el complejo y reunirnos en la

Cabaña 4 en una hora más o menos. Asegúrate de traer esos peces", dijo, mirando en dirección a Growler.

Todos ellos asintieron con la cabeza y se fueron por caminos separados.

Coy se sentía como uno más de los chicos.

Coy escuchó a los niños jugando cerca de la pescadería y se dio cuenta de que eran Jimmy y Gary persiguiéndose. Sabiendo que se irían al día siguiente, pensó que sería mejor ir allí y cumplir la promesa de jugar con ellos. Siempre fue divertido ser uno de los chicos. Coy corrió y se unió al juego de persecución con Jimmy y Gary. Miró al abuelo y a Growler por Little Mora y se sintió como uno más de los niños.

Capítulo 37
Pescado Frito y Fogata en el Resort

Grandpa, Growler y Coy regresaron a Little Mora alrededor de las 6 en punto.

Estaban sentados juntos en las sillas justo afuera

de la cabaña. Coy estaba lleno de anticipación por el pescado frito y la fogata esta noche. Estaba pensando en cómo iría todo, ya que sería la primera vez que estaría con esta gente junto con el abuelo y Growler.

"Preparad vuestras voces para cantar, muchachos. Es muy probable que nos sentemos alrededor del fuego y cantemos. Esas cabañas están llenas de gente musical", dijo el abuelo, rompiendo el silencio mientras miraba a Growler, y luego se volvió hacia Coy con su acostumbrada sonrisa levemente diabólica.

Coy entendió esta vez y respondió: "Me gusta mucho la música, pero realmente no me gusta mi voz y me pongo muy nervioso cuando canto con gente".

"No te preocupes, Coy, estarás bien", respondió el abuelo, mientras apartaba la mirada de Coy.

Coy miró a Growler, y Growler respondió con su habitual levantamiento de cejas de Spock. Coy siempre lo tomaba como

"Ves, te lo dije" o "Oye, realmente sé lo que estás pensando". Lo que sea que significara, Coy estaba preocupado por la posibilidad de tener que cantar con la gente, por lo que miró con una ceja levantada en respuesta.

"Voy a revisar la casa de pescado una vez más y los veré más tarde". Coy se levantó y comenzó a alejarse. Pasó junto a Growler y palmeó el hombro del anciano calurosamente.

"Recuerda, tu olor puede no ser tan malo esta noche, pero siempre existe la posibilidad de que tu hedor se lleve el momento", dijo el abuelo, riéndose mientras Coy se alejaba. Todos se rieron a carcajadas. Coy dio unos pasos y se dio la vuelta y vio que tanto el abuelo como Growler se habían levantado y se dirigían en direcciones diferentes.

Coy llegó a la pescadería y, aunque se había limpiado un poco el pescado, encontró la pescadería limpia y en buen estado. Sin embargo, bombeó el pozo, tomó la manguera e hizo otro rociado rápido, y mientras lo hacía, vio a Gary y Jimmy pateando la pelota de fútbol detrás de las Cabañas 5 y 6.

Terminó y ató la manguera alrededor de la bomba y se acercó para ver si podía participar en el juego con los niños. Miró a su alrededor y notó que Tess y las chicas estaban hablando y haciendo el tonto entre las cabañas 4 y 5. Se acercó a Gary y Jimmy. La pelota vino en su dirección. Decidió jugar y saltó a la acción. Hicieron un juego simulado de patearlo hasta que alguien no dio en el blanco. Las chicas vieron a Coy y los chicos e inmediatamente comenzaron a ir en su dirección. Por supuesto, comenzó un juego de niños contra niñas, y las niñas ganaron una vez más. Coy se estaba cansando un poco de perder contra las chicas. Pero perder ante Tess no fue algo malo. Siempre disfrutaba ver sonreír a Tess.

Ruby habló y le dijo al grupo que mejor se acercaran a la fritura de pescado después de jugar durante veinte minutos más o menos. Terminaron y todos juntos comenzaron a caminar hacia el frente de la Cabaña 4. Mientras se dirigían hacia allí, las chicas iban por un lado y los chicos por otro. Coy se paró frente a la Cabaña 4 y calculó que había unos quince adultos sentados y de pie, hablando y riendo. La multitud de personas estaba alrededor de la mesa de picnic o en sillas de jardín, y un par de personas estaban junto a la hoguera ubicada entre la mesa de picnic y la orilla del lago.

Growler estaba sentado en uno de los viejos tocones junto a la hoguera, trabajando la leña a su alrededor y avivando el fuego recién encendido. El abuelo estaba sentado en una de las sillas de jardín al lado de la mesa de picnic y conversaba con el abuelo de El y uno de los tíos de Tess, quienes estaban sentados en sillas de jardín junto a él.

La madre de El y una de las tías de Tess salieron de sus respectivos camarotes con tazones de pescado frito fresco en una mano y ensaladas y cubiertos en la otra. Ruby, Molly y Tess saltaron justo detrás de ellos y ayudaron trayendo otras guarniciones. La mesa ya tenía utensilios, platos y acompañamientos, y parecía que todo estaba en orden. Gary y Jimmy ya estaban en el muelle de la Cabaña 5, tirando piedras al agua.

Coy sintió como si acabara de entrar en la Dimensión Desconocida o en algún lugar. Se dio cuenta de que este era uno de esos momentos en los que quería estar solo y dentro del grupo de personas al mismo tiempo. Quería ser anónimo, pero reconocido y reconocido. Decidió sentarse en el borde del banco de la mesa de picnic en el extremo opuesto al del abuelo. El se acercó y se sentó al otro lado de la mesa.

"¿Cómo estás, Coy?" El preguntó. "Está bien", respondió Coy.

"No te preocupes, amigo mío; estarás bien de todos modos", respondió El.

"¿Qué, qué dijiste?" preguntó Coy.

"Bueno, te conozco. Somos bastante parecidos. Solo quieres observar y no ser observado, ¿verdad? El preguntó.

"Bueno, supongo que sí, lo que sea que eso signifique", respondió Coy.

La abuela de El habló lo suficientemente alto para que el grupo la escuchara y dijo:

"Papá, es hora de dar las gracias".

El abuelo de El inmediatamente se puso de pie junto al abuelo y se quitó la vieja gorra de béisbol de los Cachorros y juntó las manos. Todos inmediatamente dejaron de hacer lo que estaban haciendo y se pusieron de pie y se cuadraron.

"Alabado sea Dios, alabado sea Jesús y alabado sea el Espíritu Santo. Gloria a Tu nombre. Gracias por la vida. Gracias por los amigos, la familia y el compañerismo. Bendice las manos que prepararon la comida y bendice nuestro tiempo juntos porque, después de todo, somos uno contigo, oh amado Señor. Amén." Terminó y hubo una salpicadura de aplausos, y luego continuó el ruido de la conversación.

Alguien dijo: "Oye, ¿puedes oír a los colimbos? ¿No suena hermoso?

El tío de El, que estaba sentado junto al fuego junto a Growler, empezó a tocar la guitarra. Jugueteó, se calentó un poco y comenzó a cantar: "Pon tu mano en la mano del hombre de Galilea".

Cuando terminó de cantar el primer verso, varias personas estaban cantando. Empezó de nuevo el primer verso y el canto era como si fuera una sola voz. Coy miró a su alrededor y notó que todo el grupo de personas se había acomodado. Incluso se sintió lo suficientemente valiente como para cantar. Tropezó y las palabras lo asombraron mientras escuchaba y cantaba con atención. Se levantó para acercarse y El estaba justo a su lado cantando. Se miraron y sonrieron.

El pescado frito era excelente. Coy pensó que era como si mamá estuviera allí, cuidándolo, y que era muy agradable comer una buena comida. Podía sentir a mamá y la extrañaba, pero sabía que estaba donde se suponía que debía estar. Más tarde, cuando se acostó a dormir, recordó la oración y no podía dejar de pensar en la declaración de "ser uno juntos", luego comenzó a tararear: "Pon tu mano en la mano del hombre de Galilea".

Capítulo 38
Jordan's Bay Parte Tres --- Te Amo Como un Tomate

Un par de días después, era el domingo 15 de julio de 1973 por la mañana. Coy estaba encantado de tener la oportunidad de ir a Jordan's Bay con Growler. Coy estaba preparado, y había estado en Little Mora cuatro veces leyendo y estudiando el libro de Growler.

Los hilos que contenían el misterio de Growler se estaban volviendo conspicuos. Coy ahora conocía a Growler en un nivel diferente y entendió que tenía una vida muy interesante. La historia expuesta mostraba a un hombre que intentaba desesperadamente tomar el control de su vida al mismo tiempo que no deseaba o tal vez no tenía la capacidad de pedir ayuda. Coy pensó que Growler había vivido una existencia muy solitaria, sabiendo que realmente no comprendía ni entendía lo que es estar solo. Coy terminaría su estudio y lectura del libro de Growler con una nueva perspectiva cada vez. Sin embargo, hubo un tema que llamó la atención de Coy. Fue donde Growler escribió que no podía dejar que ningún miembro de la familia supiera que estaba vivo, y el gobierno se aseguró de que eso quedara claro incluso informando a su familia que había muerto en servicio.

Growler escribió frustrado porque su vida pasada estaba muerta para aquellos en su vida que alguna vez había amado o que lo amaban. Coy recordó haber leído una sección en la que Growler describía ir al cementerio en su ciudad natal de Thief River Falls en secreto y encontrando su propia tumba y cómo estudió la tumba y reflexionó si ya estaba enterrado allí. Después de todo, los ojos de los muertos ya no podían ver.

Coy se preparó para Jordan's Bay y recordó lo divertido e inspirador que se sintió el momento, especialmente al ver una pequeña sonrisa en el rostro de Growler mientras cantaba. Sin embargo, el domingo por la mañana no pudo llegar lo suficientemente rápido para Coy. Se sentía listo para cualquier cosa y, en función de los cambios y la unión que ocurrían gradualmente en su relación con Growler, su nivel de anticipación estaba llegando a su punto máximo.

Una vez más, ambos se despertaron temprano, realizaron algunas tareas y planearon encontrarse poco después de las 8 a. m. en el Muelle 1. Ninguno de los dos usaba reloj. Durante las pocas semanas, Coy conoció la sensación de 8 a. m. Se sentía diferente a las 5, 6 o 7 a. m. Hacía más calor y el rocío de la mañana estaba a punto de desaparecer. La sensación de las 8 am se hizo más obvia cada día para Coy.

Growler vino desde detrás de la Cabaña 2, que era el camino más directo desde Little Mora. Coy estaba caminando a lo largo de la costa frente a la Cabaña 2. Acababa de llenar medio cartón de leche, que se duplicaba como el hogar de los gusanos que usarían como cebo. Se encontraron casi simultáneamente en el Muelle 1 y se saludaron con rápidas sonrisas burlonas. Caminaron uno al lado del otro por el muelle mientras Growler saltaba a la proa del barco Lund de catorce pies. Buscó chalecos salvavidas, remos y cañas de pescar. Comenzó a desatar la cuerda del muelle y sujetó el bote firmemente contra el muelle mientras Coy saltaba en la parte trasera del bote. Levantó la lata de gasolina para asegurarse de que había gasolina, empujó la línea de gas conectada al motor Mercury de siete y medio y, con una mano suave y experimentada, tiró de la cuerda trasera unida al muelle que sujetaba el bote al poste del muelle. Sostuvo el bote en el muelle y miró a Growler para asegurarse de que estaban listos para zarpar. Una vez más, sus ojos se encontraron y, con un vínculo tácito, reconocieron que era el momento adecuado.

Coy sabía que la profundidad del agua en el muelle 1 era aproximadamente un pie demasiado baja para bajar el motor por completo de inmediato, por lo que dejó el motor un poco más arriba hasta que el bote estuvo al menos a veinticinco pies del muelle. Además, el Muelle 1 estaba ubicado tan al este de la costa que estaba al alcance de los nenúfares y las malas hierbas de la costa este, que crecían más cada día de verano. Por lo tanto, además de ir directamente hacia el norte desde el muelle, también era necesario desviarse un poco hacia el oeste para salir directamente del Muelle 2, donde el agua tenía al menos seis pies de profundidad.

Coy bajó el motor a su última posición cuando era apropiado, y estaban listos para hacer su viaje hasta el punto medio del área principal del lago. Harían un cambio de dirección gradual hacia el oeste y hacia Jordan's Bay. Como decía el abuelo de vez en cuando salían juntos a pescar fuera de la Bahía de Jordan: "Seguro que es agradable quedarse al este de Eden". Coy no sabía qué significaba eso, pero estaba grabado en su mente.

La entrada a Jordan's Bay se volvió más estrecha y llena de maleza incluso durante las pocas semanas que Coy había estado en el resort. El agradable clima de verano y el crecimiento de malezas se dispararon. Entrar por el angosto pasadizo hacia Jordan's Bay requeriría experiencia pasada y cuidado adicional para observar dónde el fondo del lago era poco profundo, donde el motor no estaría en peligro de golpear rocas o quedar atrapado en la suciedad del fondo y enredarse en las malas hierbas. Con la ayuda y la guía de Growler y trabajando juntos, pudieron hacer que el bote atravesara el estrecho pasadizo sin problemas. Y esta mañana, hicieron que pareciera fácil. Coy practicó mentalmente muchas veces para no mostrar ni un poco de debilidad frente a Growler o el abuelo cuando tenía la oportunidad de conducir el motor y capitanear aventuras en el lago. Coy sintió que era doblemente importante no mostrar debilidad al entrar en Jordan's Bay con Growler.

Growler señaló el lugar familiar en la esquina suroeste de la bahía donde había un agradable cortavientos desde la orilla arbolada. También era un lugar privilegiado para la pesca. Los nenúfares eran del tipo grande, floreciente, y eran gruesos. Coy pensó que los nenúfares se veían lo suficientemente fuertes como para que incluso pudiera caminar sobre ellos. Colocaron el bote cerca del área donde la línea invisible del río que cruza el lago salía en la costa suroeste donde terminaba la colina. El río Mississippi estaba a menos de dos millas al sur del lago Esquagamah. El pequeño riachuelo afluente serpenteaba a través del suelo bajo parecido a un pantano y cuando el agua estaba alta, se podía viajar en un pequeño bote de remos durante más de cinco millas antes de entrar en el poderoso Mississippi. Tres millas por el camino de grava desde la entrada del complejo, había un puente que cruzaba este pequeño arroyo donde la pesca de siluros era increíble. A menudo, cuando el lago no estaba produciendo, los turistas se dirigían allí y al menos se divertían pescando a los matones. Cuando se limpia y se fríe bien, incluso Coy tuvo que admitirlo, una cabeza de toro no sabía tan mal.

El agua esta mañana estaba serena y tranquila. No había una ola en la bahía excepto las olas que había generado el barco. En el cuerpo principal del lago, el agua estaba un poco picada por el viento suave de la mañana. Era como si entraran en un mundo completamente nuevo cuando entraron en la bahía. La comunicación era abundante y presente entre estas dos almas sin palabras habladas. El bote terminó mágicamente casi a un pie del lugar en el que habían estado solo una semana antes. Growler disfrutaba estar en el lago los domingos por la mañana. Era su refresco. Francamente, Coy lo disfrutó tanto. El pequeño edificio de la iglesia blanca se podía ver fácilmente desde este lugar, y los sonidos de la campana de la iglesia se podían escuchar alto y claro. La música de la iglesia se podía escuchar como si este lugar fuera una mera extensión de la iglesia. Las voces de la iglesia se podían escuchar pero estaban amortiguadas; Las reacciones y respuestas eran obvias y se podían sentir. Faltaba una hora para el servicio dominical. Eran alrededor de las 9 a. m. cuando los pescadores echaron el ancla del bote en el lugar exacto y apropiado en la Bahía de Jordan.

El bote se detuvo cuando las olas del bote se asentaron en el agua serena. Coy miró a través de la bahía hacia el estrecho pasadizo y pensó que se veía tan agradable y revelador. Quería salir del bote y caminar sobre el agua de regreso a través del pasadizo para probar un punto. Incluso pensó que si se hundiera en el agua, no podría haber tenido más de cuatro o cinco pies de profundidad, y tal vez podría hacerlo de alguna manera.

Sin embargo, le tenía un poco de miedo al agua y ni siquiera quería pensar en intentar hacerlo.

Coy le entregó la caja de gusanos a Growler. Todavía no estaba listo para pescar y quería instalarse en los alrededores. El clima era menos húmedo esta mañana que la última vez que estuvieron juntos; era alrededor de setenta grados. Era una mañana de verano perfecta en el norte de Minnesota con un cielo despejado, una agradable brisa matutina y la ubicación perfecta. Incluso con todo en orden, la pesca no estaba en la mente ni en la agenda de Coy. Lo único que tenía en mente era conocer mejor a Growler esta mañana y hacerle algunas preguntas preparadas. Dios preparó el ambiente con perfección, ahora le tocaba a Coy aprovechar el momento.

Growler agarró la caja de gusanos. Sus ojos se encontraron, y Coy lo miró profundamente. Coy estimó que Growler tenía alrededor de sesenta años. Coy lo vio bastante apto para un hombre de su edad. Cualquiera que tuviera más de veinte años era viejo para Coy. La camisa de Growler parecía ser parte de su personalidad y estaba exactamente donde se suponía que debía estar una camisa en todo momento. Su cara era ancha y escarpada por el sol con bigotes salados por la mañana y una mandíbula inferior que sobresalía ligeramente, haciéndolo parecer más orgulloso de lo que debe haberse sentido. Llevaba una vieja gorra de béisbol de lino de Crystal Sugar. Con su mandíbula inferior sobresaliente, siempre parecía estar sonriendo, como un delfín. Su expresión hacía que la gente confiara en él, y Coy lo hizo.

No parecía haber rutinas aburridas en Growler según el discernimiento de Coy durante las últimas cuatro semanas de vivir, comer, pescar, jugar a las cartas, hacer las tareas del hogar, sentarse en silencio en las fogatas nocturnas del centro turístico e incluso sentarse juntos en los dos hoyos. . Se sentaron allí, se rascaron y se tiraron pedos, y de esta libertad surgieron risas, carcajadas. Era como si Coy y Growler vivieran como si todos los días del mundo estuvieran por venir. Coy pensó que, aunque solo se habían conocido unas semanas antes, quería ver y conocer a Growler como amigo.

Growler estaba encaneciendo y envejeciendo. Sus pantalones parecían sueltos y en un estado de fatigada aceptación. Parecía un hombre que había aceptado quién era ahora y quién sería siempre, un hombre con un enorme peso en sus zapatos en un mundo de risas mecánicas e inventadas donde él era el único que conocía el verdadero motor detrás del humor. Su merecido rostro moreno adquirió la seria inexpresividad de un hombre que casi siempre está solo y feliz con todo sin tener que sonreír.

El silencio se rompió. Growler trajo la conciencia al momento o, más bien, empujó la inconsciencia dormitando.

"Niño, nunca he estado en ningún lugar al que no me hayan enviado sin un rifle". Growler habló con su estilo entrecortado y farfullante.

"¿Qué?" Coy respondió.

"Además, hagamos un pacto para ser genuinos esta mañana", continuó Growler. Levantó la ceja izquierda con su respuesta no verbal en dirección a Coy. A Coy le encantó el look y lo consiguió. "Quiero ser real, Coy, pero mis heridas a menudo se sienten como si estuvieran bajo vendajes viejos. Me he acostumbrado más a los vendajes que a las heridas que debían curarse". Growler habló con una dicción perfecta y clara.

Apartaron la mirada el uno del otro al otro lado de la bahía simultáneamente. El agua parecía diamantes por la luz del sol que bailaba sobre el agua. Miraron juntos los ágiles movimientos de las ligeras ondas de agua y los reflejos de la luz del sol. Era una distracción necesaria para ambos, ya que sus cabezas estaban llenas de una cacofonía de olas rompientes y pensamientos, uno joven y otro mayor, pero ambos eran una sola vida. Mirando hacia atrás más tarde, Coy recordó que este día tenía la temperatura adecuada y que el agua tenía la serenidad adecuada. La luz y el reflejo del sol bailaron perfectamente esa mañana en el momento y lugar justos.

La serenidad del momento le dio a Growler una oleada de calidez como nunca antes había sentido. Su vida de pensamientos comenzó a derramarse en oraciones completas. Era como una abeja desconcertada, confundida por demasiadas flores mientras saltaba de una dulce flor a otra.

Growler tenía una acumulación obvia de una vida de pensamientos. Sin embargo, sucedió; En algún momento durante las tres o cuatro semanas anteriores en que Growler pasó tiempo con Coy, se dio cuenta de que había pasado gran parte de su vida escondiéndose de la vida, y el resto del tiempo pensó que pasaba desapercibido.

Coy no podría haber hablado aunque hubiera querido. El escuchó. Growler tenía años de recuerdos y una vida para compartir. Coy era una esponja seca cuando entraron en el estrecho pasadizo de Jordan's Bay en esa mañana de verano.

Se convirtió en una persona diferente al escuchar la historia de vida de otro hombre y, durante varias horas e incluso una semana más tarde y tal vez por el resto de su vida, se convirtió en una esponja de pensamiento completamente húmeda. Tenía tanto respeto por este hombre mayor y sentía una calidez por él que solo se podía sentir por alguien que no era perfecto y, por lo tanto, no era objeto de odio, solo amor, un amor inexplicable. Growler percibió el momento.

Growler estaba mirando su vida, su vida muerta, su vida joven, su vida perdida, su única vida, y no quería mirar más.

Terminó su diatriba con: "¡Tímido, una vida no es suficiente!" Entonces, simplemente dejó de hablar.

Durante todo este tiempo, las campanas de la iglesia habían sonado y juntos habían capturado y conservado alrededor de una docena de peces luna de tamaño perfecto. Coy agarró la canasta de pescado que colgaba del lado izquierdo del bote al mismo tiempo que Growler levantó el ancla y limpió el barro y las malas hierbas y luego la colocó suavemente en el bote. Dio un tirón y el motor arrancó. Juntos, salieron del estrecho pasadizo con el mismo cuidado con el que entraron, saliendo de la Bahía de Jordan hacia el cuerpo de agua principal y comenzaron su camino de regreso al Muelle 1.

Estaban a unos veinticinco pies del muelle, y Coy sabía que Growler volvería a cambiar al Growler que todos los demás veían por su apariencia exterior y decidió hacer una última pregunta. "Por favor, Growler, ¿me das una cosa más en la que pensar?"

"Las cosas que suceden antes de que nazcas todavía te afectan. Y las personas que llegan antes de tu tiempo también te afectan donde dedicamos tanto tiempo y esfuerzo. A menudo pensamos que comenzaron con nuestra llegada. Eso no es verdad." Growler claramente habló con convicción. Estas fueron las últimas palabras que Coy escucharía de Growler en una semana.

Coy se puso de pie en el bote para prepararse para salir al muelle, pensando en su mente para dirigir su próximo movimiento. Su mente estaba llena de algo que su madre le contó sobre su madre la mañana en que ella subió a su habitación y entre lágrimas le dijo que su abuela había fallecido.

"Coy, la abuela tenía un exterior duro, y a menudo la veías dirigiendo y dirigiendo algo en la granja o gritándole al abuelo… por favor, no la juzgues, Coy. Ámala como siempre, ámala como a un tomate... Tenía una piel dura pero era suave por dentro. Mira por dentro, Coy, mira siempre por dentro. Una lágrima cayó de los ojos de Coy al recordar lo importante que era su madre para él.

Coy amarró el bote y saltó al muelle. Se volvió y miró hacia el lago y, mientras lo hacía, uno de los colimbos salió del agua a unos 100 metros de la costa y cantó su hermosa melodía.

Coy sonrió y recitó en silencio: "Growler, te quiero como a un tomate. Una piel dura por fuera y toda suave por dentro".

Capítulo 39
Diciéndole Adiós a El

oy estaba mirando al otro lado del agua, parado al final del Muelle 1 en una zona.

Growler desató la canasta de pescado del costado del bote y se dirigió directamente a la pescadería inmediatamente después de que atracaron el bote. Cuando Coy se dio la vuelta, Growler ya estaba cerca de la rampa de acceso para botes y a medio camino de la pescadería. También necesitaba tiempo a solas y no le hizo señas a Coy para que lo acompañara o lo ayudara. Siguió adelante y se alejó solo.

Coy miró más allá de la costa y vio a El y su familia frente a su cabaña, sentados alrededor de la mesa de picnic almorzando. Coy decidió caminar hacia allí, sabiendo que se estaban preparando para partir algún tiempo más tarde ese día.

Cuando se acercó, dijo: "Hola a todos, qué hermoso día".

Varios de ellos levantaron la vista y El respondió: "Oye, soy Coy.

Hola, amigo, ¿cómo estás esta mañana?

Coy respondió: "Muy bien. ¿Se están preparando para irse a casa?"

"Sí, lo somos, joven", respondió la madre de El desde el costado de la cabaña, mientras cargaba un plato de sándwiches. "¿Te gustaría partir el pan con nosotros?"

Coy no entendió bien ese comentario de "partir el pan", pero sí recordó la última vez que comió uno de sus sándwiches, y estaba muy bueno.

"Sí, eso sería delicioso", aceptó respetuosamente.

"Bueno, estamos limpiando la hielera y hay un montón de selecciones diferentes. Pero recuerdo que esto encajaría con sus papilas gustativas, y creo que es lo mejor que tenemos para ofrecer. Joven, siempre ofrece lo mejor a tu invitado", dijo.

Coy recibió el sándwich y ese poco de sabiduría perduró en él por el resto de su vida.

Dejó el plato sobre la mesa y todos se quedaron en silencio. Ella pasó a orar por la comida, la familia, los amigos, los enemigos y el mundo, y pidió bendiciones.

Coy se sentó junto a El. Tuvieron una agradable conversación y El le dijo que realmente lo quería y que le deseaba todo lo mejor en su vida y que esperaba que algún día se volvieran a encontrar. Después de la comida, Coy les dio las gracias a todos, se puso de pie con El y se abrazaron en un cálido abrazo.

"Adiós, amigo", dijo Coy mientras abrazaba a El. Se dio la vuelta y comenzó a caminar hacia la Cabaña 4. Era hora de ver cuándo se irían esas personas también.

Capítulo 40
Diciéndole Adiós a Tess

La familia de Tess estaba en la Cabaña 4.

Coy recordó que el abuelo mencionó la noche anterior en el incendio que todas las cabañas se volcarían en el próximo par de días. Coy quería asegurarse de ver a Tess una vez más. En lo profundo de un lugar que no podía explicar, había un deseo de asegurarse de que él la mirara directamente y grabara su presencia en su mente.

Los nuevos vacacionistas de la Cabaña 4 no iban a llegar hasta el martes por la mañana y el abuelo le preguntó a la familia de Tess si querían quedarse otra noche. Ellos aceptaron. Coy miró hacia el lago y el muelle y vio a las chicas allí. Tess estaba sentada en el borde del árbol caído que colgaba sobre el agua. Coy se dirigió hacia allí y se sentó junto a ella.

"Hola", fue todo lo que pudo reunir. Oh, hola", respondió ella.

"Entiendo que ustedes se quedarán otra noche; Quería asegurarme de tener la oportunidad de verte y despedirme en caso de que te fueras temprano o algo así", dijo Coy.

"Bueno, seguro que es amable de tu parte", respondió ella.

"Tess, ¿me mirarás directamente a los ojos?" preguntó Coy.
"Claro, pero ¿por qué?" ella respondió.

"No mucho, bueno… No sé qué debería decir, excepto que realmente quiero recordarte. La gente va y viene muy rápido. La gente muere, la gente nace, la gente se cruza en nuestro camino y en caso de que nunca te vuelva a ver, nunca quiero olvidarte", dijo.

Tess lo miró directamente a los ojos y dijo: "Yo tampoco quiero olvidarte nunca".

La mirada fue solo por unos segundos, pero Coy sabía que era suficiente para toda la vida.

Capítulo 41
Una Última Lectura

oy sabía que el abuelo y Growler estaban ocupados con las tareas domésticas, así que durante un descanso de la tarde unos días después, se dirigió a Little Mora.

También supo que su paso por el resort estaba llegando a su fin, y quería una última lectura del libro si era posible. Con todos los acontecimientos de las últimas dos semanas y el hambre de preguntas sin respuesta, su proceso de pensamiento estaba explotando en su mente. En un par de días, saldría a Jordan's Bay por última vez con Growler antes de volver a su mundo real con su familia. Quería ver si había un tesoro más que Dios quería que él encontrara o una prueba más para ayudarlo a resolver el misterio de Growler.

Se dirigió sigilosamente al candelero y decidió hojear el libro como si estuviera preparándose para un examen final. Sin embargo, la trama retorcida cambió un poco cuando miró hacia abajo en el estante del candelabro y encontró dos libros. Su curiosidad estaba en alerta máxima, así que dejó el libro marrón y alcanzó el otro libro. Era una Biblia.

Empezó a hojearlo y encontró muchas notas escritas a lo largo de los bordes de las páginas junto con muchas páginas sueltas y páginas de notas separadas de vez en cuando. Coy fue a la portada para ver si el nombre del propietario estaba escrito en alguna parte. No era. Fue a la contraportada del libro para ver si algo estaba escrito allí y había. Era fresco y nuevo. Coy percibió que había sido escrito en la contraportada recientemente. Siguió hojeando la Biblia, y se dio cuenta de vez en cuando, había escrito en la parte inferior de varias páginas: Una vida no es suficiente.

Coy pasó a la última página de la Biblia y, al hacerlo, un pequeño trozo de papel cayó al suelo. Dejó la Biblia sobre la cama y recogió el periódico. El papel parecía haber sido arrancado de una página de la carpeta de la escuela, y Coy pensó en cuando Growler habría escrito lo que estaba en el papel, que era: Por favor, Señor, quítame mi placer masoquista de confrontar verdades incómodas. Coy lo leyó varias veces en un intento por entender, pero no se le ocurrió nada. No sabía lo que significaba masoquista. Se sentía como el niño que era cuando llegó al resort.

No existía la ilusión de que las notas y los pedazos de papel se escribieran en momentos diferentes y con lápices o bolígrafos diferentes. A Coy le encantó pensar en qué parte del mundo estaba Growler cuando puso las palabras en el papel y lo que estaba leyendo.

Coy leyó en voz alta lo que estaba escrito casi al final del libro. "El Señor ha derramado agua sobre mí como un diluvio de un río limpio y puro".

Volvió a la contraportada del libro y grabó lo que estaba escrito en su mente para un recuerdo de por vida.

Se aseguró de que todos los papeles sueltos estuvieran cuidadosamente en su lugar en el precioso libro, lo envolvió con la banda y cuidadosamente volvió a colocar ambos libros en su lugar en el estante del candelabro.

No abrió el otro libro en absoluto. Coy oró antes de salir de la habitación.

"Rezo por él, Señor. Ayúdalo a encontrar la vida que Tú quieres para él, porque si una vida no es suficiente, haz que sea suficiente, Señor".

Coy estaba llorando cuando dijo Señor.

Capítulo 42
Jordan's Bay Parte Tres ---Más Que Un Rumor

Coy y Growler salieron al tradicional lugar de pesca del domingo por la mañana en Jordan's Bay una semana después.

"Growler, ¿qué quieres de Dios?" preguntó Coy, en el segundo en que apagó el motor.

Growler quería desesperadamente responder. Tenía heridas profundas. Era un asesino experto y entrenado. Sintió a través de todos sus asesinatos que también mató su propia vida. Cada vez que mataba; le quitó una chispa de vida. Matar enemigos no hace que matar sea bueno.

Growler respondió: "Ya no tengo más vida para dar o tomar. Sé que has estado leyendo mi libro. Dejé mi libro a propósito por alguna razón para que alguien lo encontrara. Eres la única persona en mi vida que quería leer mi libro. Dejé mi Biblia afuera y sé que tú también lees de ella. Gracias.

"Coy, bienvenido a bordo. Durante miles de años, incluso antes de que los barcos cóncavos de Homero zarparan hacia Troya, hubo hombres con arrugas alrededor de la boca y corazones lluviosos de noviembre. Hombres cuya naturaleza los llevó tarde o temprano a mirar con interés el agujero negro del cañón de una pistola. Hombres que anhelaban soluciones desesperadas y que siempre intuían que era hora de marcharse".

Growler tenía tanto que decir que su boca casi echaba espuma como un volcán a punto de explotar.

Coy trató desesperadamente de seguirlo, pero era como si Growler estuviera balbuceando. Entonces, de repente, dejó de hablar, como una radio que se detiene si alguien la tira del alféizar de la ventana.

Capítulo 43
Terminando Con El Principio

Growler estaba en tal condición que ya no podía ser identificado con pronombres. Él era sólo un objeto. Su mirada podía volver el sol helado como si fuera un contacto descendiente del primer asesino, Caín.

A lo largo de su vida, Growler había aprendido que la única manera de salirse con la suya era acercarse continuamente a una pulgada de ella. La vida era para tomarla, no para darla. El joven, por supuesto, no tenía la experiencia de toda una vida que se estaba haciendo añicos esta mañana y se sentó allí sin hablar e inmóvil pero con serenidad. Miró directamente a los ojos musgosos, profundos, sin fondo, inyectados en sangre del anciano. El momento fue como una secuencia de un sueño salvaje en el que el peligro estaba por todas partes y el héroe o el villano estaban congelados y no podían moverse o ni siquiera tener la capacidad de mover un músculo para retirarse del peligro. El momento inmóvil y escalofriante congeló el tiempo.

Growler tenía los ojos desvaídos, ojos del color de la espuma del pantano, y ojos de musgo que nadie más en el mundo entero querría mirar. El momento silenció todo a su alrededor. La vida era tan tranquila que incluso se habría escuchado una gota de agua cayendo en un océano. Coy podía sentir y escuchar cómo le crecían las uñas. La súbita sensación del viento fresco que soplaba a través del lago fue todo lo que hacía falta para la sensación de que le ardían los dientes. Sentidos y sentimientos irreconocibles estaban aflorando.

Si los ojos de Growler tuvieran la capacidad de hablar, cada ojo podría mantener una conversación en todo un estadio deportivo de fanáticos rabiosos que gritan sin otra razón que la desesperada esperanza de atención. La ironía del estoicismo atemporal estaba profundamente incrustada en esos ojos y junto con los círculos profundos y caídos directamente debajo de sus ojos, se veía tan afligido; era como si Jesús le hubiera dado un golpe. El peso de la vida estaba sobre él, tan abrumador, con la comprensión de que su fatigosa lucha por una vida leal y estoica podría estar llegando a su fin y sobrevivir. Había sobrevivido a su propósito.

Se rompió el silencio.

"¿Tú crees? ¿Por qué? ¿Quién eres tú?"

Growler rompió el silencio y le preguntó al joven como interrogando. El timbre del reflejo de su voz era claro cuando escupió siete palabras con su inusual balbuceo bien viajado, practicado e inquietante. Growler tenía una forma de hablar suave y fuerte al mismo tiempo.

Coy sabía que su encantadora sonrisa no rompería la tensión del momento y se mantuvo adusto. Hubo una vida eterna de ira acumulada y encubierta que no podía y no sería sofocada con todas las intenciones dentro de Growler. A pesar de que su rostro desgastado y sus gestos parecían más agotados que ganados por una proximidad cercana, había una intención efervescente. Coy miró directamente a los ojos del hombre, ojos con la sensación y el color que los hombres y mujeres toman con la espada para seguir, los ojos que nadie más ve. Coy permaneció sereno, aunque asustado más allá de la comprensión hasta el punto de perder el control de sus sentimientos. Aun así, Coy percibió una sensación de compasión. Los botones que ni siquiera sabía que estaban presentes en el proceso de pensamiento de su joven corazón estaban siendo presionados. Coy tenía una sensación de calor, inquietud e impotencia que lo invadía, como si estuviera dentro del vientre de una polilla enorme cerca de un fuego caliente. Su aprendizaje y deseo de comprender le dieron pensamientos sobrevivientes y esclarecedores, dados desde un hueco desconocido.

Coy, en este momento exacto, tuvo la compasión que un joven no podría obtener hasta que la bondad lo hubiera llenado después de toda una vida de búsqueda de la compasión. Tuvo paz, de alguna manera y de alguna manera, justo en este momento de la verdad con la providencia divina. Coy no tuvo tiempo de pensar y si lo tuviera, seguramente no sería capaz de identificar la profundidad del dolor que estaba ocurriendo. Era como si tuviera una ampolla en el empeine y un mosquito en el ojo al mismo tiempo. Estaba empezando a sentir su pérdida total de poder respirar. Este fue uno de esos momentos surrealistas en el tiempo, como contemplar una majestuosa vista de la montaña, sin palabras debido a la mera sensación de no poder describir el abrumador flujo de sensaciones y emociones.

Demasiados pensamientos a la vez pasaron por su mente, como comerse una caja entera de chocolates solo por despecho, sin probar la bondad. No tenía tiempo para razonar y pensar. Lo que pasaría como una mala o buena costumbre, según el punto de vista de cada uno. La boca de Coy estaba tan seca que ni siquiera una esponja de vinagre satisfaría. Todo lo que podía hacer o decir era de la persona real que tenía dentro y, de ninguna manera, podía haber sido ensayado o diseñado. La vacilación se sintió como una eternidad pero lo suficientemente larga. Se le dio la fuerza para responder. Tuvo una respuesta simple y conmovedora de una profundidad tan profunda que estaba más allá del funcionamiento interno de su propio corazón.

Coy comenzó a cantar claramente y sin tropiezos: "¡Jesús me ama! Esto lo sé, porque la Biblia me lo dice. Los pequeños a Él pertenecen; ellos son débiles, pero Él es fuerte. ¡Sí, Jesús me ama! ¡Sí, Jesús me ama! ¡Sí, Jesús me ama! La Biblia me dice asiria". La cantó con un tono juvenil y con lágrimas de alegría y miedo, tal como se suponía que debía ser cantada.

El momento llegó a su clímax como un pequeño guijarro que cae en el centro de un cuerpo de agua perfectamente sereno, y las ondas se convirtieron en el único propósito definitorio. El corazón del anciano, en sentido figurado y con espíritu, abandonó su pecho y aterrizó a sus pies con un rebote, simultáneamente con la pérdida de propósito. Su fuerte control sobre el

El revólver .357 magnum comenzó a temblar; su agarre se derrumbó y el arma cayó al fondo del bote. Sus ojos brotaron de una fuente seca de para siempre. Una maravilla dentro del milagro de la realización estaba ocurriendo entre estas dos almas.

Growler no lloró. Ni siquiera tenía una gota de sudor. Empezó a hablar con dicción pura y clara un segundo después del colapso. La vida escondida por el dolor se había levantado y se había apoderado de su corazón. Su alma fue emboscada con emociones, y sus labios comenzaron a temblar. Fue arrastrado por la corriente de toda la pérdida potencial de tiempo. Se había combatido al diablo, sin restricciones, con las botas pateando y sacando los ojos permitidos. El anciano fue debidamente marcado y cicatrizado, pero sobrevivió.

"Jesús me ama, eso lo sé, porque la Biblia dice asiii…" el anciano comenzó a cantar. "La mejor respuesta jamás dada, hijo. ¡La vida no es lo que simplemente sucede!" Growler dijo claramente mientras miraba fijamente a los ojos del joven, con toda la intención de llegar al alma. El anciano se volvió joven como si hubiera renacido ante la vista de Coy. Sus oídos zumbaban por el pasado cuando pudo escuchar a su primer sargento de instrucción entrar en su alma cuando estaban cara a cara unos cuarenta años antes. "Todos los hombres mueren, pocos hombres realmente viven. ¡Después de todo, no puedes cambiar a Jesús, por el amor de Cristo!" Growler dudó un momento y luego continuó: "Joven, Winston Churchill dijo una vez que los momentos y las cosas más difíciles de la vida a menudo se pueden describir con una palabra". Hizo una pausa para reflexionar y miró a través del agua, luego dijo:

"Jesús."

Growler entendió. ¡Una vida no es suficiente!

El silencio se rompió cuando Coy dijo: "Te amo, y ni siquiera sé por qué".

"Recientemente dejé mi Biblia para que usted también la encontrara y la leyera y lo hizo. Gracias." Growler habló en voz baja mientras sacaba el libro y la Biblia de debajo de su abrigo. Growler le entregó su preciosa Biblia a Coy y le dijo que ahora era suya, que la leyera de cabo a rabo y que cuando terminara, la leyera una y otra vez. "Escribí algo en la contraportada para que me recuerdes".

Coy lo aceptó cortésmente y le dio las gracias con una respuesta no verbal pero muy fuerte de gracias.

"Ahora sé con todo mi corazón y alma que Jesús me ama. Nada en o de este mundo importa. Coy, me mostraste", dijo Growler, mirando directamente a los ojos del joven.

Coy volvió a mirar los hermosos, vibrantes y musgosos ojos de Growler y dijo: "Sé lo que está escrito en la contraportada de tu libro de memorias y tu Biblia".

Coy recitó en voz baja las preciosas palabras escritas en las contraportadas sin siquiera mirar la contraportada de ninguno de los libros. Growler sonrió. Le devolvió la Biblia a Growler con una sonrisa amplia, llorosa y prometedora y dijo: "Esta es tu vida. Sigue leyendo y escribiendo".

Capítulo 44
Diez Años Después – ¡AMEN!

oy tuvo más de diez años para encontrar la comprensión y los pensamientos de Growler a partir de su experiencia juntos. Su precioso recuerdo siempre lo acercó a Dios ya Cristo. Él recordó que los hechos de la vida de Growler estaban tan ocultos en su vida temprana donde las semillas de una tragedia eran mucho más profundas de lo que nadie podía comprender, como si su vida se hubiera vivido en otro mundo y se hablara en otro idioma. Desde lejos, la impresión era de inquietante soledad, anonimato y misterio. Pero si alguien hubiera conocido al verdadero Growler, ese era Coy. Al menos eso era lo que pensaba y esperaba.

Coy sintió la carga del momento. Sabía que tenía que contar una historia veraz, al menos un vistazo.

Growler siempre fue un enigma para Coy, pero en realidad, era el pensamiento de Growler el que era el enigma. Growler era solo una vida. Coy decidió que era hora de entrar al santuario y contó doce personas en la pequeña iglesia además del pastor, que estaba sentado con su esposa y sus tres hijas. Todos allí eran exactamente las personas que Dios quería que estuvieran presentes.

El pastor se puso de pie y caminó hacia el púlpito en el centro de la iglesia justo detrás de la pequeña mesa que tenía la caja simple que contenía los restos de Growler. Había tres jarrones llenos de flores justo detrás de la caja. El pastor pidió a todos los presentes que recogieran los himnarios y fueran a la página siete. El piano comenzó a sonar y cantaron el himno "Me encanta contar la historia". Coy sabía cada palabra y cantó con lágrimas de alegría. Su corazón estaba lleno de asombro y anticipación cuando se puso de pie una vez que el pastor terminó la oración. El pastor le hizo señas para que se acercara y hablara.

"Si solo le haces bien a uno, una vida no es suficiente", fue lo último que Coy escribió en el elogio bien preparado de diez páginas que había terminado la noche antes de dejar a su querida esposa e hijo. Sin embargo, Dios no quería que hablara nada bien preparado. Caminó hasta el frente de la iglesia. El pastor lo esperaba en el púlpito y se dieron la mano. Cuando el pastor comenzó a alejarse, Coy rozó cálidamente el antebrazo del pastor. Sus ojos se encontraron y la comunicación abundaba. Coy le entregó al pastor el sobre que solo Coy había visto y dijo: "Por favor, lea lo que hay dentro de este sobre antes de comenzar con el elogio".

Coy tomó la guitarra del pastor en el atril a la izquierda del púlpito. Se sentó, dejó sus notas y el pequeño libro marrón gastado, junto con su Biblia, y se puso la correa de la guitarra alrededor del cuello, luego miró hacia arriba y notó que el santuario ahora se había llenado de gente.

A Coy le gustaba tocar la guitarra, pero no tocaba muy bien. Pudo rasguear algunos licks y encontró algunos acordes cuando se concentró. Oró brevemente y en privado con la esperanza de que Dios le proporcionaría la habilidad esta mañana. Luego dijo,

"La palabra hablada de Dios es lo que nos da una vida. Un vistazo de Cristo es todo lo que necesitamos". Durante ese breve momento, el pastor y su esposa abrieron el sobre y leyeron las palabras iluminadas en el papel que había dentro. Juntos leyeron la hoja formal de papel que había dejado atónito a Coy antes. El momento de la revelación los sacudió hasta la médula. El pastor y su esposa se abrazaron fuertemente y lloraban. Sus tres hijas los miraban fijamente con amor y desconcierto en sus ojos jóvenes.

Coy los miró, aminoró el paso, respiró hondo y sonrió para consolarlos. Dios le había dado una fuerza interior que no sabía que estaba allí. Coy rasgueó algunas notas y acordes y comenzó a cantar un poema que había memorizado y encontrado en el libro de Growler.

> Día frío, frío. Colinas de verde. Árboles para sostener Su majestad. Corona de muchas espinas. Vino de amargo agrio. Jesús, Señor de todos en Su hora santísima.
>
> Un vistazo de Cristo es todo lo que necesito, para llenarme y liberarme. Jesús dio Su vida santa para darme la oportunidad de ver... Un vistazo de Cristo.
>
> Cantos de alabanza. vida de oro. Ángel de la misericordia llena mi alma. Lo veo y lloro, caigo de rodillas. Ver un poco de Dios, ahora no puedo negar.
>
> Una vislumbre de Cristo es todo lo que necesito para llenarme y liberarme. Jesús dio Su vida santa para darme la oportunidad de ver... Un vistazo de Cristo.

Un vislumbre de Cristo es lo que necesito para llenarme y liberarme. Jesús dio Su vida santa para darme la oportunidad de ver... Un vistazo de Cristo.

Coy terminó, y sus ojos estaban hinchados y llenos de lágrimas. Cerró los ojos y mantuvo la cabeza gacha por un momento, luego respiró hondo y profundamente con una profunda oración personal. Se secó las lágrimas con la mano derecha, abrió los ojos y miró alrededor del santuario, y susurró algo que recordaba haber leído unos diez años antes.

"Si solo se necesita uno para ser malo, la lógica me dice que también se necesita solo uno para ser bueno. Esas son buenas noticias."

Luego pronunció esas palabras de nuevo al creciente grupo de personas en el santuario. Coy miró alrededor del santuario y en la pequeña caja simple que contenía los restos de Growler. Habló con su dicción de Growler perfectamente copiada y dijo:

"¡Pastor, Dios lo bendiga! Ahora sabes que has pasado tiempo con tu padre terrenal. Tenía razones para proteger su identidad. Es lamentable, y me entristece que hayas vivido tu vida sin saber realmente la verdadera identidad y lo que le había sucedido a tu padre. Alabado sea Dios, ahora tienes respuestas. Algunas personas viven toda su vida y pasan mucho tiempo con sus padres y nunca los conocen realmente. Así que anímate. Además, y lo que es más importante, después de recordar mi tiempo con tu padre, tanto en persona como leyendo su libro, sé en todo mi corazón, alma y mente que él te amaba y se preocupaba mucho por ti y está muy complacido de que conozcas nuestro eterno Dios padre."

Coy se detuvo para reflexionar y dio unos pocos pasos hacia el pastor y su familia y dijo: "Rezo y espero que todos y cada uno de ustedes escriban esto en la contraportada del libro, que revela quiénes son".

Coy hizo una pausa y tomó el libro que tenía en su mano derecha y lo volteó hacia la contraportada. Leyó en voz alta con su propia dicción clara: "Tómese el tiempo para apreciar los momentos porque pronto serán recuerdos. Una vida no es suficiente". Coy le entregó el libro de Growler al pastor y dijo: "Dios te bendiga. Este es tu libro ahora. El pastor fue amable y agradecido. Coy dijo: "Sé que lo leerás detenidamente, y llegarás a conocer y comprender a tu padre o al menos a vislumbrarlo. Las palabras de y de un hombre pueden ser una revelación". Se dieron un fuerte abrazo, dándose cuenta de una vida compartida.